燧人氏
心｜火｜相｜传

一本 正经唐史₁

帝一代的奋斗

皮唐先生 著

当代世界出版社
THE CONTEMPORARY WORLD PRESS

图书在版编目（CIP）数据

　　一本正经唐史．帝一代的奋斗 / 皮唐先生著．-- 北京：
当代世界出版社,2019.1
　　ISBN 978-7-5090-1414-1

　　Ⅰ．①一… Ⅱ．①皮… Ⅲ．①长篇历史小说－中国－
当代 Ⅳ．① I247.5

　　中国版本图书馆 CIP 数据核字 (2018) 第 155318 号

一本正经唐史．帝一代的奋斗

作　　者：	皮唐先生
出版发行	当代世界出版社
地　　址：	北京市复兴路 4 号（100860）
网　　址：	http://www.worldpress.org.cn
编务电话：	（010）83908456
发行电话：	（010）83908409
	（010）83908377
	（010）83908423（邮购）
	（010）83908410（传真）
经　　销：	全国新华书店
印　　刷：	北京楠萍印刷有限公司
开　　本：	710 毫米 ×1000 毫米　　1/16
印　　张：	19
字　　数：	270 千字
版　　次：	2019 年 1 月第 1 版
印　　次：	2019 年 1 月第 1 次
书　　号：	ISBN 978-7-5090-1414-1
定　　价：	48.00 元

自 序

一直以来，笔者对历史比较感兴趣，当然对唐史更感兴趣。这个中国历史乃至世界历史上的巅峰时代，我也由衷地相信每一个喜欢历史的人都会感兴趣。

因为兴趣，我乱七八糟翻过一些书，囫囵吞枣、走马观花，算是对唐朝有了一些了解，并且在此过程中结识了很多朋友，这可以算是翻书之外最珍贵的收获了。而看的时间长了，也就有了表达欲望，这种欲望越来越强烈，最终驱使着我拿起了笔。

人就是这样，心里有事儿就总想说一说。且不说自己几斤几两吧，很多情况下就是不吐不快。正如古人写小说没有稿费，流传下来的作品也不少。

动笔之前，我曾思考过要采用什么样的写法。我认为，风格应该是轻松幽默的，历史这玩意儿太沉重了，不轻松点大家看了容易抑郁，平时上班上学都这么忙，看了我的书再添堵就不好了。然后不能干巴巴地翻译史书，这样的工作谁都会做，也用不着我来。我要力求把故事写出波澜，不平铺直叙，期间我曾研读过一些历史作家的作品，借鉴了他们的写法和一些小说笔法，尽我的能力还原当时的情景，让读者能看下去，愿意看下去。

话虽如此，本书绝不会用猎奇手段去博人眼球。书的内容是严格建立在正史基础上的，除了一些心理活动和语言，可以保证每个情节都有出处，引用的书目会在参考书目中标明。当然，正史记载的也未必就是真实的，很多情况下会有春秋笔法或是删改，因此我也参考了许多历史学者的研究成果，分析取舍，决定如何采用。

我不敢说自己采用的就一定是对的，但每种观点一定都有其出处。

我给自己定下一个原则：知道的好好说，不确定的全面说，不知道的不瞎说。

唐朝是一个时间跨度很长，内容很多，十分精彩的朝代，写完这段历史是一个很大的挑战，我会努力坚持，会在保证真实性、严谨性的前提下，把故事写得有趣一点，把结构写得清晰一点，把情节写得生动一点，把人物写得丰满一点（唐朝以"丰满"为美）。带着镣铐跳舞，这活儿不好干，但既然开了头，就要对读者负责，对自己负责。

错误和不当之处是难免的，欢迎大家批评指正，毕竟码字不是目的，提高知识水平才是本意。

最后，谨以此书献给我最亲爱的爷爷。

皮唐先生

2018 年 9 月 17 日

目　录

第一章　李渊的诞生及成长

一个不平凡的人

"就叫李渊吧。"

北周天和元年（公元 566 年）十二月初六那个寒冷的夜晚，高贵的唐国公李昞（bǐng）正站在温暖的屋子中央，兴奋地对围在身旁的家人们说了这样一句话。

这是李昞为刚刚降生的四儿子起的名字，在不久的将来，这个名字会被无数人知晓。这个名字的主人，将会成为未来大唐王朝的缔造者。

李渊的名字里带着"氵"这个偏旁，他三个哥哥的名字也都是这样的：李澄、李湛、李洪。为什么李昞一定要给儿子们这样起名，兴许他们请的起名先生觉得这家人五行缺水。好吧，缺水就多喝点，这一片洪水深渊，可以管够了。

在兄弟四人里面，李渊是最小的一个，按说是应该给哥哥们当跟屁虫的。但现实却是，他的地位最高，三个哥哥加起来都比不上他。因为，他是李家的嫡子（李昞正妻独孤氏所生），而李湛、李洪是庶子，李澄更是很早就夭折了。

按古代宗法制度，嫡子这个身份有着不同寻常的意义，这意味着只有小李渊才是李家未来当之无愧的继承人，若干年后，他就是李家下一个高贵的唐国公。

作为优秀的唐国公继承人，小李渊身上有着很不正常——哦，是很不平凡的一面。

据接生人士的"不完全统计"，他胸前长了三个乳房。

第三个在什么位置人家没说太细，我们也不太清楚。不过这种奇特的外观并不丢人，反而是一种福相。在他之前，有一位伟大人物——周文王身上也有类似的特点，而且看起来更加奇特——他胸前长了四个。这个不凡的外表似乎预示着李渊将来要干点什么。

难道是……"奶爸"？

事实证明，他的乳房还真的被儿子亲过。只不过是在一个惨烈到让人不忍卒看的场合。

那么……帝王？

这个没有疑问了。

虽然年纪还小，但从投胎上，就足以看出李渊很有水平——他出生的家庭太过显赫了。

爷爷李虎，乃是西魏的柱国大将军。"柱国"这称呼听起来像是国之柱石的意思，实际上也差不多。当时西魏全国像这样的大柱子只有八根：宇文泰、元欣、李虎、李弼、赵贵、于谨、独孤信、侯莫陈崇（排名分先后），都是炙手可热的人物，皇帝见了都要敬三分，宰相看见都得绕道走。

而这八柱中，叫独孤信的那根还是李渊的姥爷。

两个显赫家族强强联合、优生优育创造出了李渊，如果李虎和独孤信知道这个孙儿日后的事迹，相信他们一定会含笑九泉的。

李渊的父亲李昞是一个官二代出身的将军，但他能成为将军却和官二代的身份毫无关系，而是靠真功夫。

他擅用长枪，箭法超群，并在战场上救下过北周皇帝。他一箭射中了敌人，让身陷重围的皇帝得以脱身。立下如此大功，好运自然想拦都拦不住。他因此仕途顺利，并拥有了很高的知名度。

据说独孤信正是看中了他英勇有为，才主动上门提亲把女儿嫁给了他。

这一门亲事对李家的影响可谓十分深远，具体深远到什么程度，我们后面再讲。

李昞是一个勇猛的武将，但不像大多数同行那样粗暴鲁莽，一言不合就撸起袖子拔刀砍人。他是一个性格温和、铁血柔情的真汉子。这点在他对待儿子的态度上尤为明显。

李渊刚开始懂事的时候，就被他送到学堂学文章、练书法，接受了正规而完整的启蒙教育。

文化知识要学，武功也得从娃娃抓起，这在当时要算一门必修课。不过，这门课程就不用麻烦老师了，因为李昞本人就足以胜任——他是一个神箭手啊。

在父亲手把手的指导下，小李渊勤学苦练，很快就学会了射箭。这将是一项让他终生受用的技能。而令人惊叹的是，那年他只有五岁。

方仲永五岁会写诗，曹冲六岁会称象，司马光七岁会砸缸……虽然各自的领域不同，但都被人称作"神童"。这样看来，五岁就会射箭的李渊也算是一位神童。

小神童李渊学文习武，勤奋刻苦。在国公府偌大的院子里，大家时常能听到他捧着书本传出的琅琅读书声，也时常能看见他歪歪扭扭拿着弓对着箭靶练习的影子。而那时候，李昞和独孤氏两口子则总是在一旁幸福地看着、笑着。

他们期盼着，小李渊将来能成为爷爷、父亲那样的人，让李家的薪火代代相传下去。

小国公

此时小李渊的生活是幸福的，爹疼妈爱，出身高贵，衣食无忧，没事还可以搞搞业余爱好，可以说是那个时代最令人羡慕的孩子。

然而美好的时光总是太过短暂，让人留恋又让人遗憾。尽管我极不情愿就这样写下去，但意外还是在北周天和七年（572 年）发生了。

这一年，并不年迈的李昞因病去世了，李渊才刚刚七岁。

无论什么情况下，对什么人来说，幼年丧父都是天底下最悲痛的事情。懵懂年幼的小李渊也不例外。此时的他或许很难用言语向人表达这种痛苦，可每当夜晚来临，他总是忍不住悄悄在被窝里流下眼泪。

　　因为他想父亲。他知道，父亲走了，再也不回来了。

　　从前，父亲总是喜欢笑呵呵地用粗糙的大手使劲儿捏他的脸蛋，喜欢用硬得像野草一样的胡茬儿扎他的脖子，当然更喜欢将他一把搂在怀里，一起看夜色下漫天闪烁的星星。父亲的爱无私、伟大、深沉，是李渊童年最美好的回忆。

　　现在，他只能在梦中回忆那一切了。

　　但是，作为一个功成名就的父亲，李昞并不是两手空空离开的。除了教儿子读书、习武，他还通过辛苦打拼留下了丰厚的遗产，这些遗产里有看得见摸得着的钱财（都是积攒的俸禄，没有贪污受贿），还有无形的声望、荣誉、人脉，以及显赫的爵位。

　　其他的我们暂且不说，这个爵位就是大家耳熟能详的——唐国公。

　　表面看，承袭爵位无非就是一个贵族少年子承父业的故事。但细算起来，它就是未来那些历史大事件的开端。

　　因为我们中国历史上独一无二的大唐王朝的国号，就由"唐国公"这个爵位而来。从将近三百年漫长而又绚烂的历史向上回溯，这一年，是大唐荣耀开始的起点。

　　父亲虽然离开了，但生活还得继续。

　　小国公李渊擦干眼泪，继续茁壮地成长。在接下来的日子里，他的天分随着年龄增长愈发凸显出来，并进而迸发出了蓬勃的生命力。

　　李渊并不是只有不平凡的外表，事实上，他的内在更加出众。天资过人、聪明伶俐这些都算是废话了。让人惊讶的是他具有非同寻常的记忆力。据说见人一面十几年都忘不掉（一面相遇，十数年不忘），山川地理形势一览便知，堪称一本行走的地图、活动的字典、长有人类外表的电子计算机。

　　记忆力好很重要，但并不是最重要的，最重要的是性格。真巧，李渊的性格也非常好。虽然他人生的起点比较高，家庭条件比较好（衣食无忧、荣华富贵），但他完全没有染上贵族子弟比如飞扬跋扈、骄奢淫逸、强抢民女等类似的不良习气。

他性格洒脱、为人宽厚，言谈举止很得体，身上有一种让人如坐春风的气质，让人一跟他说话就觉得很温暖，一打交道就觉得很舒服。

如此说来，李渊当时堪称富贵不能淫的楷模、出淤泥而不染的典范。

开皇元年（581年）是一个开天辟地的年份，这一年，雄才大略的杨坚篡了北周的权，建立了隋朝。

为了巩固皇位，杨坚痛下杀手除掉了很多北周皇室的成员，不少沾亲带故的人也受到牵连。而李渊家正是北周皇室的亲戚，而且关系还挺近——母亲是北周明帝皇后的亲姐妹，那么父亲和皇帝就是亲连襟。

但现实却是李渊家不仅没有遭殃，反而更受宠了。

原因很简单，因为他母亲和杨坚的皇后也是亲姐妹，李昞和杨坚也是亲连襟……

这件事要搞得清楚一点，还需要我们详细介绍一下李渊的姥爷独孤信家的特产问题。这位风流倜傥被时人亲切称作"独孤郎"的大帅哥，一共有三个女儿做了皇后。他们家绝对称得上是皇后专业户。

大女儿，嫁给了北周明帝，后来被叫做明敬皇后。

四女儿，嫁给了李昞，后来被叫做太穆皇后（追封）。

七女儿，嫁给了杨坚，后来被叫做独孤皇后，其实规范的说法是文献皇后，但事实证明，只有这位独孤皇后被后人印象深刻地记住了。

现实就是这样的，李渊家是周、隋两个王朝皇室的亲戚。算起来，李昞还要叫杨坚一声妹夫，李渊还要叫杨坚一声姨夫呢。这世界上哪有妹夫害姐夫，姨夫害外甥的道理？或许也有，但总归是很少见的。

这老李家真不愧是贵族中的贵族，豪门中的豪门，统治阶级中的不倒翁。不论王朝风云如何变幻，帝国的最上层都始终为他们留有一个合适的位置。

成长：贵族中的战斗机

在青春期成长发育的关键时刻，李渊交上了好运。成了隋朝皇后的姨母独孤氏格外宠爱他（文帝独孤皇后，由是特见亲爱），这样一来，一向害怕姨母的姨夫当然也就格外提拔他。杨坚惧内的故事不用我多说了吧，"吾贵为天子，不得自由"，是这个伟大帝王在小三被老婆砍了头后，悲愤说出的最有名的一句话。

在姨夫的一手安排下，十六岁的李渊找到了人生中第一份工作——千牛备身。

千牛备身是负责保卫皇帝安全的高级禁卫武官，听起来颇有点后来大内侍卫的意思。他们可以自由出入宫禁，同时还不需要净身。职责很重、地位很高，谁见了都要高看一眼，是当时贵族子弟刷资历、长见识最便捷的途径。

消息传来，李家上下都很高兴。李渊兴致勃勃地打好包袱，满怀希望又依依不舍地告别母亲和家人上任去了。

临别之际，他深情回望了一眼这个自己生活了十六年的地方，等待他的将是一片光明灿烂的前程。

在担任大内侍卫的日子里，李渊学到了许多宝贵的人生经验。

这些经验主要来自他的姨夫——杨坚。

尽管杨坚凶狠、吝啬、怕老婆，但谁都必须承认他是中国历史上屈指可数的伟大皇帝，且不说他以无与伦比的文韬武略平定南陈，北击突厥，开创了伟大的开皇之治，光是勤政这一点就足以让后来的许多帝王汗颜。他属于那种工作起来废寝忘食，过了饭点还坚持开会，开完会还要补充两句，补充两句再继续工作的人。

他把自己的身体全部献给了他的国家——隋。

侍卫李渊在皇宫里，默默地看着姨夫所做的这一切，也暗暗地学习着这一切。只是他此刻还不知道，三十年后，他竟然取代了姨夫的隋朝。

少年成长的日子快得让人目不暇给，李渊一眨眼就到了十九岁。

一般来说，古代男子十五岁或者稍晚一点就可以结婚了。而贵族家庭的小孩由于吃得好、发育早，有业余时间谈恋爱，还可以更早一点。按当时的标准，李渊已然成为了一名准大龄青年，家里也应该为他张罗婚事了。

就在这时，他得知了一个消息。

大贵族窦毅为他的女儿窦氏打出了比武招亲的广告。很抱歉用窦氏来称呼她，因为史书上真的没有她的名字。

窦氏是一个非常优秀的姑娘。她长得漂亮而有气质，特别是有一头萌萌的黑长直，让人看一眼就不会忘掉（后生而发垂过颈，三岁与身齐）。还记得你的梦中情人长什么样子吗？她就是了。

漂亮不算，她还聪明。她从小跟着舅舅宇文邕（北周武帝）在皇宫里长大。为了拉拢蛮横又强大的突厥人，宇文邕曾娶过一个突厥皇后。但是这种政治婚姻我们都懂的，两个人没有感情，宇文邕对她十分冷淡。可突然有一天，窦姑娘却眨着天真的大眼睛开了口："舅舅，你为什么不好好对待舅妈？只要把她哄好了，关东江南何愁不能平定？"宇文邕听后又惊又喜，顿时被这个小外甥女的洞察力深深折服了。

类似的故事还有很多很多。

哪个少女不怀春，哪个少年不多情呢？对这位优秀的姑娘，李渊仰慕已久。冥冥之中，他觉得自己应该去试试。

可窦毅似乎有意要难为这些春心躁动的少年们，他在自己家大门上画了两只孔雀，注意这并不是他心血来潮在搞涂鸦艺术，而是出了一道考题。题目的要求很简单，谁射中两只孔雀的眼睛就把女儿嫁给谁。但想射中却不容易，因为他只给每人两支箭，绝没有第三次机会。

鉴于这道考题类似于抢答——都中了窦氏也不能嫁几个老公，所以长安的贵公子闻讯后，都争先恐后赶来比试。可遗憾的是，前后几十个人有脱靶的，有射歪的，还有差点射到窦毅的，就是没有一个射中的。毕竟，孔雀的眼睛实在太小。

大家的情绪都很低落，窦毅则用幸灾乐祸的眼神看着他们。

这时，一个气宇轩昂的少年信步来到门前。不用说大家也知道了，这个人就是大内侍卫李渊。

他的身上似乎有一种强烈的磁场，引得围观群众都屏住了呼吸，窦毅的脸色也变得严肃起来。

李渊走上前来，看了看门上的孔雀，眼睛圆溜溜的、小小的。他拿起弓，搭上箭，拉满弦，深吸一口气：我会射中吗？会的，我相信自己！亲爱的窦姑娘，一定要把你的名字写在我家的户口本上。

手放开，他的箭出去了。一道流星从大家的视线划过，正中了孔雀的眼睛。他又搭上了一支箭，又一道流星划过，第二只孔雀的眼睛也射中了。

围观群众沸腾了，向他投去了羡慕嫉妒恨的目光，窦毅也笑了，他笑得很是欣慰。李渊轻松把弓放在了桌上，走过来深施一礼，拜见了这位乐得合不拢嘴的岳父大人。然后，迎娶白富美走上了人生巅峰。

在这里，李渊贡献了一个原创的、具有自主知识产权的成语——雀屏中选。

绝对真人真事，毫无虚构。

就这样，李渊把白富美窦氏娶回了家，想来他真是春风得意。不过让他得意的还不止这些。

因为窦氏不仅是个白富美，还是个贤内助。虽然她出身高贵，从小又在皇宫长大，却没有染上一点千金大小姐的娇气，反而是那种上得了厅堂下得了厨房的女人。

两人结婚时，正赶上李渊的母亲身体不好。老太太身体不好脾气也就变坏了，性格乖戾、喜怒无常。大家都见识过更年期大妈的厉害吧？差不多就这意思。所以身边的闺女、丫鬟、奴婢等都唯恐避之不及，甚至李渊这亲儿子都没什么好办法，都怕一不小心惹个不痛快。

但是窦氏却对着大家一笑："让我来。"

她不顾自己新媳妇的身份，一过门就脱下红装，扎进了老太太的病房。照顾她的生活起居，端汤送药，连续一个月衣不解带守在床边伺候。老太太因此感动得一塌糊涂，家中老幼也对她一致点赞。

刚一过门，窦氏就游刃有余地处理好了史上最难搞定的婆媳关系，还以极强的人格魅力征服了这个大家庭，真可谓出手不凡。

身为她的丈夫，李渊自然高兴得没事偷着乐。

不过能让他偷着乐的也不止这些。因为窦氏除了性格好以外，还很有才华——爱好书法。古代文人大多都喜欢书法，窦氏这种级别的大小姐能有这个爱好倒也不奇怪。但她的水平却绝非仅限于爱好的程度。她能模仿李渊的笔迹，几乎可以乱真。

练过书法的同学都知道，只要肯下功夫，把字写漂亮并不难，对着字帖描呗，描多了就熟能生巧。但是要去模仿别人，尤其是李渊这样对书法还有些造诣的人的笔迹，那除非有过人的悟性和巧捷的文思。反正，在笔者三十年的人生阅历中，那些模仿家长笔迹骗老师，或是模仿老师笔迹骗家长的同学们，无一例外都遭到了毁灭性的打击。

从这点来看，窦氏不仅是李渊生活上的伴侣，同时还是他精神上情投意合的朋友。这对一个封建社会的女性来说，尤为难得。

李渊和窦氏小两口就这样过着让人羡慕的日子，郎才女貌、琴瑟相和，彼此之间还有共同语言。我想这大概是李渊一生中最快乐的时光了吧。

命运之变

几年以后，李渊被杨坚外放出去当了地方官。虽然远离了长安，但这仍体现了杨坚的良苦用心，在地方工作可以积累很多基层经验，这对他将来的发展是很有好处的。

此后李渊相继在谯州（安徽亳州）、陇州（陕西宝鸡）当过刺史，几乎横跨了大半个中国。这段时间里，他和窦氏先后养育了五个子女（李建成、李世民、李玄霸①、李元吉和平阳公主），工作之余多了更多乐趣。他发现，天下居然如此之大，在长安之外的州县里也生活着这样众多的百姓。他的

---

① 李玄霸：李渊第三子，为演义中李元霸的原型，幼聪慧，早逝无子，年十六岁。

眼界一下子开阔了，心里想到了更多的东西。当然他此时想的应该不是问鼎天下、临朝称帝这样的事情。毕竟姨夫姨母对自己都不错，隋朝江山看起来也是一片繁荣，他没有理由去惦记这些。他此时想的其实是过好自己的日子，然后在仕途上求个进步。

如果时光就一直这样流逝，李渊可能会满足于这种富贵安定、夫唱妇随、儿女双全的生活，在太平之世无忧无虑地度过一生。运气好点，可能还会凭着自己的本领和皇亲国戚的关系爬上高位、立个战功，然后在史书中留下一个名字、几行字，言简意赅地概括他的主要事迹。

但是那个人的出现改变了这一切。

仁寿四年（604年），亲爱的姨夫杨坚去世了。

有人说他是病死的，有人说他是被害死的。

不管怎么死的，李渊都一定非常难过。

他自幼父亲早逝，却并不缺少父爱，因为这个伟大的姨夫也一直像父亲一样照顾着他。为他的事业操心，为他的前途谋划。他治理天下的文韬武略，他一丝不苟、兢兢业业的工作作风，都给李渊留下了深刻的印象，并进而影响了他的一生。

杨坚虽然去了，但他留下了一个蒸蒸日上的强大帝国，大隋王朝看起来会江山永固。

可李渊怎么也没有想到，杨坚的继承人，他的亲表弟杨广将会改变天下所有人，包括他自己的命运。

杨广是一个很奇怪的人，作为这个国家的最高领导，他似乎不把自己治下的老百姓当人，那些泥腿子在他眼里仿佛只是一群长着两条腿会说话的牲口，可以任意驱使，打不还口骂不还手。

我们都知道杨广是怎么当上太子的，一个是假装不近女色来讨好母亲，另一个就是假装勤俭节约来讨好父亲。然后施展阴谋诡计，挤掉了自己的哥哥，顺利上位。

爬上太子的位子不容易，但是当太子的日子也是备受煎熬的。或许就是在太子生涯中压抑得太久，一旦登基，他那些压抑已久的欲望就像洪水一样倾泻出来，一发而不可收拾。搜罗天下美女，营建东都洛阳，挖凿大运河，出兵吐谷浑，攻打高句丽。短短几年，他就干了这些惊天动地的大事。

平心而论，杨广干的一些事并不是没有价值，比如修运河，诗人皮日休就曾写诗赞过"尽道隋亡为此河，至今千里赖通波"；征高丽，这是完成祖国统一大业的一部分，唐朝历代皇帝也都前赴后继地征讨。这些都是霸气侧漏的大手笔。任何一个帝王这辈子只要做成一件事，就足以千古流芳。

但是杨广却太过急于求成、急功近利了，他非要把这么多事同时在自己的任期内完成，还大大压缩了它们的期限。无休止的徭役兵役把百姓折磨得苦不堪言，在大运河干活的民工腰上都腐烂生了蛆。无尽的苛捐杂税把百姓们逼得没有了余粮，不得不抛家弃子、背井离乡，去那些陌生的地方讨一口饱饭。

然而，不干活是不行的——如狼似虎的隋朝官军会用马鞭教育你，逃跑也是不行的——抓住就要杀头。

杨广想要的，就是剥削掉你最后一点财富，榨干你最后一点体力。这一切，都是为了他那些虚无缥缈的理想。当然，还有享乐。

最后，百姓们已经是求生不能，求死不得，连痛痛快快地去死都成了一种奢望。

他们是没文化的"泥腿了"，但他们是人，不是任人摆布的牲口，他们也是有感情的，也会高兴，会悲伤，敢爱，当然也敢恨。

君视臣如土芥，则臣视君如寇仇。你不把我当人，我还想要你滚下台呢！

大业七年（611年）十月，杨广下诏征伐高句丽，大家都知道这意味着什么。饱经压迫的农民终于忍无可忍，马上就有王薄在邹平长白山起义。同年，窦建德起高鸡泊、翟让起瓦岗寨、高士达起清河、张金称起高唐，不久之后，杜伏威、辅公祏也在淮南起义。

起义军的烽火熊熊燃烧，一瞬间就点燃了整个华夏大地。

但是，杨广不觉得他们能兴起什么波澜，在隋军的优势兵力面前，这些只会扛锄头的家伙不过是一群乌合之众。所以他并没有特别害怕，仍然我行我素，坚持执行第二次征伐高句丽的计划。

直到那一天，一个人向他背后捅出了刀子。

第二章　杨玄感之乱

为何造反

大业九年（613年）六月初三，杨玄感起兵了。

当时杨广正在征讨高句丽的路上，精兵猛将全部压到辽东，国内兵力十分空虚。杨玄感起兵就像一条毒蛇狠狠咬在了他的屁股上。

看过隋唐史的都知道，《隋唐演义》里那位靠山王杨林的原型就是杨素。正史里的杨素虽然不是杨广的叔叔，却是隋朝的司徒、尚书令（宰相）、楚国公，还是帮助杨广夺取帝位的定策功臣，光看这几个头衔，我们就不难感到他的权势比杨林也差不到哪里去。所以他在朝廷里享有极高的"威望"（其实就是没人敢惹），门生故吏遍天下，连皇帝都要敬三分。

杨玄感就是杨素的儿子。

作为一名高干子弟，杨玄感自幼过着奢华的生活，锦衣玉食、养尊处优。父亲死后，他世袭了楚国公，担任了礼部尚书。礼部尚书虽然算不上决策圈里的人物，但杨玄感毕竟还年轻，只要给他足够的时间，成为杨家下一个宰相也说不定呢。

但就是在这样的条件下，杨玄感还是造反了。

他为什么要造反呢？他到底还有什么不满足的呢？

其实原因很简单——猜忌。

要知道，早在杨素活着的时候，就已经被杨广猜忌了。杨素这个人文武全才、雄才伟略，很有本事，不过同时，为人也是阴险狡诈、城府极深，所以他才能帮助杨广登上皇位，还立下了很多功劳。

当然也正因为如此，杨广一直对他倍加提防。这其实是正常的，领导都喜欢聪明能干的下属，但最好不要聪明能干过了头，如果这下属比自己还聪明，在工作中未免就不太好指挥，领导当然也就喜欢不起来。

是你听我的，还是我听你的呀？

不过鉴于杨素的才能和地位，杨广再怎么猜忌他，也是很难找到合适的借口来收拾他。因此表面上看，杨广对他始终非常尊重，只是暗地里把他当成了眼中钉、肉中刺。

杨素是何等聪明的人物，当然看清了杨广的真实意图。到了晚年，便开始谨言慎行，性格收敛了很多。但就是这样，他还是整日在担惊受怕中度过，以致得了病都不敢吃药。因为医生是杨广派来的，人家很可能会在药里下毒。

后来，杨素终于不愿意再这样担惊受怕地苟活下去了，他彻底断了治病的念想，准备就此了却余生。临死前，他把家人全都叫到床前，老泪纵横地说："让我死吧，我这样活着还有什么意思呢？"（我岂须更活耶）

然后，他就这么死了。

听到杨素的死讯后，杨广终于长舒了一口气。有一次，他甚至有意无意地对身边的侍臣说："杨素就是不死，早晚我也得诛他九族。"（使素不死，终当夷族）

这句话很快传到了杨玄感的耳朵里。从那以后，他就对这个视自己父亲和家人如寇仇的人有了切齿的憎恨。到了大业年间，朝政渐渐紊乱，杨广脾气更是一天比一天难以捉摸，隔三差五就要杀个人、灭个族。杨玄感又因之产生了深深的恐惧，生怕哪天自己的脑袋也搬家了。

在恨与怕的夹攻之下，杨玄感渐渐萌生了造反的打算——你姓杨我也姓杨，凭什么我就不能上去试试？

杨广又总是擅长给敌人制造机会。就在征伐高句丽的时候，他居然还让杨玄感在中原督运粮草，而督运粮草就意味着他手里有兵。一边惦记着要把人家灭族，一边又给人家委派重任，出了乱子可真是你自找的。

得到这个来之不易的机会，杨玄感心中暗喜，赴任不久就秘密把自己的兄弟亲信招到治所黎阳（今河南浚县），商讨造反的计划。黎阳是一个战略要地，请大家记住这个名字，以后我们会经常提到它。

但是具体该采取什么办法呢？哥儿几个谋划了几天几夜，最后还是大眼瞪小眼没有拿定主意。虽然杨玄感身上的确有个优柔寡断的毛病，但我们也不能为此责怪他。

因为他们还在等一个人，一个能真正为他们出谋划策的人。

等待英雄

这个人就是李密。

李密和李渊有着差不多显赫的家世，看过前文的读者可能还有点印象，西魏八柱国里有个人叫李弼，这个人就是李密的曾祖父。

因为贵族身份和父亲去世的关系，年纪轻轻的李密在隋文帝开皇年间就袭封了蒲山郡公（郡公比李渊那个国公低一级，但也仅仅是低一级）。后来，他也找到了一份和李渊差不多的工作，到杨广身边当了一名侍卫。由此看来，大李和小李人生的起点真是有些类似。

小李在皇宫的工作干得怎么样我们不知道，不过有一天他还是被杨广注意到了。当然，是以一种很不光彩的方式。

那一天，杨广叫过了身边的亲信大臣宇文述，非常警惕地问道：

"那个站在帐下的黑小伙是谁？"

"他叫李密，是故蒲山郡公李宽的儿子。"

"这人看我的眼神很不对劲儿啊，哪能让这样的人当侍卫？"

杨广的直觉是对的，李密就是一个天生不安分的人。从小胸怀大志，目空一切，总觉得天下老子第一。这种人在皇帝身边待久了，不生出"彼可取而代也"的心思就怪了，要不然怎么眼神不对劲呢？

可惜的是，杨广凭着直觉猜对了开头，却没有再进一步猜一下结局。他只是讨厌这个黑小伙的眼神，却还不了解他有多大的本事，想象不出他能闹出多大的乱子。

如果能猜到的话，相信杨广一定不会放他走的。

宇文述奉命执行杨广的命令，来炒李密的鱿鱼。

他这个人做事向来八面玲珑，平日里连一个奴仆丫鬟都不会轻易得罪，对待李密这样还算有身份的人，自然会更加周到。

为了不伤害李密那幼小的心灵，宇文述编造了一个美丽的谎言：

"侍卫这个工作不好干呀，也就是看起来风光，其实还不是一天到晚累得要死，工资低、压力大？"

"嗯，是啊。"李密点了点头。

"我看你天性聪明，博学多才，可不应该屈居这里当个小侍卫，你这样的人，应该通过才学来求取功名。"（弟聪令如此，当以才学取官，三卫丛脞，非养贤之所。）

以才学取官，当然就不能接着干侍卫了。要说宇文述也真有两下子，三言两语就能把一个普普通通的"炒鱿鱼"说得如此天花乱坠。

而太年轻的李密听了之后，竟也完全猜不到宇文述的真实用意，得了这几句夸奖，他兴奋得简直都有点飘飘然了。

没想到呀没想到，我李密也被宇文述大人认为是一个有才华的人。既然如此，为何不听他一劝呢？

于是，他马上就写了一封辞职信，然后兴冲冲地收拾好包袱，屁颠屁颠地回家了。

从此，他专以读书为业。

当然了，以李密的性格，工作可以辞，书可以读，但却不会死读书。既然立志读书，就一定要读出姿势水平，读得风生水起，读到让天下人都知道自己爱读书。

或者，至少也要让那个人知道自己爱读书。

不达到这个目的，他是不会罢休的。

那一天，李密梳洗打扮之后出了门。

古人出门并没有什么特别的，有马骑马，有轿坐轿，你就是穷得买不起交通工具也可以走路嘛，这都是很正常的出行方式。

但是李密不一样，他骑了一头牛。

牛这种动物长得不怎么漂亮、速度也不怎么快，作为一种坐骑是非常少见的，当然也是非常超凡脱俗的，要知道老子（李耳），当年就是骑着一头青牛出了函谷关，在那里留下了一部《道德经》，洋洋洒洒五千字，说尽世间无限事，然后飘然而去，羽化登仙。

李密骑着牛出来，瞬间就让人感觉档次高到爆表，极大拉高了回头率。

这还不算完，李密还把一套档次同样高到爆表的《汉书》挂在了牛角上，从而更加突出了自己好学上进的优良品质。

造型就这样设计完毕了，接下来该去哪里呢？这个不用我们操心，李密的心中早已有了答案。

当朝谁的官最大？

当然是越国公杨素了。

好，就去你家。

于是李密从容自若地骑在牛上，手捧精装版《汉书》，牛角上挂着其余部分，边走边作发愤苦读状，溜溜达达到了杨素的家门口。

杨素也十分凑巧出门，自然看见了这让人匪夷所思的一幕。

在好奇心的驱使下，他不由自主地跟上了这个骑牛的小孩。走出几步之后，他失去了耐心，一把拉住了牛缰绳。

牛停下了，李密抬起了头。

杨素没顾得上端详，没顾得上问候，只是连珠炮似地问了他三个问题。三个哲学上的终极问题。

"你是谁？你从哪里来？你要到哪里去？"

"我叫李密，是故蒲山郡公李弼的曾孙，就是在这儿随便走走。"

"你读的什么书？"

"《项羽传》。"李密仍然淡淡地回答道。

他的回答简短、有力，毫不拖泥带水。

这时杨素才停下发问，定睛打量起了这个脸上带着几分稚气、几分倔强，皮肤还有些黑的小伙子。他的心瞬间就融化了。世界上怎么会有这样奇特的孩子啊？

杨素对李密产生了浓厚的兴趣，随即和他攀谈了几句。

不聊不知道，一聊吓一跳，杨素居然马上就被征服了。

因为他发现，这个骑牛读书的小伙子竟然是一个奇才，他对书中内容说得头头是道，对国家大事侃侃而谈，他展现出来的见识、才华都不同凡响，远远超越了他的同龄人。

那一刻，杨素不由得在心里感叹：这就是缘分呀！

交谈过后，杨素热情地把他请到家里做客，并顺便把牛牵到了后院的厨房。

李密坐定之后，杨素悄悄把和李密年龄差不多大的儿子杨玄感拉到了一边，低声说："李密的气度比你不知高到哪里去了，你要好好结交。"（吾观李密识度，汝等不及）

从此，杨玄感便和李密成为了至交好友。

所以，他若是打算造反，是绝对不会忘记告诉李密的。

造反进行中

李密收到消息后，马不停蹄地赶到了造反现场。

虽然他也被杨玄感的野心吓了一跳，但谁让自己也一直有点类似的想法呢。因此一路上，他也对这个造反行动进行了反复思考。一见面，就干脆利落地献上了上、中、下三个计策：

上策是袭据涿郡，扼临榆关，使隋军溃散关外；

中策是攻占长安，占据关中和杨广对抗；

下策是攻打洛阳，但成败未可知。

杨玄感听后，长叹一声。

"你的下策才是上策呀！"

为什么呢？因为杨玄感知道，隋朝文武百官的家属都在洛阳，只有抓住他们的家属，大臣们才会乖乖听话，就是不过来投降也足以扰乱人心，让他们无法有效反击，这在军事上是有利的。何况洛阳又是隋王朝的东都，这么大的一线城市就摆在眼前，如果不打下它，起义军的脸面也没处搁啊。

听完杨玄感的评论，李密没有说什么。

毕竟事在人为嘛，上策执行得差，效果也未必好，下策执行得好，也不一定差呀。只要踏踏实实地干，别犯低级错误，成功都是大有可能的。玄感加油，我挺你！

六月初三，杨玄感开始了事实上的造反。

为什么说事实上的造反呢？因为他并没说"我们要造反啦，兄弟们跟我上！"那不叫造反，那叫自杀。

要知道，那时隋军的力量还是很强大的，此前此后都发生过不少叛乱起义，但是除了极个别的以外，隋朝正规军镇压个把叛军就像拍死一只蚂蚁一样容易。

因此，杨玄感只能暗暗地来。他们的策略是先诈称别人造反，然后宣称自己是奉朝廷的命令去平叛，最后再打着平叛的旗号矫诏发兵。这样一来就师出有名、名正言顺了！而且可收瞒天过海、突然袭击之效。

凭借自己朝廷大员的身份，杨玄感顺利地忽悠住了隋朝各级官员，调走了黎阳当地的隋军，并且大索男丁充军，然后带着他们渡过黄河，兵锋直指洛阳。

但那个被诈称造反的人却愤怒了，这个人不是别人，正是隋朝赫赫有名的大将来护儿。来护儿可不是什么演义中的大反派窝囊废，而是东汉名将来歙之后，此人参加过灭陈大战，是剿杀过数支叛军的老将。同时这位兄弟也是征讨高句丽的干将，当时正奉命带兵驻扎在东莱（今山东），准备渡海去攻击平壤。

听到自己被强行背了黑锅以后，来护儿的反应不同凡响。一没有辩解喊冤，二没有请示汇报，而是直接越过组织程序，轮着膀子带着兵，找杨玄感拼命去了。

"说我造反，看我不弄死你！"

杨玄感惹谁不行，非要惹这么个不要命的主？后来的事实证明，他的失败跟惹毛了来护儿是有很大关系的。

杨玄感南下进军的时候，洛阳城内已得知了他叛乱的消息。此时留守东都的是杨广的孙子越王杨侗，杨侗当时还只是一个小孩子，只有九岁。所以拍板决策的主要是辅佐他的众位大臣。我们只需要记住一个人就行了，他的名字叫樊子盖，时任民部尚书（即唐朝的户部尚书）、东都留守第一辅佐大臣。

樊子盖此时担任的尚书是文职，但事实上他是一个经验丰富、很有手腕的老将，年轻时候找的第一份工作就是军官，在隋朝打的第一场战争就是灭陈之战。而且他这个人清廉谨慎，不纳贿赂，不仅人品好，人缘更好，连杨广这样猜疑成性的人都对他十分器重，每年绩效考核都给他排第一。

可想而知，杨玄感即将遇到的是一个多么可怕的对手。

杨玄感带着大军一路进发，很快到达洛阳附近，跟随的义军几天之内就达到了十多万。

看到队伍成了气候，他终于不失时机地扔掉了平叛的幌子，公开打出了反对隋朝的旗号，并开始公然痛斥杨广为独夫民贼，声称要吊民伐罪、除暴安良。

每次打仗前，杨玄感往往要流着眼泪发表一番义正辞严、声情并茂的演讲，大意就是："我身为朝廷命官，家中财产不计其数，对于富贵又有何求？今天之所以冒死起兵，就是为了解天下倒悬之急，拯救黎民百姓啊。"

听完杨玄感的慷慨陈词，大多数人都很受感染，纷纷感叹"老杨不愧是一个有思想的人啊"，前来投奔的络绎不绝。

凭着优势兵力和煽情的鼓舞动员，杨玄感打了好几个胜仗。他本人也非常骁勇，力大无穷，每次打仗只要大吼一声（史书记载"暗呜叱咤"），往往没照面就能把敌人吓个半死。我们据此推断他很可能修炼过狮吼功。这很有点儿西楚霸王项羽的感觉，所以大家都亲切地把他比作项羽。

但是，杨玄感的胜利是非常不可持续的。

他麾下的士兵大多没受过正规训练，主要构成是散兵游勇和老百姓，有的连一副像样的甲胄都没有，披条秋裤麻袋就敢上阵，就是凭着一股子热情在拼命。而洛阳可是大隋王朝的东都，国家的第二中心啊，那城防可不是一般的坚固。

这就决定了——杨玄感短时间内还可以靠着兵力优势来虚张声势，但长此下去，攻占城池是几乎不可能的。

你让一帮甲胄都没有的士兵攻城，那不等于去当活靶子吗？

而且，守卫洛阳的老将樊子盖防御也很有章法，自上一次失败之后，他就开始杀人立威，立刻处死了作战不力的将领。眼下三军之中已是人人敬畏、令行禁止，完全肃清了投降或是逃跑的念头。而我们要明白，隋朝正规军一旦认真起来，那可是非常恐怖的。

于是接下来的战场就出现了非常奇怪的一幕。

杨玄感每次进攻都是用尽了全部精锐，抱定了不破东都不罢休的决心，但樊子盖他老人家却总是不急不躁、不慌不忙地布防。

然而，最后失败的却总是杨玄感。

没办法，这就是实力的差距。

圈　套

杨广在高句丽前线听到了杨玄感叛乱的消息，对此他是非常害怕的。他知道杨玄感这家伙不是那帮泥腿子可比的敌人，而是统治阶级内部成员啊。

不过话说回来，此时的隋朝尚是百足之虫、死而不僵，杨广也还没有傻到不知道平叛的地步。害怕归害怕，该做的事还是不能马虎的。

他立即调兵遣将前去围攻，名将屈突通、卫文升、重臣宇文述很快奉命进逼过来，刚刚结下梁子的来护儿也来了，缓过劲儿来的洛阳守军也在樊子盖的指挥下出了城。

杨玄感本人虽然生猛无比，但这些人一起上他是不可能扛得住的，渐渐就感到难以支撑了。

于是李密又给他出了一个高明的计策——溜！

溜到哪去呢？

长安。

"那里的人还没得知我们造反的消息，我们轻装急进，一定可以占领，到时候只要把守住潼关，隋军就是想进来也不可能了。只要占了长安，以后霸业还可以再图！"

"好，就这么干！"杨玄感狠狠拍了一下大腿，决意放弃洛阳，往长安进发。

按照李密的建议，攻打长安应该速战速决，乘敌人没有防备的时候突然进攻，这样才可收到一击破城之效。但杨玄感到了弘农宫（今河南陕县）的时候，却鬼迷心窍，一头扎进了一个将会置他于死地的圈套。

这是一个兵少粮多的小城，当地的老乡非常热情，他们箪食壶浆以迎王师，拦住了杨玄感的队伍，其中几个为首的老头儿更是亲切，紧紧拉住杨玄感的手，说啥也不让走。

"弘农宫好打。"

"守备虚弱。"

"兵少粮食又多。"

……

杨玄感的野心膨胀起来了。长安我自然是要拿下的，但是弘农宫也不能放弃。

看着眼前这一切，李密感受到了一种难以言说的违和感。这些老乡怎会对他们的行军计划知道得如此清楚，又为什么要竭力劝说杨玄感攻打自己的家乡呢？这里面一定隐藏着什么不可告人的阴谋。于是他反复提醒杨玄感。

"这些老乡来路不明，你要小心，这恐怕是一个圈套。"

但是杨玄感已经完全进入了亢奋状态，吃着老乡们热乎乎的饭菜，听着老乡们淳朴的话语，他已经感动得热泪盈眶，不能自拔。多好的群众呀，不打一仗怎么好意思走！

打，给我狠狠地打！

他就像一头倔牛，丝毫不顾李密的劝阻，下令攻城。

可出人意料的是，弘农宫却根本没有老乡说的那么好打，反而是一块城防坚固、守备有方的硬骨头，杨玄感的进攻就像一脚踢到石头上，被狠狠崴了一下。

三天之后，杨玄感终于反应过来了，明白自己上了当。这些人一定是隋军派来的细作，目的就是为了拖延我入关的时间！连忙放弃围城，带上兵马直奔长安。

但已经来不及了。隋军大部队在宇文述、卫文升、来护儿、屈突通等人的统率下，已经昼夜兼程赶过来了。

八月初一，杨玄感在皇天原（今河南灵宝）被追兵赶上，一天之内打了三仗，却三仗大败，旋即战败身死。

他死得非常悲壮，因为有狮吼功护体，只要大吼一声敌军就人马俱惊、不敢向前，所以他并没有死在隋军手里，而是在绝望中自杀的。他抽出佩刀交给弟弟，让他砍下了自己的脑袋。这宁死不受辱的死法也非常有项王的个性。

他死后，包括李密在内的部众也作鸟兽散。

之后，杨玄感的尸体被拉到洛阳暴尸三天，然后剁碎焚烧，家人全被族灭。

杨玄感是一个勇敢善战的贵族子弟，被人称作项羽，但历史却注定了他只是隋朝的陈胜吴广，真正的项羽另有其人。

他的起义雷声很大，雨点略小，只维持了不到三个月，也没有打下什么稳固的地盘，这是他的战略水平和政治眼光决定的，怨不得别人。

但无论如何，他的起义影响不可小觑。

一者，起义军纵横黄河南北，先攻打东都，又转向长安，虽然都没有攻下来，但毕竟开了进取都城的先例。这就给那些早有起义之心的群雄做了一个很好的示范。

二者，杨玄感乃是统治阶层的核心人物，在他的队伍里还出现了观王杨雄的儿子、名将韩擒虎的儿子以及蒲山公李密等，当朝不少重臣也参与其中。

由此不难看出，隋王朝统治阶级的内部矛盾已到了非常尖锐的地步，这个王朝未来又将陷入何等风雨飘摇的境地？

第三章　虐心表兄弟：李渊与杨广

惹事的骏马

李渊和杨广是亲表兄弟，算起来李渊年长三岁，杨广还要喊他一声表哥。两人自幼结识，关系自然熟悉，是那种光屁股玩到大的发小。长大之后他俩的关系倒不能说不好，但是出于大家都知道的原因，打开始懂事的时候起，两人的地位就没有平等过。

杨广是皇子，尽管一开始的时候还不是太子，但也是仅次于太子的二皇子，身份不是一般的高。而且杨广这人聪明狡黠，长得可爱，打小就会撒娇讨巧，深受皇帝和皇后的疼爱，完全可以称得上集万千宠爱于一身，身边人无不众星拱月般围着他转。

相比之下，李渊的待遇就差得远了。虽然他出身高贵的国公，能攀上皇帝的亲戚，但皇帝像他这样的亲戚还有很多，到了帝王的宫廷里，即使人家对自己再好，也只能算寄人篱下。虽然他自幼文武全才，但比起受过顶级教育、智商也不在他之下的二皇子，那也没什么值得炫耀的。

在偌大的王朝宫廷里，他变得不再引人注目。每当杨广放肆欢笑的时候，他只能在一旁落寞地看着，想念家中的母亲、兄弟和早已去世的父亲。

别人不重视他也就罢了，让李渊心碎的是，杨广这个矮自己一头的表弟也从来没把他放在眼里，反而经常欺负他、嘲弄他。不管是好吃的、好玩的，杨广从来都是本着"你的就是我的，我的还是我的"的原则统统自己独占，不懂得给表哥留下一点余地。有的时候还会不留情面地讽刺他、捉弄他。

这个习惯甚至在两人长大成人之后，还依旧根深蒂固地保留着。

一次，早已成为皇帝的杨广大宴群臣，李渊也在席中。几杯酒下肚，杨广那迷醉的眼神突然定格到了他的脸上，直到把他看得心里发毛，才发出了一声清脆到近乎失态的大笑。

笑了许久，杨广抬起手指向李渊，上气不接下气地向大家说出了自己大笑的理由："他，他的脸长得像阿婆面。"（即老太婆的脸）

群臣听罢，顿时跟着哄堂大笑。而李渊听了则涨得满脸通红，恨不能马上从这个地方消失。

其实，李渊长得并不难看，相反还是有几分帅气的，要不然也不会娶到风华绝代的窦氏。但是他那比较帅气的脸却有一个缺点，就是过早地出现了皱纹。长皱纹的原因倒也不难猜测，人家父亲很早去世了，年纪轻轻就得挑起照料家庭的重担，整天忧心操劳自然就显得老成一点，不比杨广这无忧无虑的小皇子。

但是，在想拿他取乐的杨广眼里，这几道皱纹却让他灵感大发，联想到了老太婆。

在那个男尊女卑的时代，堂堂七尺男儿被编排成女性就已经非常耻辱，李渊还被说成个老太婆，而且还是在大庭广众之下，取笑者还是他的表弟。

将心比心，我实在非常同情他心里那股愤懑、委屈的滋味。

李渊并不是没有脾气的人，但在杨广面前，他却不得不压住自己的脾气。因为他从小就失去了父亲，而杨广却有一个当皇帝的父亲。

现在，他是杨广的臣子，杨广则是他的主人。他需要李渊时刻对自己表示出臣服的样子。

有一天，李渊搞到一匹好马。这匹马身躯矫健、四肢修长，皮毛顺滑得就像丝绸缎子，嘶鸣一声如洪钟，跑动起来迅捷如风，是一匹难得的宝马良驹。李渊如获至宝，天天骑着招摇过市，感觉自己非常之帅。

古代的男性喜欢马，就跟现代人喜欢车一样正常。

马本身就是一种漂亮强壮的动物，是速度和力量的象征，不仅能代步，还能上阵杀敌。我们非常熟悉的刘备就喜欢马，《三国志》里记载："先主不甚乐读书，喜狗马、音乐、美衣服。"刘备不太喜欢读书，却喜欢马，貌似不太符合他传统明君典范的身份，但他也并没有给人留下什么玩物丧志之类的话柄。

熟谙政治的窦氏看到后，却禁不住眉头一皱。她倒不是反对李渊这个爱好，而是想起了另外一个人。

"我知道你喜欢马，但是陛下也喜欢。"

李渊愣了一下。

"这我知道，可是，他喜欢又怎么样？"

窦氏打趣似地笑了。

"你还知道呀？那你现在有了这么好的马，为什么不赶快献给陛下？"

李渊哑然。

为了家族兴旺和个人的进步，他知道自己要讨好皇上，而要想讨好皇上就要投其所好。在老婆开门见山的指点下，他何尝不明白这是一个讨好皇上的绝佳机会，但他却实在不舍得割爱，因为他真的很喜欢这匹马。

窦氏看出了李渊的犹豫，也就没有再催促他。只是敛住笑容，淡淡地说了一句话：

"要是留在家里不给，被人传到陛下耳朵里，该怪你不长眼色了。"

做法、后果窦氏都已经说得再清楚不过了，但李渊最终没有这么做。然而历史的经验告诉我们，老婆大人的话是要听的，很多时候还要无条件服从。

几天之后，李渊突然收到了一道口谕，发件人正是亲爱的表弟杨广。内容不用说我们也能猜到了，主要意思就是：

"好马留着不给我，表哥你怎么可以这么自私呢？"

到底是谁自私呢？李渊已经无心思考这个问题了，在天子之威的兴师问罪下，他就像泄了气的皮球，瞬间没了心气儿。

最终，他还是极不情愿地献上了那匹爱马，就像他小时候无数次做过的事。

这件事发生后不久，窦氏就去世了，年仅四十五岁。李渊想念她，疯狂地回忆着他们在一起的一切。

终于有一天，他想到了献马这件事，突然之间恍然大悟。

宝马钱财不过是身外之物，唯有权力才可以给人实实在在的安全感。而普天之下，最容易获得权力的莫过于自己。他是这个王朝的皇亲国戚，是身份高贵的唐国公，是皇上杨广的亲表哥。人们都说近水楼台先得月，他李渊的身份完全可以称得上是那座屈指可数的近水楼台，他怎么就傻傻地不知道利用一下呢？一匹马算得了什么？金银钱财算得了什么？那些陈年旧事又算得了什么？何苦要为此耿耿于怀、徒劳伤神呢！

李渊想开了，真的想开了。

从此以后，他就像变了一个人，变成了一个溜须拍马的小人。这个曾经风华正茂的年轻人彻底褪去了身上的青涩，用他领悟到的圆滑世故混迹于这个污浊的官场。他竭力对杨广表现出心悦诚服的姿态，可劲儿地搜罗宝马名驹、奇珍异宝，隔三差五就给皇上送礼。

看到李渊变得如此殷勤，杨广生出一种从精神上彻底征服了他的满足感。

是的，表哥。你本来就该这样，你也应该一直这样。

杀人的歌谣

不久之后，杨玄感之乱爆发。在爆发之前，李渊以敏锐的洞察力向杨广打了报告，而杨广也很快想起了这位近来"表现突出"的表哥，马上给他委以镇守弘化郡（今甘肃庆阳县）的重任，并且统领关西整整十三个郡的军事大权，防备叛军西进。这在当时，要算是一个将军级的大官。

接到任命后，李渊禁不住流下了眼泪。

这既是喜极而泣，又是悲极而泣，喜的是终于有了一展抱负的机会，悲的是他最爱的那个人却已无法分享自己的喜悦了。李渊抹着眼泪对孩子们说："我要是听你们母亲的话，早就当上这个官了。"

窦氏，这个聪明貌美、知书达理、温柔体贴完美到极致的女人，是李渊生命中最好的老师。现在，她的学生毕业了。

杨玄感之乱爆发的时候，李渊镇守的地方在关西，离风暴的中心比较远，杨玄感最终也没能到达这里，因此事实上来说，他顶多是挂了一个平叛的名头，本身和叛军并没有什么交集。

但正是因为不用平叛，他才有时间去干一些早就想干的事情——厚树恩德、结纳豪杰。说白了，就是拉帮结派，培植私人势力，搞小团伙。

李渊为什么要这么干？因为对表弟不满？有关系。杨广向来喜欢捉弄、轻视自己，他心里一直憋着一股气，一有机会就忍不住想给表弟的墙角挖两铲子。但同时，李渊更是一个野心很大的人，在隋王朝乱象的刺激下，他内心潜藏已久的冲动当然要暴露一下。

李渊这些小动作都是暗中进行的，自以为可以瞒天过海。可杨广还是猜忌上他了。因为杨广就这脾气，上至皇亲国戚、下至文武百官，他从来都没有真心信任过任何一个人，你老实待着都可能招他，更别说李渊现在是朝中将军，还在悄悄招降纳叛了。

在猜忌之余，杨广对李渊进行了一次试探。

身为一个酷爱旅游的人，杨广在全国各大风景名胜古迹都有建好或在建的行宫。有一天，他转转悠悠来到了汾阳宫（山西汾阳），想起李渊表哥来，就招他过去叙叙旧，或者说敲打敲打。

汾阳这地方离李渊上班的地方不远，理论上是可以随叫随到的。但奇怪的是，李渊却没有来，他给出的借口是自己病了，身体很不舒服。

杨广知道后，心里感到一阵莫名的恼怒。

当晚，临睡前，他貌似随意地问起了一个姓王的妃子，这个妃子正是李渊的外甥女。

"你舅舅为何不来？"

"回陛下，舅舅他最近病了。"王姑娘小心翼翼地回答。

病了？杨广脸上突然闪过一丝狡黠的微笑。

"这病能死吗？"（可得死否）

一千多年后，透过文字我们似乎还能感受到杨广那让人不寒而栗的表情，还有那迫不及待、唯恐李渊不死的心情。

杨广怎么就这么盼着李渊死呢？除了招降纳叛，其实还另有原因。

这还要从当时流传的一曲童谣——《桃李歌》说起。

"桃李子，鸿鹄绕阳山，宛转花林里。"

这首童谣很短，看上去似乎没有什么特别的。但关键之处在于，其中有一个"李"字，还有一个"阳山"（阳和杨同音），所以，在别有用心的人解读下，其含义就是暗指姓李的要夺姓杨的江山。

当时的隋朝百姓，觉悟普遍不高，素质相对较差，吃饱了没事儿干就喜欢信谣传谣。一来二去，这个童谣就被全国人民都知道了，这个知道的人自然包括杨广。

不过，李姓毕竟是一个大姓，全国各地姓李的人很多，说是姓李的要夺杨家的江山，你真要确认是哪一个也是不太现实的。

不久之前，李密率先造反，注册了"冠名权"，算是应了那句谣言。可是我们都知道，李密很快就失败了，他没有夺到杨家的江山，而且看起来也不会再有翻身的机会了。

莫不是还有其他姓李的？素来多疑的杨广心生疑忌，又盯上了自己的身边人——大臣李浑。李浑的结局十分凄惨，一家三十二口人被全部诛杀。但李浑死后天下也没有安定，干下灭门惨案的杨广不肯罢手，继续搜寻着其他姓李的人……

就在此时，那首童谣又被解读出了另一个版本——升级版本。升级版本很简单，只有一个改动——"桃"被解读成了"陶"。

麻烦大了。

因为"陶"这个字往往是和"唐"连在一起的，而这个连在一起的"陶唐"，就是尧帝的氏，而众所周知尧帝是上古时代最伟大的帝王。巧合的是，当时的李渊，恰恰就是封在唐地的唐国公。

桃李子，陶李子。陶唐氏，唐国公，实在是太巧了。

怎么会这么巧呢？

这分明是暗示李渊要追随尧帝的脚步称帝呀。

表兄的自污

根据我们对李渊的了解，他肯定是有这种想法的，但是有归有，若是被一首歌谣就这么点出来可就太尴尬了。所以知道表弟的问候以后，李渊顿时毛骨悚然，生怕他往这上面胡思乱想。更何况，当时杨广已有诛杀过李姓大臣的前科，说不定哪天自己脑袋就搬家了。

该怎么办呢？该怎么办！

李渊思来想去，耍了一个非常俗套的把戏。

这个俗套的把戏就是自污。

所谓自污，并不是说某人比较"污"的意思，而是往身上泼脏水，把自己搞臭，这样别人就懒得踩你了。在漫长的中国历史中，许多人都用过这套把戏，但许多人却又偏偏吃这套把戏。

比如秦国名将王翦，亲率六十万大军灭楚时，每次打仗前总会问老大要东西，什么我家的房子还没分配呀，什么我儿子还不是公务员，什么我院子里的花花草草没人照看呢。请组织务必帮忙解决。

王翦这样看起来自私贪婪，但奇怪的是嬴政反倒对他十分放心，因为按常理来说，一个顾家的人是绝不会造反的。自污，就是摸透了帝王心术。比如汉代名相萧何，刘邦外出平叛让他看家。起初尽职尽责反倒受猜疑，每次汇报工作刘邦都沉默不语。后来萧何开始抢夺民田、贪污受贿，反倒让刘邦满意，因为刘邦也知道，一个贪污犯是不可能得民心的，不得民心自然就威胁不到皇帝。

李渊或许听过前辈们的故事，那天之后，他就迅速腐化堕落起来了。

作为一个妻子已故去的老光棍，他开始纵情享乐、酗酒纳贿、沉迷女色，每当群众出来逛街的时候，总能看见李将军拿着酒坛子搂着失足妇女喝得醉醺醺的影子。

父老乡亲们，瞧一瞧看一看啊，我李渊这辈子就喜欢喝个酒、好个色、贪个财。嗝儿，来来来，干杯。

很快，十分关心臣下思想动态的杨广听说了表哥的光荣事迹。不懂得控制本性的人是绝无法干成大事的，杨广明白这个道理（他自己就是），是以对李渊的表现深信不疑。

贪财、好色、酗酒……没有媳妇管着了立马原形毕露，这样的人能有什么出息？至于什么陶唐氏、桃李子，哈哈，你们都想多了。

终于，好酒贪财的李渊顺利过关了。不久之后，还被杨广亲自点将当上了山西河东慰抚大使。而这个地方，将会成为他开创不世基业的龙兴之地。

只不过，在那一天到来之前，他还需要蛰伏、隐忍……在狂风巨浪中悄悄地积蓄力量。

表弟的日常

杨玄感灭了，李密跑了，李浑死了，李渊也老实了。杨广心里的一块石头落了地，天下终于太平了！于是像没事儿人一样恢复了常态。他不仅没有一丁点收敛和醒悟，反而变得比以前更加过分。

杨玄感造反的时候焚毁了他的水殿龙舟，现在他又下令重新建造了，而且体积要比原来更大，数量也比原来更多，达到了几千艘。

龙舟做好以后，杨广在长安、洛阳自然待不住了，在大奸臣宇文述的逢迎下，马上开始筹备例行的旅游活动——乘舟南巡，目的地是他最钟爱的城市——江都。

临行前，几位忠心耿耿的大臣对这一行为进行了劝谏，但他们的下场十分悲惨。其中一个在朝堂上被当场杖杀，另一个被关进了大牢，还有一个被切掉了下巴然后砍掉了脑袋。

杨广当然有理由对他们的劝谏动怒。因为他真的太喜欢南方，太喜欢江都了。他年轻时就到过这里，从这里出发平定南方的陈国，立下了不朽的功业。他喜欢这里的山山水水、美女佳人，甚至喜欢上了这里的吴侬软语，时不时还要拽上几句。每当来到这里，他就仿佛再次回到了那个年少时的青葱岁月，而那种美妙的感觉是对任何人都无法言说的。

去往江都的路上，杨广的排场一如既往地浩大。龙舟组成的船队浩浩荡荡长达二百余里，上面载着诸位亲王公主、文武百官、后妃宫女等接近二十万人。同时，作为一个"如假包换"的吃货，杨广还亲自下令，沿途所经州县只要在五百里以内的，当地官员都要过来贡献食物。

杨广叫你给他送吃的，那可不是一件轻松的差事。

这送的食物要是不好吃，地方官就要倒霉，轻则丢官，重则丢命。但这食物要是好吃，也不是什么好事，因为好吃，他还会接着问你要，而你要完不成任务，还是免不了重复上面的下场。

这不是最让人气愤的。最让人气愤的是，贡献的食物不论好不好吃，只要没有吃完，它们就会被像垃圾一样填埋或是扔掉。

当时的海内已经遍地都是食不果腹的饥民。杨广竟然还如此挥霍浪费，宁可扔掉都不愿给他们一口饱饭，这种不把人当人的思维实在令人怒发上指。

隋朝的起义烽火早就熊熊燃烧了，杨广又迫不及待地在火上浇了一桶油，火苗腾腾地冒起来，几乎要把这个摇摇欲坠的王朝彻底吞噬。

而这团大火里，烧得最旺的那一片就在瓦岗寨，煽风的人，就是李密。

第四章　瓦岗风云

李密再起

李密怎么又冒出来了?

且说杨玄感造反失败以后,李密和几个同伙秘密潜逃。

本来,他们是准备逃往地僻人荒的关西以西地区,但不走运的是,在经过潼关的时候被官军捉住了。

抓获了这几个谋反要犯,官军们非常高兴,立刻哼着歌唱着曲儿押着他们赶往高阳(杨广的临时驻地)邀赏。

等待李密的毫无疑问将是——死亡。

至于是怎么个死法,我们可以参考杨玄感的下场,他在自杀后仍然享受了一遍曝尸、脔割、焚烧一条龙待遇。不过话说回来,李密毕竟不是造反的首谋,他的下场可能会"好"上那么一点,当然我们说的"好"也无非是砍头、腰斩或是大卸八块的区别,横竖一死是肯定免不了的。如果赶上杨广心情不好,或是一下认出了这个从前的侍卫,新仇旧恨涌上心头,一怒之下来个求生不能、求死不得的千刀万剐也不是没有可能。

现实就是如此残酷。一个谋反作乱的死刑犯又有什么选择的余地呢?反正人早晚都要死的,既然摊到头上了就想开点吧,没准二十年后又是一条好汉呢。

……

但李密不甘心这样死去。他从来就是一个与众不同的人，也不是一个肯于引颈就戮的人。他有伟大的理想、远大的抱负，有过人的智慧、超凡的胆识，在理想抱负实现之前，他怎么就可以这样默默无闻地死了呢？绝对不能！

一路上，李密都在苦苦思索脱身之计。

可我们必须承认，他脱身的希望是非常渺茫的。

全副武装的官兵正把他们看得严严实实，一路上眼珠子瞪得溜溜圆，没有丝毫懈怠。要知道人家抓住的是谋反要犯呀，不是什么小毛贼，一旦把李密送到皇上那里，功名和利禄都是手到擒来。对这几个身份低微的大头兵来说，这恐怕是一辈子距离逆袭最近的一次机会。

所以指望他们动个恻隐之心放你一马是不可能的，指望趁他们偷懒打盹然后借机溜走也几乎没戏。

那么手无寸铁的李密还能有什么办法呢？

办法还是有的，因为李密还有一项特殊的能力——公关。

大家一定还没忘记，李密当年就是以自己独特的公关能力得到了杨素的赏识，还和杨家大公子成了好兄弟。现在对付这几个小兵自然不在话下。

李密眉头一皱，计上心来，和几个同伴耳语几句之后，便准备着手实施。

很快，他们一起拿出随身带着的钱财，贿赂押解的官兵，得空还买酒买肉，请他们吃饭。

世上有哪个人不爱钱呢？虽然行贿的是犯人，但伸手不打笑脸人，官兵因此对他们十分客气，每天一起吃吃喝喝十分开心。而且，李密他们表现得也太没心没肺了，每天该吃吃、该喝喝、该笑笑，就像完全不知道自己死期将至一样。

看到这些死到临头还傻乐呵的"死人"，官兵觉得非常好笑，逐渐放松了警惕。

在一个伸手不见五指的晚上，官兵们又一次被灌得酩酊大醉。不过李密他们并没有醉，不仅没醉，反而还清醒得很。待官兵们沉沉睡去，大家便开始忙活起来。

几个时辰之后，牢房的墙壁上被挖出了一个洞。

这个洞不大，却足够人逃跑。

嘿！聪明的李密。

李密脱身之后，便和几个同伙分道扬镳，各自逃命去了。别人去的哪儿李密不知道，反正李密是辗转去了不少地方。

他先是去投奔平原县的义军头目郝孝德，但郝孝德这个粗人瞧不起他。李密不能忍受别人的轻视，转头又去投靠反贼中的老字号王薄，但意外的是，王薄对他也爱搭不理。

李密没有办法，只得再次离开。接下来的日子，他的境遇窘迫到了极点，像一条丧家之犬，找不到一个落脚的地方，只能漫无目的地四处游荡。风餐露宿、饥不择食，有时甚至不得不靠吃树皮来充饥。苦涩的树皮难以下咽，高贵的蒲山郡公或许从未想过，有一天会吃这种东西，但要是不吃，他就会饿死。

李密的心情有些沮丧，如果上天能给他一次重新来过的机会，他不知道自己会不会做出当初的选择。

然而，上天终归不会让这样的豪杰饿死野外的。不久之后，他逃到了淮阳（今河南淮阳）乡下。在古代那种识字就算有文化的年代，李密这熟读《汉书》的人应该算是一个大知识分子。在这里，他改名为刘智远，聚集一帮人开了私塾，做起了教书先生。以李密的文化水平，教几个乡下粗人自然绰绰有余，很快受到了乡亲们的认可和尊敬。

辗转逃亡的罪犯过上了安定日子，到这里也该知足了吧。但是这样过了一段时间，生性不安分的李密却觉得空虚了。他那颗躁动的心注定无法与世隔绝下去。

有一天，学生们放学之后，李密老师独自一人留在了学堂。或许是回想起了从前的事情，他在学堂里来回走了很久很久。

不一会儿，他突然心有所感，拿起笔在墙壁上题了一首诗——《淮阳感怀》。

这首诗比较长，没必要全文摘录下来，大家只看最关键的几句就可以了。

樊哙市井徒，萧何刀笔吏。

一朝时运会，千古传名谥。

寄言世上雄，虚生真可愧。

且不说这首诗的文采、韵律，单看上面这几句，我们就可以下一个定论——这是一首反诗。中国历史上有名的反诗很多，比如黄巢的"待到秋来九月八，我花开后百花杀"、宋江的"他时若遂凌云志，敢笑黄巢不丈夫"等等都是脍炙人口的名篇，李密这首虽然名气差一点，但意思还是很明显的。

我就试着来解释一下吧：樊哙是个市井无赖，萧何是一个刀笔吏，他们都是社会底层的小人物，但是一朝赶上机遇就成了千古传诵的英雄。而我这么牛的人，就在这山沟沟里虚度一生，岂不惭愧？

嗯，这就是李密在诗里表达的核心意思。

然而，樊哙、萧何是什么人呢？他们是汉朝的功臣，却是秦朝的反贼。如果你缅怀他们如何建功立业倒也没问题，而李密明显是仰慕他们起义造反、飞黄腾达的经历。

好啊，一个教书先生，写这样倾慕造反的诗，实在是太让人匪夷所思了。再加上他本来就不明底细、形迹可疑，十有八九也是个潜伏的反贼！

李密老师很快就被人告发了。不得已，他又踏上了流亡的道路。

但是往哪里去呢？

他现在的身份已经是一个反贼，今后从事的职业也只能是造反。但当时最著名的造反领袖郝孝德、王薄这些人却没有一个能容得下他，他又能去到哪里呢？

李密一边逃亡，一边在思考，他的大脑在广袤的中原大地上反复检索了好几遍，最后停留在了一个地方。

那里处在黄河以北的农村地区，距离中心城市较远，属于隋朝反动派统治力量的薄弱环节。

那里河流众多、地势复杂、森林茂密，只有几条狭窄的小路通往寨内，进可攻，退可守。

那里有几位著名的英雄豪杰坐镇，建立了起义武装，群众基础非常好，战斗热情非常高，和一般的土匪流寇组织大为不同。

如果我能到那里，一定会广阔天地，大有作为！

不如去碰碰运气吧。

瓦岗原始股

这个地方就是名震天下的瓦岗寨。

作为隋唐之际最最著名的反政府起义武装，此时的瓦岗军还只能算是后起之秀，但稍有眼界的人都已经可以感受到，它将会有不可限量的前途。只因为它的名字就叫瓦岗！

它的历史还要从创始人翟让说起。

大业七年（611年），河南东郡（今河南滑县）的法曹翟让犯了罪被关在狱中，具体什么罪我们不得而知，反正是要被杀头。听着狱中那嘈杂的吵闹声、囚犯被严刑拷打发出的惨叫声、随地小解发出的嘘嘘声，死到临头的翟让像木偶一样绝望地呆坐着，就等着临刑咔嚓一刀。

杀吧杀吧，杀了我就解脱了。

可他没想到，看守狱卒却是他忠实的粉丝。

于是在一个月黑风高的夜晚，狱卒悄悄打开枷锁把他放了。绝处逢生的感觉实在难以形容，让性格如翟让这样坚毅的人也禁不住流下了眼泪。

"大哥你是我的再生父母，有什么要求尽管提，我就是赴汤蹈火也在所不辞……（以下省略一百余字）"

狱卒脸色一沉。看管囚犯是他的职责，囚犯逃跑就是他的失职，而故意放走囚犯他可能会被处死。他当然明白这么做的危险，但他还是这么做了。只因为他并不是要图什么回报，也不是因为翟让长得帅，而是觉得他是一个好人，一个可能会对天下苍生有用的人。

"我救你不是要回报的。男子汉大丈夫，别像个女人一样哭哭啼啼了，赶紧走吧。"

狱卒转过身去，摆了摆手，不再看他。

翟让千恩万谢，逃出了监狱。不久之后，到了离家不远的瓦岗寨落草。他的所作所为没有让粉丝失望。他本人武功高强，打仗勇敢，同时因为在官府里待过，具备一定的组织能力。经过辛苦打拼，很快就立起一个山头，在当地拥有了很高的知名度。

"你若盛开，蝴蝶自来"。瓦岗寨的立足很快引得两个老乡前来归附。他们的名字是——李勣、单雄信。

李勣，就是大名鼎鼎的徐懋公，曹州离狐（今山东菏泽）人。徐是他的姓，懋公是他的字，世勣是他的名，后来归顺唐朝时赐姓李，改叫李世勣。李世民驾崩以后，又要避讳皇帝名字中"世"字，没办法又改叫李勣。所以单从名字上看，这就是一个被封建礼教祸害得面目全非的人。

尽管他的名字此时还叫徐世勣，但为了全文连贯，方便起见，我们就统称他为"李勣"好了。

李勣家是当地的富户，家里有很多仆人，囤积的粮食多达数千钟，保守估计也是一个富二代（或富N代）。但他却没有拿着家里的钱去花天酒地、为非作歹。事实上他是一个很有正义感的人，慷慨侠义、义薄云天，从小就见不得贪污腐败，见不得欺压百姓。

李勣能有这种优良品质，应该是得益于他父亲徐老爷子的影响。这位徐老爷子是一个不折不扣的大好人，从没有仗着有钱有势欺负人，而是喜欢打抱不平、助危扶困，在当地有非常好的口碑。父母是子女最好的老师啊，有这样的父亲，李勣又能差到哪里去？

长大以后，他看天下大乱，隋朝迟早要完，便毅然离开家人，投奔到瓦岗寨，走上了武装反抗隋王朝的道路。

那一年，他只有十七岁。

十七岁就有如此志向，实在了得。

单雄信和李勣是同乡兼好朋友，俩人一起上的山。

在隋唐时代，单雄信是各种传说和演义中浓墨重彩的一个人物。演义上说他是山西二贤庄庄主，大隋朝九省绿林总瓢把子，绰号"赤发灵官"，擅长使用一根金钉枣阳槊，在隋唐好汉中排名第十二，等等。这当然都是虚构的。

但是他粗犷善战，有万夫不当之勇都是有据可查的，两唐书和通鉴都明确记载了他的外号——"飞将"！（雄信骁捷，善用马槊，名冠诸军，军中号曰"飞将"。）

关于"飞将"这个称呼，有必要在这里提一句，从中国有历史记载以来截至隋唐之际，获得"飞将"称号的只有三个人，这其中一个是李广，一个是吕布。

还有一个，就是单雄信。

说了这么多，单雄信是一个什么级别的人物大家想必已经很清楚了。

翟让、李勣、单雄信三人可以算是瓦岗军的原始股。

三个人聚在一起志同道合、情同兄弟，又合伙招募了一万多人的队伍，在瓦岗寨一带替天行道、劫富济贫，过得十分快活。

不过，如果翟让一干人等就这么过下去，世界上也许就没有什么瓦岗军了。他们这样充其量也不过就是唐朝版的梁山好汉，甚至只能算晁盖上山之前的王伦。占据地盘不过一个山寨，所作所为也不过是跟乡长械斗、和土匪争雄，没事大碗喝酒、大块吃肉，吃喝不愁地过一生。然后美其名曰反抗暴政。若干年后让一个闲来无事的文人记上几笔，加工几番，成为后人茶余饭后的谈资。

但是，李密的到来改变了这一切。

李密终于来到了瓦岗寨，在那个简单、粗犷却不失气势的大厅里，他见到了山寨之主翟让。激动的心情让他的喜悦溢于言表，他纳头便拜，自报了个人主要情况，非常诚恳地请求入伙。

翟让的个性耿直爽快，对真心投靠的人一向来者不拒。而且他看李密虽然身材瘦小、衣衫破旧，眉宇间却有一股难以言说的英气，心中也非常喜欢，二话没说就收留了他。

"快快请起，从今往后，瓦岗寨就是你的家！"

李密拜谢之后，走出厅外。

天亮了。

也就在这时候，他才以新奇的眼光重新打量起了这个山寨。坦白地说，这里不能算是山，只是一片片比平地略高的土丘，只不过面积稍大一些。但位置却很不错，三面环河，树木茂盛，水网密布，沼泽众多，还有大片芦苇丛。瓦岗寨的好汉们，又在周边修了二十余里的栅栏，使寨子成为了一座守备森严的堡垒。虽然这里可能不如那些真正的大山一样地势险要，但敌人要打进来也是决不容易的。这在一马平川的中原地区，已是少见的战略要地。

就在这里吧，就在这里大干一场！李密心中暗想。

然而，他并未想到，一场厄运很快就要到来。在自报家门的时候，他悄悄留了个心眼，隐瞒了那条至为关键的个人信息，然而很快就有人报告了这条信息。

"此人是参与过杨玄感之乱的要犯。"

翟让知道后，大为惊讶。他实在没想到这个年轻人背景竟如此复杂，这个复杂的背景让他非常为难。瓦岗军虽然号称"反抗暴政"，以替天行道自居，但充其量也就是小打小闹，平时打交道的无非是些地方官军、杂牌军，没动过什么大的干戈。而李密这种要犯一旦来到自己的山寨，那就真可能把隋朝中央军招来。到那时，瓦岗寨就要成为众矢之的，面临灭顶之灾啊。这样的人怎么可以收留？

于是，他转手就下了一道命令，把李密关了起来。

至于要不要杀掉，他暂时还没有拿定主意，因为他始终没有找出一个合适的借口。

而且说实在的，他对这个年轻人真的有点喜欢。

在瓦岗寨阴暗破旧的监狱中，李密的心情沮丧到了极点，他慨叹自己的命运为何如此无常。从逃亡到现在，他可以说是颠沛流离、居无定所，投奔郝孝德、王薄遭到嫌弃，到乡下教了几天书待不下去，现在好不容易找个地方落脚又搞得身陷囹圄，脑袋能不能保住都难说。

李密啊李密，难道你就要默默无闻地葬身于此吗？

不会的，不会的，老天是注定不会让你这样的豪杰早早就退出历史舞台的。

就在这一刻，李密迎来了自己生命中最重要的人，他的救星——王伯当。

王伯当也是一个很早就组织反政府起义的人，李密未到瓦岗寨落草之前，两人曾有过交往，经常在一起天南地北地海侃闲聊，那时候，李密总是喜欢讲述那些雄霸天下的理想抱负。王伯当家里很有钱，却没什么文化。和李密接触多了以后，越来越佩服他的气度和见识，觉得他是个有潜力的大才。而且联系到那则著名的"李氏当为天子"的谶言，王伯当甚至怀疑，他将来要取代杨家，当上天子都不是没有可能的。

现在，未来天子落难的一幕恰好被来瓦岗寨串门的王伯当看到了，他怎么可能不过问？

两人隔着铁窗一番长谈，王伯当明白了李密的处境。他自作主张找到翟让，力劝翟让放了他。

翟让含含糊糊地敷衍着，坚持不肯表态。

王伯当看出了他的犹豫，便说出了李密托他带来的两句话："杨广昏庸残暴，百姓怨声载道。在高句丽打光了精锐部队，和东突厥断绝了友好关系，眼下又躲在江都不敢回去。这正是像刘邦、项羽那样争夺天下的时机啊，就凭您的雄才大略和精兵强将，夺取二京，灭亡隋朝，岂不指日可待！"

尽管这话不是李密当面说的，而是借王伯当之口转述的，但这马屁拍得实在震天响，翟让听了也非常受用。

但冷静下来之后，他还是狠狠地掐了两下大腿，又扇了自己俩大嘴巴。翟让啊翟让，你不过就是一个农民家的孩子，吃了几年基层的官饭，又在山寨上得瑟了两天，就敢做梦夺取长安、洛阳，灭亡隋朝？还刘邦、项羽的，痴心妄想了吧。

可不管怎么说，毕竟是德高望重的王伯当来求情，这个人情不好不给他。而李密那话虽然听起来有点不切实际，但好像也确实有些水平，至少眼界就比身边这些粗人高出一大截。

想到这里，翟让突然记起来一件事。

瓦岗寨附近有几支义军，历来不受我节制。既然李密这么能说会道，何不让他去说合说合，招降一下？招不过来也没事儿，大不了他被人砍了，我又没有损失。

于是，李密被光荣释放，欣然领受了翟头领的任务。

几天以后，李密和几个义军头目勾肩搭背回到了山寨，他们都非常真诚地请求入伙，说自己早就想来了，并对翟让露出了十分崇拜的表情。翟让吃了一惊。

立了新功的李密赶紧趁热打铁，又献了一计。

"头领，现在寨里人马多了，粮草都不够吃，长此以往，必然人困马乏。官军一来我们必败无疑。我建议不如早点出去打几仗，扩充下地盘，储备些物资。"

"好，那就你去吧。"翟让爽快地答应了。

几天以后，李密打下了荥阳附近好几个州县，带着粮草辎重满载而归。翟让开始对这个年轻人刮目相看了。但是，他还没通过最终的考验。

最可怕的人

一天早上，李密刚走出门口，就发现山寨上下弥漫着一股不同寻常的气氛。大家伙都在七手八脚地收拾行礼，有卷铺盖的，有打包的，一个个忙得热火朝天，节奏非常紧张，唯恐落于人后。

看到这一幕，李密不禁有些好奇，刚要开口问，一个小兵跑过来告诉他。

"张须陀要来了，还不赶快逃跑？"

"张须陀？"

"对，这是翟头领的命令。"

头领的命令？李密心惊，翟让这是被张须陀吓得要逃跑吗？

不错，英雄一世的翟让确实准备逃跑了，但是这一点也不丢人。因为被张须陀追得四处跑的不只翟让一个人，江湖上但凡有点名号的义军不管是王薄、孟让，还是卢明月、郝孝德等，遇到这种情况没有一个不跑的。因为他们遇上张须陀通常只有三种结果：一种是失败，另一种是大败，还有一种是惨败。

张须陀，河南弘农人，隋末名将，东汉太尉张温之后，读过三国演义的可能有印象，这位张温曾差一点杀掉董卓。

出身名门之后的张须陀，性如烈火、勇敢善战，对大隋朝忠心耿耿。自打出道以来，从云南到山西，从山西到山东，纵横大半个中国，凡是闹乱子的地方他基本都去过，而且去了就打，打了就赢，赢了还赢……不管敌人是谁，只要听到他的名字基本上都只有抱头鼠窜或是坐以待毙的份儿。张须陀也因此被形象地称为起义军的克星、大隋朝的柱石，有他在就能维护"世界和平"。

老张就是这么厉害。

不过，他之所以能攻无不克、所向披靡，也不单纯是因为本人善于用兵打仗，还因为他帐下有两个非常厉害的猛将。

这两个猛将大家很熟悉，熟悉到家喻户晓，路人皆知，刚懂事的小孩子都可能听过他们的名字。他们可能没当过什么大官，但都是盖世英雄。大家一聊隋唐历史、一读隋唐演义就会想起这两人，就忍不住不喜欢上他们，隋唐影视剧更是无论如何也绕不开这两人。

很多人可能已经猜到这两人是谁了。来吧，让我们一起说出他们的名字。

秦——叔——宝！

罗——士——信！

他们已经等得不耐烦了。

秦琼，字叔宝，齐州历城人（今山东济南）。他的父亲是一个北齐的小官，名字叫秦爱，而不是演义中的陈朝大将秦彝。后人之所以这样附会，我猜应该是他和陈朝后主重名的关系，陈叔宝、秦叔宝？叔宝这名字可算透着一股浓浓的陈朝遗民范儿，也怪不得后人编排他。

关于秦琼其人，演义中说他仪表堂堂、行侠仗义、武功高强等。这些描述基本都对，却又不太对，因为历史中的秦琼确实具备这些人见人爱的优良品质。但有一点——他的武功却比演义中还要高，高到完全不是一个级别。

演义里的秦琼武功只排十二名（一说十五名），而史书里的秦琼可以毫无悬念排到第一名。

旧唐书记载，秦叔宝后来跟随李世民打仗的时候，敌阵中往往有出来耀武扬威的。每当这时，李世民总是对他淡淡地说一句"做了他"。而他也总是特别争气，只要主公一声令下，立刻就像离弦的箭一样冲出去，一出手就完胜敌人（负枪跃马，必刺之万众之中）。

这个战斗力是极为恐怖的，堪称万军中取上将首级。在他之前，能做到这种地步的只有两人——关羽、张飞，和他同时代的只有一人——尉迟敬德。考虑到后来秦叔宝和尉迟敬德在美良川打过一仗，秦叔宝还赢了他，因此，如果我们说秦叔宝就是隋末唐初第一高手的话，应该不算过分。

或许是因为早年打仗太过生猛，秦叔宝人到中年后就疾病缠身了，此后基本处在隐退状态，李世民登基不久他就去世了。但是他英勇绝伦的事迹却一代代流传下去，成为了不朽的传奇。

秦琼的父亲死得早，由母亲一手拉扯大，家庭条件不太宽裕。大业年间天下大乱，为了赡养母亲，他投在隋将来护儿帐下当了兵。

来护儿已经在前面出过场了，从他抡起膀子就干的作风中，我们能看出这是一个性情暴躁、容易冲动的人。但他的冲动和暴躁仅仅是针对敌人的，对待部下还是很好很宽厚的。大概这就是所谓的对同志像春天般温暖，对敌人像严冬一样残酷无情吧。

而且，来护儿还颇有识人之明，至少对秦琼来说，他称得上是一位伯乐。

秦琼在军队服役的时候，老母亲去世了。来护儿知道后二话没说，派人带着份子钱前去吊唁。军中上下听说后都很奇怪，现在天下不太平，将士们家里办丧事儿的很多，来将军怎么别的家里不去，偏偏去秦琼家呢？

来护儿看出了大家的疑惑，笑着解释说，秦琼这人骁勇善战，而且有志向、有节操，将来必成国家的栋梁，我怎么能怠慢他？

大家听了，都心悦诚服，不再说什么。可见节操这东西是不能轻易丢的。

不久之后，来护儿离任，秦琼跟了新领导张须陀，在老张的帐下，他将会崭露头角。

大业八年（612 年），起义领袖卢明月在下邳（今江苏睢宁）造反，聚众达到十余万。

张须陀奉命带领一万余士兵去征讨，相持了几十天后，老张发现粮草不够吃了，准备撤退。撤退前，他对将士们说，"卢明月知道我军撤退，一定会来追击，这样一来他的大营就会空虚。要是我们能有人去偷袭一下就好了，只要带上一千人，必定会出奇制胜。"

说到这里他停顿了一下，遗憾地叹了口气。

"可是，诸位有人敢去吗？"

然而军营里却鸦雀无声，没有一个人敢站出来。只因为大家都知道这个行动危险至极，以一千人偷袭十万人，此番一去恐怕有去无回。

唉，谁不爱惜自己的命呢？老张虽然内心失落，却并不打算责怪他们。

"我敢。"

秦琼、罗士信几乎同时站起来，又几乎同时说出了这句话。说完之后，两人互相对视了一眼，战友的情谊霎时变得火热。

本来，张须陀考虑的只是有没有人去的问题，并没有考虑能去的人数，却没想到自告奋勇站出来两个年轻人。这让他喜出望外。于是，本来说好的只给一千人马，现在也大方地给每人都拨了一千，算是把兵力翻了一倍。

然后，张须陀令秦琼、罗士信领兵埋伏在附近的芦苇丛里，自己就率领大军撤退了。

正如他预想的那样，卢明月看到官军撤退，果然倾巢追击。等卢明月走远之后，秦琼、罗士信按预定计划从芦苇丛中迅速出动，以殊死奋战的勇气，奋力杀开一条血路，直冲敌军阵前，放火烧着了三十多个大营。

在追击的途中，卢明月猛然看到后方火光四起，料定大本营已被偷袭，急忙赶回去救援。这时，张须陀趁机掉头反击，秦罗二人也在正面迎击，两支队伍前后夹击，把敌人杀得几乎片甲不留。

此战，卢明月十万大军几乎全军覆没，本人仅带着一百多名骑兵逃亡。

秦琼和罗士信因此远近闻名。此后，秦琼跟着张须陀南征北讨，成了大隋王朝锋利的爪牙。

罗士信和秦琼是老乡，也是齐州历城人（山东果然出好汉）。

关于他的身世，民间故事里也有好几个版本，有的说，他是秦琼家的仆人，天生神力的傻小子，能力掰牛角、飞石打鸟、浑水摸鱼，扛着一把大铁枪打遍天下无敌手，只有隋唐第一条好汉李元霸能勉强跟他战平。还有的说，士信是罗成的字，罗士信就是罗成，他是燕王罗艺的儿子、秦琼的表弟，生得英俊潇洒、唇红齿白，掌中一条枪使得出神入化，人称"冷面寒枪俏罗成"，在隋唐好汉里排名第七。

这些当然也都是附会之词。

历史上只有一个罗士信，没有罗成，他既不是傻小子，也不是小白脸，和秦琼没有亲戚关系，也不是罗艺的儿子。他只是一员猛将，猛到敌人听见他的名字就会心惊胆寒。

从这点来看，他身上倒是有些罗成的影子。

罗士信和秦琼关系想必很不错，两人很早就一起在张须陀帐下效力，算是老战友了。

差不多也是在大业年间，起义军领袖王薄和孟让联合攻打齐郡，张须陀奉命带兵前去阻击。

那一天，只有十四岁的罗士信主动请战。

看着这个子矮小、身材瘦弱的未成年人，老张禁不住哈哈大笑。"你连个铠甲都没有，还打仗？小孩子，让你的哥哥们先上吧，你先在边儿上学学。"

众人听罢都跟着哄堂大笑。

罗士信愤怒了，老张这句看似玩笑的话已经深深伤害了他的自尊！

他没有理会大家的哄笑，倔强地站起身，腾腾腾走出了门外，旁若无人地套上了两层盔甲。两层铠甲穿在这个小孩身上肥大得有些滑稽，但罗士信并不在意，抄起马槊，飞身跳上了马，从左边跨上去了，跳下来再从右边跨上去（左右双鞭而上马），围着军营风一般驰骋了两圈。停下来，看着张须陀。

张须陀收起笑容，赞许地点了点头。

"你的武艺不错，那就去吧，我批准了。"

这次战斗的地点在潍河岸边，王薄、孟让气势汹汹，带来的人马差不多有几万人。

此时，不远处的罗士信正死死地盯着他们，眼中露出了和年龄极不相称的凶光，就仿佛是猛兽看见了一群待宰的牛羊。

阵势刚列好，他旋风一样冲了过去，把一起来的战友远远甩到了身后。瘦弱的胳膊抡起马槊，左右刺杀。他的招式似乎没有什么特别之处，可奇怪的是只要和他一照面，敌人就成了几乎毫无还手之力的土鸡瓦狗，一个接一个扑通扑通落下马去。

罗士信杀得越来越兴奋。突然，他策马急停，抽出腰刀砍下了一个人的脑袋，往天上高高地抛起，再用马槊稳稳接住。然后，他就这样挑着一颗人头再次投入了战斗。

军人上了战场，干的都是刀口舔血的营生，对杀人并不陌生，也不会多么害怕，但是现在他们却无法不害怕。因为这个瘦弱的小孩子的表现，已经突破了他们心理所能承受的极限。他不仅视人命如草芥，杀完人居然还把人头当玩具，这种超凡脱俗的杀人方式已然彻底击溃了他们本来还算强大的"三观"。

敌人很快就崩溃了，吓得鬼哭狼嚎，落荒而逃，任由他在战场上横冲直撞。

但罗士信的表演并没有结束，他充分展现了自己"变态杀人狂"的本性，每杀一个人还要割下一只鼻子收起来。其实我也奇怪，为什么没人趁过割鼻子的时候过来把他宰了，可能是都吓傻了吧。

最后，他提溜着满满一麻袋鼻子回到了大营。

张须陀看见之后，对罗士信的表现大为震惊。一边捏着鼻子夸奖了两句，一边回过头倒吸了一口凉气。

"这小子也太吓人了。"

不过，打了胜仗当然是要赏赐的，张须陀的出手更是大方，非常豪爽地赠给了他一匹战马，这匹马正是他心爱的坐骑。宝马配英雄，老张可谓有识人之明。

此后，每当上阵打仗基本都是张须陀和罗士信两人唱主角。要么张须陀先登阵，要么罗士信先登阵。两人也因此声名远扬。

甚至连隋炀帝都听说了他俩英勇战斗的事迹，专门让人画了他们的图像传回来，为的就是看看这两勇士到底长什么模样儿。

秦琼和罗士信的故事先讲到这里。张须陀此番前来，正是带着这两员猛将。

翟让想跑，这说明他很聪明，因为聪明人总是懂得避开危险，让自己活下去。

李密不打算跑，这只有两种可能。要么他不聪明，要拎着脑袋不知死活找人家送死。要么他更聪明，聪明到张须陀、秦琼、罗士信加起来都不是他的对手。

事实证明了他是后者。

李密一脸自信地告诉翟让。张须陀这人有勇无谋，军队屡战屡胜，都骄傲得不像样子。只要肯听我的，包您一战把他生擒。

听到李密的话，身患"恐张症"晚期的翟让简直不相信自己的耳朵。什么？你能打败张须陀，还要把他生擒？我这不是在做梦吧。

但是身为山寨之主，他又怎么好意思在这个新人面前丢脸？只能非常含糊地答应着：嗯嗯……好吧。

他居然把心一横就答应了——说什么也不能让这小子看轻我，大不了一死，老子豁出去了。

此时的李密反倒表现得像个大哥，他笑着拍了拍翟让的肩膀。

"不用紧张，按我说的做就好了。"

改天，张须陀果然率军来了，秦叔宝、罗士信都在队伍当中。

翟让按李密的计划，硬着头皮和他们交战。战况还是像往常一样没有悬念。激战片刻以后，瓦岗军顶不住了，纷纷后撤。张须陀也像往常一样纵兵追击，而且超出他预想的是，这次战斗自始至终都没有遇到像样的抵抗，所以他追击得格外痛快，格外酣畅淋漓。

张须陀没有多想，一口气追出了十里地。

就在他追到一个叫大海寺的地方时，李密的伏兵突然从身后闪了出来。

大海寺是位于今河南荥阳的一座寺庙，那时候庙的北边尚有一大片树林，植被茂密，便于隐蔽，正是杀人放火的理想场所。

李密已经在这里等了很久了。

紧接着，李勣、单雄信、王伯当也幽灵一般从树林里钻出来，他们没有停顿，各自带着人马迅速掩杀过去。

可能就在这时，他们第一次遇见了秦琼和罗士信这两位日后的兄弟。可惜的是，在这个几大英雄风云际会的时刻，他们都还不认识对方，也没有心情打招呼。在四目相对的时候，他们心里最想干的其实是把对方的脑袋砍了。

不管怎么说，张须陀还是中了埋伏。战斗很快呈现一边倒的局面，他手下的隋军也被这突如其来的伏兵打懵了，任何一个人都想象不到这群山贼草寇也学会了玩战术、打伏击。

隋军开始崩溃逃跑，这一仗已经必败无疑。但张须陀没有太过惊慌，他骁勇善战，武艺高强，凭自己的本事杀出去并不难。唯一让他放心不下的是，许多心爱的将士们还陷在包围圈里，这让向来爱兵如子的他十分揪心。

于是张须陀杀出来之后，又毅然冲了进去，进去之后又杀出来，就这样反复冲杀，进出包围圈好几次。

最后，他救出了很多人，自己却不幸战死了。

据说给他致命一击的那个人，正是冷酷得像杀手一样的李勣。

张须陀死后，秦琼、罗士信和将士们哭了几天几夜。不仅如此，河南一带的官兵百姓也都为他的死去感到悲伤，将士们失掉了一位很好的领袖，大隋朝失掉了一位很好的猛将。

老张，走好！

瓦岗寨楷模

这时候的瓦岗军显然是不能理解秦二哥和罗士信的悲伤的，隋军越痛苦，他们反而越高兴。

尤其是翟让，击败了这个原本不可能战胜的对手，更让他对瓦岗军的前途充满信心。当然，他对李密的军事才能也佩服得五体投地：高干子弟就是不一样，点子多、有想法，以后这兵还得多让他带一带。

翟让大方地分给了李密一部分兵力，特批他建立了一支独立武装，这支武装就以他早先的爵位命名为——蒲山公营。一个山寨上同时存在两拨部队，翟让同志算是创新者吧。

李密没有辜负翟让的期望，他本来就聪明过人，经验丰富（造过反），打仗是一把好手，治军自然也一点就透。

他治军的绝招是纪律，铁一样的纪律。别看他长得又矮又瘦，其貌不扬，威力却大得很。据说只要往训练场上一站，即使是盛夏时节，大家也会紧张地大气不敢出（虽盛夏，皆如背负霜雪）。

纪律是必要的，但对一个卓越的统帅来说，只依靠纪律治军是远远不够的。整天板着脸训话或许会让大家服从你，但他们服从的原因也无非是怕你，而不是爱你。

蒲山公营的将士们是爱李密的。

作为历史上名噪一时的起义领袖，他身上有着常人望尘莫及的地方——人品道德。

他不贪财，不好色，生活朴素。虽然是将领却不住单间，也不开小灶，就是和士兵们同吃同住，打仗缴获的金银财宝也分文不取，全都分给大伙。士兵们有受伤的、生病的，他总是在第一时间提着慰问品去探望。他自己伤了病了，却总是硬撑着坚持工作。

我们可以看到，李密的严格要求并不是针对手下的，他对自己的要求比对手下们还要严苛许多。既严于律人，更严于律己，简直就是瓦岗寨的楷模。

靠着这些，李密的人气急速蹿升，受到了各级将士的集体拥戴，人们无不乐意为他效命，就连赴汤蹈火也在所不辞。蒲山公营也因此成为了瓦岗军中的模范部队。

这是一支有纪律的军队，有理想的军队，是按李密的铁腕纪律和远大理想重新锻造的军队。

有了李密的加入，瓦岗军的面貌从此焕然一新了。

不久之后，深谋远虑、志向远大的李密又锁定了下一个目标——洛阳。

洛阳是关东地区最大的城市，这里经济发达、靠山临水，是中原的心腹地区，也是通往京师长安的门户，历来是兵家必争之地。同时，洛阳还是隋王朝的东都，具有不同凡响的政治号召力。

在李密看来，他们有必要拿下这里，也不难拿下这里。他在杨玄感之乱的时候就攻打过洛阳，虽然败了，但也明白了洛阳的虚实。而且幸运的是，留守洛阳的越王杨侗还只是一个十三岁的小孩，而那个威名赫赫的樊子盖早已离任，剩下的段达、元文都等人都是些无能之辈。

堡垒往往是从内部攻破的，无论洛阳的城墙如何坚固，兵力如何强大，只要内部出了问题就一定可以拿下。

在翟让的首肯下，李密派心腹去洛阳窥探虚实。不料却被守军发觉。

留守大臣们虽然没啥本事，组织防御倒不在话下，立刻派快马去江都禀报了杨广。

李密要做的是偷袭洛阳，现在人家有了防备，计划就算泡了汤。

不过，他并没有灰心沮丧，而是立刻调整计划，准备进攻另一个地方。他对翟让说："事已至此，我们已不能不行动。先发制人，后发制于人，应该趁着援军到来之前尽快动手。"

翟让略作沉吟。

"嗯，你说说想法。"

"眼下城内已有了防备，援军马上就会过来，洛阳恐怕是无法攻取了。如今百姓饥馑，民不聊生，我心里倒是想到了另一个好地方。"

"哪里？"

"洛口仓。"李密一字一顿地说道。

洛口仓又叫"兴洛仓"，是大隋王朝最大的粮仓。它的地点在今天的河南巩义，方圆达二十多里，有粮窖三千多个，储存的粮食达两千四百多万石，多到唐朝建立后都没有吃完。在当时那种饿殍遍地、吃顿饱饭都算腐朽堕落的社会环境下，占领洛口仓足以让大家天天吃粮吃到吐。

不仅如此，洛口仓也有极其重要的战略价值。它处在中原的中心位置，逆水而上不过百里就可进取洛阳，顺流而下就可控制黄淮地区。而且这里防守薄弱，兵力有限，仅赖东都守军支援。而我们都知道目前东都自保尚且不暇，哪里还有工夫再去考虑洛口呢？

这实在是一个攻取洛口的天赐良机，只要打下这里，开仓放粮，赈济灾民，天下百姓就一定会感恩戴德，四方的英雄豪杰也会望风归附。到那时，瓦岗军就可以挑选精兵猛将，吊民伐罪，一举推翻凶残暴虐的大隋王朝。

对李密这个高屋建瓴的想法，翟让一时大为震撼，事实上这已经远远超越了他的眼界。于是他只能说：

"这是英雄才能成就的大略，不是我这种人能胜任的，我就听你吩咐好了。你决定了就先行进发，我自会为你殿后。"

大业十三年（617年）二月初九，李密和翟让率领精兵七千余人，越过方山，急袭洛口。

进攻跟预想的一样顺利，守卫粮仓的隋军一触即溃，大败而逃。翟让、李密马上进城，占据了这座举世闻名的大粮仓。

这是一个载入中学历史教科书的精彩片段。在这里，李密下令开仓放粮，并声明人人都可以随便取用。前来取粮的老弱妇孺相望于道，络绎不绝。因为他们知道，有一个叫李密的人要给他们饭吃。

白花花的粮食填饱了百姓的肚子，也温暖了他们的心。

看着这一幕场景，李密脸上露出了笑容。心中那伟大的理想从未像此刻般接近。

百姓们，你们拿吧！全都拿走！从今往后，你们再也不用去当饿死鬼了！从今往后，你们的父母不会再失去孩子，你们的孩子也不会失去父母，你们的家人还可以团聚，你们的生活还可以再来！你们要相信我，总有一天，我会为你们推翻这个暴虐的王朝！

……

或许有人觉得，李密开仓放粮是为实现个人野心服务的，他的动机并不单纯。但无论如何，他这一行为是值得大大肯定的。不管他出自什么目的、什么动机，他都已经在事实上践行了天地间至高的正义——造福百姓、拯救苍生。

在隋朝末年多如牛毛的起义军里，首举义旗的很多，能征善战的不少，占地广大的更多，但瓦岗军却能从一个偏僻的小寨异军突起，成为了引领潮流的中坚力量。这不能不归功于李密的高瞻远瞩，因为他懂得造福百姓、拯救苍生。

光荣属于李密！

东都留守集团知道了洛口仓丢失的消息，都非常害怕并且痛心，因为大家知道，如果不尽快夺回来，迟早都要负连带责任，运气不好还要掉脑袋。

于是他们派了将军刘长恭去讨伐。刘长恭并不是一个名将，但他统率的军队却很招摇。铠甲锃亮，武器精良，吃的都是高档货，穿的都是名牌，连旌旗钲鼓也极为光鲜，看上去就像一支王牌部队一样。

当然了，也说了是看上去，事实上这支军队的战斗力只能用悲剧来形容。

因为军中的成分有很大问题——都是有钱人，什么太学生、贵族少年之类的。而毫无疑问，有钱人是比较怕死的。他们之所以来参军，只不过是听说瓦岗军是一帮饿坏了的抢米贼，一定容易击败，所以才想来刷个资历，以求将来奔个好前途。

于是这支军队接下来的遭遇就不难预料了，他们在城外毫无悬念地中了瓦岗军埋伏，也毫无悬念地没有表现出一点战斗力，当场死伤十之五六，剩下的全部投降，只有刘长恭等几个高级将领脱掉官服才得以潜逃。而他们来不及带走的那些铠甲、武器、名牌服装则全部成了瓦岗军的战利品。

此战之后，李密、翟让在洛口的地位稳定下来了。

瓦岗军又一次威名大震。

在这一场又一场胜利面前，翟让有些自愧不如了，他知道，自己的水平是完全不能和李密匹敌的。自己虽然也算个人才，可李密似乎是个天才，从招抚附近武装，到打败张须陀，再到夺取洛口仓，他是亲眼看着这个年轻人一步一步崛起并声名大噪的。人才岂能领导得了天才？他暗暗决定，要成人之美，把老大的位子让给李密。

当着瓦岗众将士的面，他突然扯开嗓子大喊：喂，李密，以后你来做山寨之主好不好？

听到这样始料未及的话，李密一时表情惊讶，不知该如何回答。

然而手下们的反应却比他快得多，很快就吵吵嚷嚷地劝他接受老大的意思，无论如何，翟让这话不像是开玩笑的样子，劝李密接受拥戴，既是顺从了旧老板，还能讨好新老板。一举两得，多好。

可是，这怎么可以呢？李密还清楚地记得，不久之前，自己还是一个颠沛流离、一无所有、对未来的前途困惑迷茫的人，而那时正是翟让收留了自己，让自己带兵立功打仗，还给了一支武装。可是现在，他竟然又甘愿把这个浸透着毕生心血的山寨让给自己。不行，不行，这怎么可以！李密想推辞，但他看到了翟让的眼睛，那里面只写着一个词——真诚。翟让是真心实意的，这实在不容自己抗拒。

李密快步走上前去，深深地在翟让面前鞠了一个躬。

"哥哥大恩大德，李密永生难忘！"

没人看到，他的眼睛里已是满含热泪。

大业十三年（617 年）二月十九日，李密在洛口举行了祭祀天地仪式，正式称"魏公"，公开向隋王朝发起了挑战。那一天，瓦岗寨所有的将士都站在他的身后。从那天起，他就是这支义军的领袖。

李密称魏公的消息很快传遍了大江南北。

大家都知道，洛口已经落入他手，百里之外的洛阳也将唾手可得，既然如此，他问鼎东都改朝换代的那一天似乎也指日可待了。于是，闻风前来投奔的豪杰就像流水一样络绎不绝，那些老牌反政府武装孟让、王德仁、王君廓等也莫不响应，甚至那个早先嫌弃过他的郝孝德都哭着喊着要来归降。

当然了，对他们的投降也不能太过认真，这帮家伙的举动无非是见风使舵，想早点抱个大腿，以求将来的富贵。但人家都做出表示了，你总不能板着脸打回去。

于是，李密非常大方地接受了这些人的归顺，全部封官授爵，让他们各自统领本部人马。

以上那些人的归顺给足了面子，但总体上来说也就是个面子工程。

真正实打实给李密帮上忙的，其实只有一支，那就是裴仁基的隋朝正规军。

裴仁基是此前驻扎在著名的战略要地——虎牢关的守将，现在他也来瓦岗军了。他不仅奉上了虎牢关这座一夫当关万夫莫开的雄关，还带来了几位不世出的英雄猛将。

其中一位，就是他的亲儿子裴行俨。虎父无犬子，身为裴仁基的儿子，裴行俨也猛得像一只老虎一样，武艺高强，勇敢善战，被称作"万人敌"。《隋唐演义》一个大名鼎鼎的人物，天下第三条好汉裴元庆就是以他为原型的。

除了儿子以外，裴仁基还带来了两个我们刚刚介绍过的，非常熟悉的，一直盼着见面的老朋友——秦叔宝、罗士信。

终于来了。

风云际会

且说张须陀战死之后，他的职位由裴仁基接任，成了秦叔宝和罗士信的新大哥。

和前任领导一样，裴仁基也是一个不可多得的大好人。每次得到斩获都慷慨地分给士兵们，自己却分文不取（每破贼得军资，悉以赏士卒）。在胆大心黑的隋朝各级将领中，简直就是一缕沁人心脾的清风，打着灯笼都难找。

但他的做法却无法让所有人满意。

不满意的这个人是监军萧怀静。他的心里非常不平衡。天下熙熙皆为利来，天下攘攘皆为利往，可你裴仁基却光知道把东西分给那些大头兵。你自己不要就罢了，我的那份不也少了吗？

裴仁基是主将，但萧怀静毕竟是监军。监军不指挥打仗，却可以指挥打仗的人，要是看你不爽，什么芝麻绿豆的小事都可以往上司那里捅。

从此以后，裴仁基就莫名其妙地发现，自己被习惯性地打小报告了，时不时还得被上司问候一下家人，关心一下父母。萧怀静则在一旁阴阳怪气地看热闹。

他立刻明白了是怎么回事。但明白归明白，他却绝望地发现，自己根本没有任何反制的办法，上司惹不起，监军就能惹得起吗？人家的职业就是给你挑毛病啊。裴仁基是武将，脾气不会太好，但再不好，也只能强颜欢笑，整天窝着一肚子火没处发。

越王杨侗派刘长恭讨伐瓦岗军的时候，裴仁基的军队名列其中。不幸的是，他不小心延误了军期。等他气喘吁吁赶到的时候，前方业已遭到了惨败。自己就剩这么点人马，进攻的结果肯定还是惨败，但如果撤回东都，他则有可能被治罪。

英雄末路的裴仁基陷入了进退两难的境地。

李密得知后，马上派人游说他归降。

裴仁基犹豫再三之后，秘密和李密通了书信。不过即便是这时，他内心仍然是非常矛盾的，毕竟从堂堂正规军投奔起义军，在思想上还一时难以接受。但就在这个节骨眼上，他的事被萧怀静发现了，这位监军大人竟然又一次不知死活地向朝廷打了报告。

压抑已久的裴仁基终于彻底爆发了，他实在无法再容忍这个讨厌的监军。于是一怒之下把萧怀静杀掉，然后带着裴行俨、秦叔宝、罗士信等一干猛将投奔了瓦岗军。

"叫你打小报告，老子要你的命！"

与此同时，另一个知名人物——程知节也加入了瓦岗军。

程知节，也就是程咬金，济州东阿人（今山东东平）。咬金是原名，知节是后来改的，可能咬金叫起来比较顺口吧，大家都习惯用这个名字来称呼他。

程咬金在民间故事和演义里是一个大出风头的人物。性格无赖又重感情，做事圆滑又讲义气。幽默滑稽，吉星高照，走到哪儿都是一片欢声笑语。人称"大德天子、混世魔王"等，光外号就能编一大串。

但在历史中他不是这样的。

程知节早年的事迹，我们知之甚少，在史料中的记载也很简略，人物形象远没有那么饱满和立体。作为给隋唐题材影视行业做出重大贡献的人物，他的真实事迹如此不为人知，着实有点遗憾。

不过，只要肯去扒，还是多少可以知道一点的。我们能知道的是，程咬金的身世并不普通，不仅不普通，还是当地的大家族。他家祖上在北朝一直是有官儿可做，父亲更是当上了负责干部选拔的济州大中正（相当于组织部长）。甚至有的学者还考证出来，程咬金的祖先就是三国时期的谋士程昱。这个说法应该是比较可信的，因为人家是从程咬金家的墓志上一个一个往上推出来的，而程昱的老家也的确在东阿。

成长在这样有头有脸的家庭里，程咬金当然不会像演义里说的那样屈尊去干私盐贩子，而是成为了一位乡中豪杰。在大业末年，他利用家族威望，拉起了几百人马保卫乡里，在当地颇有影响。

程知节打架很厉害，打年轻那会儿就不好惹（少骁勇）。但他用的武器却不是宣花大斧（三板斧自然更无从谈起了）而是当时许多名将都擅长使用的——马槊。

这件事其实很好理解，用小学数学知识就可以解释——两点之间直线最短。马上交战，不管是劈、砍、砸，速度都不如刺来得快。所以不论是单雄信也好，秦叔宝也好，程咬金也好，在马上作战时都选择了最好用的刺杀型武器——马槊。而斧子成为兵器都是在宋朝年间了，而且还是步兵用来对抗骑兵用的（大斧子砍马腿正合适）。

至此，瓦岗军最有名的英雄都已经全员到齐了，他们都归李密指挥。

李勣、单雄信因为资历比较老，是瓦岗军的最高军事将领（左、右武侯大将军）。秦叔宝、罗士信、程知节、裴行俨来得晚一点，算是他俩的下级。不过这四个人的地位是很重要的，因为他们麾下统领的是瓦岗军的精锐——内军四骠骑。所谓四骠骑，是李密从瓦岗军千挑万选出来的将士组成的四支亲军，人数只有八千，战斗力却强到了变态的程度。李密就曾得意地说过"此八千人，可当百万之军"。

以上就是几位主要的隋唐英雄在历史上的真实形象，徐懋公不是老道，单雄信不是庄主，秦琼不是二哥，程咬金也不是混世魔王，罗士信更不是傻小子，甚至卢明月根本就是被秦叔宝剿灭的贼寇，而罗成……压根儿没有这个人。

尽管他们的英雄事迹和演义中不太一样，但读起来却并不觉得失色。隋唐的历史正是因为有了瓦岗军才更加精彩，而瓦岗军正是有了这些英雄，才能成为千百年来的传奇！

我不能去长安

此时的瓦岗军可谓谋臣如雨、战将如云，在隋末群雄里冠绝一时。

俗话说，身怀利刃，杀心顿起。有把刀子拿手里就能给怂人壮胆，有了这么多能征善战的将士，不出去打几仗李密都觉得不好意思。更何况瓦岗军已经占领了洛口仓，东都洛阳这座繁华的城市就近在眼前呢。

洛阳，是当时唯一可以与长安匹敌的大城市，从东周以来就是掌控中原地区的咽喉。在东魏与西魏、北周与北齐对峙的一百多年中，虽然它不是东朝（东边王朝的意思）的首都，却因为超然的政治地位，成为关东地区最重要的城市。隋朝起家以关中为根据地，定都长安。但要统治广阔的关东地区，统治者也不得不在当地另设一个都城——洛阳。渐渐地，这个都城就成了关东人心中的首都。关东地区的居民，对长安没有多少感情，对洛阳却有一种特殊的、近乎偏执的热爱。所以杨玄感在关东造反先要取东都，李密在中原造反也不得不取东都。

大业十二年（617年）四月十三日，在李密的命令下，裴仁基指挥三万人马占领了另一座大粮仓——回洛仓。回洛仓的位置就在洛阳城郊，裴仁基占领这里后，趁势杀进城内，一直打到了著名的天津桥。

天津桥是洛阳的地标性建筑，地位大概相当于现在北京的王府井，上海的南京路。

到了这样繁华的中心地段，拿下洛阳城似乎指日可待了。

但事情远没有想象的顺利。此时洛阳城内尚有隋军二十多万，实力还很雄厚。在他们的反击下，瓦岗军失败了，败得非常彻底，裴仁基仅以身免。

恼怒的李密亲自率军督战，却不料遇上了生平最顽强的抵抗。

杨侗的辅佐大臣段达、元文都派人把回洛仓的粮食运入城内，补充了给养，同时分派九支大营驻扎到各大城门，防备瓦岗军袭击。隋军将士也拿出了决一死战的勇气，昼夜不解铠甲，全天十二个时辰在城墙上巡逻，而且人家还随身带着梆子，一有风吹草动就咚咚地敲响制造噪音，让瓦岗军完全没有可乘之机。

李密见洛阳防守严密，转而又去进攻周边的偃师城、金墉城，结果也没能如愿。

后来，李密又接连对洛阳发起了几次攻势，但是在隋军的严防死守下，多半都是无功而返。最终，他只能不情愿地承认洛阳确实难以攻克的现实。

从此以后，李密就一边在洛阳外围挖掘深沟壁垒与隋军对峙，一边望着高高的城墙拊膺长叹了。

就在李密陷入夺取洛阳的执念无法自拔的时候，一个叫柴孝和的人为他提出了一个别具一格的建议。这人此前担任过隋朝的县令，不久前刚刚归顺，虽然就是个芝麻官，却有着独到的战略眼光。

他给李密的建议是——进占长安。

进占长安的理由很简单，那就是长安所在的关中地区有天底下最优越的战略位置，这里是四塞之地，易守难攻，同时人口众多，沃野千里，根据历朝历代的经验，凡是占据长安就拿到了角逐天下的入场券，还是前排就座的那种（秦地山川之固，秦、汉所凭以成王业者也）。

至于如何攻占长安以及后续打算，柴孝和也拿出了一个方案。以裴仁基部镇守回洛仓，以翟让部镇守洛口仓，由李密亲率一支精兵向西突袭，等攻下长安之后，再回师攻克洛阳。到那时两都尽在我手，只要传檄四方，天下即可平定。

柴孝和一边说着一边感叹道："如今英雄竞起，我实在担心别人抢在我们前头，一旦错失这个机会，我们将追悔莫及！"

听完柴孝和的高论，李密沉重地点了点头。

"你的意见确实不错，我也考虑很久了。但是……我还是没法实行。"

为什么没法实行呢？因为李密知道，此时杨广还活着，手下兵力不可小觑，自己一旦离开，瓦岗军就有被隋军追击的危险。而且他的部下基本都是关东人，大多不愿背井离乡，要是连家门口的东都洛阳都打不下来，又哪里肯跟他去长安？更重要的是，这帮人的成分也很复杂，许多人都是强盗出身。他要是走了，没人管束，恐怕他们自己就先内讧了。

柴孝和说的道理李密不是不明白，甚至早在杨玄感起义的时候，他就以此来劝说过人家。但当抉择真正落到自己头上的时候，他却明白要做到这些有多么困难。

知其可为而不能为，这其中的痛苦只有他自己能够体会。

但他却并不知道，在不久的将来，另一个姓李的英雄很快就以迅雷不及掩耳之势进驻长安，并将以此为基地席卷天下，从此不再留给他任何机会。

机遇，稍纵即逝。

成败，只在一念之间。

第五章　悄悄地潜伏

李留守去太原

本书的主角李渊已经很久没有出现了，不是我不想写他，而是他近来工作比较忙，实在没空出来见大伙。李密在关东搅得天翻地覆的时候，李渊还在山西闷头做他的朝廷命官（山西河东抚慰大使），任劳任怨地给表弟打工呢。

起兵造反？喔，那是很久以后的事了。

那个时候天下很不太平，到处都有土匪流寇。而且在杨广的悉心"栽培"下，这些土匪流寇还不断进化，直到演变成了身披铠甲，胯下战马，手执兵刃的大规模反政府武装，连官军遇到了都避之不及。

悍匪，真正的悍匪。

上任山西之后，李渊就遇上了一支悍匪——毋端儿。

当时毋端儿的兵力有好几千，李渊却只带了几十个骑士。就这兵力对比，仗不用打，人家冲过来一人一脚都能踩死你。然而李渊轻易把他们击败了。

他击败敌人的武器是箭。

他从一交战就开始射箭，交战中也一直射箭，直到战斗尾声仍然在射箭。最后他数了数，这一战一共射出了七十多箭。令人惊讶的是，他还在敌人的尸体上找到了自己的全部箭镞，这证明他每一箭都没有虚发。看来李渊的武功实在了不得，即使不当官儿，没准儿也能成个"老李飞箭"什么的。

李渊在战后的一个行为也足以引起我们的重视，他用敌人的尸体搞了一座京观。京观是什么？就是尸体堆成的山啊。这行为实在可怕，也让我们看到了李渊性格中暴力的一面。

其后，李渊又讨平了数支悍匪，打出了自己的名气，也继续招降纳叛，扩充实力。

大业十三年（617 年）五月，由于多有战功、贪财好色（杨广选拔人才的重要标准），李渊又被升了一级，成了太原留守，是为山西地区的最高军政长官。注意是军政，军事、政治一把抓。

把李渊任命为太原留守，实在是杨广犯的一个大错误。那时候的太原并不是一个普通的二线省会，而是隋王朝屈指可数的一线城市，政治、经济和军事地位仅次于长安、洛阳，过去弄个户口都能抢破头，号称全国第三城。那时候的山西也是全国最富裕的地区之一，户口殷实、民风剽悍，而且因为海拔比较高的关系，易守难攻。把李渊派到这种天然的造反圣地，岂不是放虎归山？

无论如何，任命已经下来了。李渊野心勃勃地前往太原城，准备大干一场。

他带着二儿子李世民去上任，而把李建成和李元吉留在了河东，说是让他们结交当地豪杰，实际上就是招募贤才勇士、打探小道消息。按现在的话说，这是在从事秘密情报工作。

一路之上，天上的白云在游走，路边的树林在招手，仿佛都等着他去太原大展宏图（起兵造反）。李渊的心情也是大好，意气风发地对李世民说：

"唐是咱家的封国，太原正是唐国旧地，此番为父来到这里，真乃上天的恩赐呀。"（唐固吾国，太原即其地焉。今我来斯，是为天与。）

李世民听后，也是对父亲一脸崇拜，然后父子俩高高兴兴就到了太原。

太原城，你的真命天子来啦！

可出乎意料的是，迎接李渊的并不是太原城的父老乡亲，而是另一支悍匪——甄翟儿。甄翟儿不是毋端儿那种类型的土鳖悍匪，而是一个见过世面的悍匪。他是河北巨大悍匪历山飞的爱将，几个月前就攻打过太原城，并杀死了守将。李渊知道这个家伙不好对付，于是采用了伏击战术。开战前，他让老弱残兵举着自己的帅旗居于中间，自己却悄悄带领精锐骑兵埋伏在两翼。这支军队慢慢地前进了。甄翟儿看到后，立刻杀向了那群老弱残兵，他以为李渊在里头呢。可谁知交战之后，李渊却从旁边出来了，拿着弓箭，指挥部下向他发动了雨点般的齐射。

悍匪们又一次完蛋了，战死的不可胜数，没死的全部沦为俘虏。

从这场战斗中我们可以看到，李渊的指挥艺术已经纯熟到几入化境。打起仗来，狡猾狡猾地。

自那以后，远近的悍匪都知道了他的厉害，再也不敢过来惹事，太原这一带由是"郡境无虞，年谷丰稔"。当地的老百姓，都很感谢他。

李渊在太原的日子注定是难忘的，不仅因为这是他工作生活的地方，他的老家、龙兴之地。还因为在这里，他遇到了一位久违的好友——裴寂。

裴寂是太原人民的老朋友，性格随和，长得一表人才（疏眉目，伟姿容），和李渊很早就认识。李渊赴任太原之前不久，他也当上了晋阳宫副监（皇家宿舍管理员）。

两位老朋友在太原重逢，自然非常高兴。

"多少年不见了，你都胖了。"

"是啊，你也变帅了。"

"哈哈哈，去喝几杯吧。"

"好，喝完再打几圈。"

于是，李渊和裴寂天天混在一起，没事就吃喝、打牌，有时还会通宵达旦，过得十分快活（每延之宴语，间以博弈，至于通宵连日）。老光棍嘛，无牵无挂一身轻，不找找乐子还能干嘛？

——还能起兵。

事实如此，两人在"腐化堕落"之余，真的在暗中商量一些起兵的事情。

可话说回来，李渊为什么就这么想起兵呢？他一个官N代，杨广的亲表哥，拿着高官厚禄，过得逍遥快活，何苦要把脑袋别在裤腰带上，做这杀头的买卖？他就不怕死吗？

怕，他当然怕。没有人是不怕死的。但是为了那个至高无上的梦想，他愿意拿出性命去搏一搏。当然了，如果说姨夫杨坚还在世的话，相信他就是再有梦想也只能憋回去。然而表弟继位以后，他的倒行逆施早就把天下搅得民怨沸腾了。全国的起义军光列出名字来的就有四十多家。刘武周、林士弘、李密、窦建德、朱璨这些人早已称孤道寡，小打小闹的更是多如牛毛，至于那些叫不上名字的，连史书都懒得写。正所谓"隋失其鹿，天下共逐之"。管他三脚猫、四门斗的，是个人都想称王称霸。

李渊知道，隋朝快要亡了，他已经没必要再为这个政权卖命。他也知道，那些人并不比自己强。他是一个有才能的人，文能安邦定国，武能保境安民。他相信，自己要是得了天下，会比那些人干得好。至少，也会比那位表弟干得好。

李渊、裴寂老哥俩天天形影不离了一阵子，又一个新朋友加入了。这个新朋友，就是裴寂的好朋友刘文静。

刘文静，京兆武功人，是一个非常全面的人才。首先他长得很帅，不光帅，他还有气质，有气质还不算，他还有权谋（倜傥有器略）。其次他也是朝廷命官，担任的晋阳令（太原令）是当地最高行政长官。

他和裴寂很早就认识，后来又通过裴寂结识了李渊。刘文静这人心眼儿多，多次打交道以后，就隐约感觉到李渊是一个"很有思想"的人。而刘文静本人呢，其实一点也不文静，反而很不安分。于是尽心和李渊结交，打算将来能一起干点大事儿（文静察高祖有四方之志，深自结托）。很快，原先打牌的常客就从两人组变成了三人行。

与此同时，刘文静也认识了李渊的二儿子李世民，并且感到这小伙子不是庸碌之辈，而是一个不亚于刘邦、曹操之流的人物。于是随后和李世民成为了要好的朋友，并进而发展到两个人的关系比和李渊还要铁。

当然，此时他还无法预知，这将来竟会送了他的命。

裴寂、刘文静，一个老朋友，一个新朋友，算得上是李渊造反阵容中的左膀右臂。

除此以外，李渊还网罗了一批得力干将。段志玄、殷开山（《西游记》中唐僧的外公）、唐俭、长孙顺德（长孙皇后的族叔，也算李世民的族叔）、刘弘基都是他手下的文武官员。

要说明的是，长孙顺德、刘弘基的身份很不简单，他们都是逃犯，还是被通缉的那种。他们都是为了不去高句丽打仗逃奔到太原的，要是有人把他俩捆起来送到衙门里，准能得到一笔优厚的赏金。李渊身为朝廷命官，却敢在手下安插犯罪分子，看这举动就知道他有多不老实了。

人马越来越多，实力越来越强。这筹备工作就算搞得差不多了。

那么下一步，自然是要放手起兵了。

史书中的真假李渊

关于起兵的促成，两唐书里有一个引人入胜的成人童话故事。故事是这样的。

少年天才李世民预感隋朝将亡，暗中打算起兵举事，可碍于父亲朝廷命官的身份又不敢直言，于是准备通过裴寂叔叔来劝说他。因为裴寂好赌，李世民就私下拿出数百万钱财托人在赌博时故意输给他。遇到这样的冤大头，裴寂起初非常高兴，后来便非常好奇。你这么做有什么目的呢？总不会是有钱没处花了吧。这时，对方才如实相告：杨广无道，隋朝将亡，二郎（李世民）想举事，又怕老爹不同意，他知道老爹和您的关系好，所以才想通过您老人家来劝他。

随后，李世民亲自找到裴寂，当面表明了自己的态度，裴寂思索片刻，当即应诺。

故事还没有完。

一天晚上，裴寂像往常一样请李渊喝起了酒，并且叫了两个美女作陪，这两个美女长得天姿国色，举止优雅，有一种不同于普通人家的气质，李渊当时就被迷得魂不守舍，酒宴过后自然也没把持住，和两位美女发生了不可描述的事件。但李渊并不知道，这两位美女的身份是晋阳宫里的女人。这就意味着，能宠幸她们的有且只有皇帝，除他以外，都是死罪。

李渊得知美女的身份之后，大惊失色，急忙气呼呼地去找裴寂——我跟你这么铁，你为什么要害我？这时，裴寂才如实相告——二郎想起兵，又怕你不同意，所以才出此下策。而李渊听完之后，也是踌躇了半晌，方才表示——既然是二郎的主意，那就这么办吧。从此老爹就身不由己地被绑上了儿子的战车，一心一意开展造反大业。

这个故事讲得非常好，李世民的少年天才给人励志的感觉，还略带一点香艳色彩，加上情节跌宕起伏，读来引人入胜，所以自古以来流传甚广。

但遗憾的是，这不是事实。

李世民骗了我们，他篡改了史书。

我们都知道，李世民的帝位是靠玄武门之变抢来的，政变过程中，他杀死了兄弟，逼退了父亲，背负了巨大的心理压力。继位后，他心里很不踏实，生怕别人在背后说三道四，背负骂名。有鉴于此，就动了修改史书营造登基合法性的心思。于是，大唐王朝的国家机器在他的授意下全力开动，对史料进行了系统的销毁、篡改，几易其稿，最后经他拍板定夺，成了我们现在看到的样子。

在李世民版的史书中，他的错误被有意识掩盖（其实倒也不多），功绩被大书特书，甚至一些本不属于他的功劳（主要是老爹的）也被移花接木，安在了他的头上。这也是没办法的事，在唐朝开国统一的过程中，他们爷俩本来就有很多交集，李渊决策，李世民辅助。现在为了突出儿子，老爹就不得不靠边站了。于是我们刚刚说到的晋阳起兵的真相、稍后的霍邑之战的奇谋等，这些本属于老爹的事迹就全成儿子的了。

就这样，李渊变成了一个没有主见的老好人，大家看到的李渊成了一个"假李渊"。

这个"假李渊"骗了很多人，两唐书、资治通鉴的作者都没逃过，连史学家范文澜也说，李渊能当上皇帝，全靠生了个好儿子。

但万幸的是，还是有一条漏网之鱼逃过了一劫。这条鱼就是我国现存最早的起居注——《大唐创业起居注》，作者是李渊的大秘温大雅，此书成于贞观之前，是我们可以看到的最原始的史料，而我们在读历史的时候，最该相信的就是这最原始的史料。里面不仅详细记载了李渊从起兵到称帝的经过，也呈现出了一个与传说完全不同的李渊。

那是一个怎样的李渊啊？

他气魄宏伟又心思绵密、处事稳妥又不失果断，杀伐决断，雄才大略！到太原赴任时，就野心勃勃地对李世民说："唐固吾国，太原即其地焉。今我来斯，是为天与。"赴任之前，为了掩人耳目，他还特意轻车简从，只带了李世民，李建成、李元吉则被派到河东地区搞秘密工作。一个没有造反野心的人是不可能说这些话、做这些事的。至于起兵的策划执行，也都是按照他的计划来的。而上文那段故事，则完全没有被提及。

再退一步，我们就是单从常理上来分析，当时李世民的年纪也不过十九岁，他可能知道很多机密，参与了其中的策划，但起兵这样需要通盘考虑、周密部署、组织谋划、招揽人脉，并且要和无数官场老油条打太极的事，一个十九岁的孩子怎么可能独自玩得转呢？这是不可能的。说李世民一手促成起兵，不论从事实上还是常理上都说不过去。

因此，我们可以下一结论：上面那个故事就是编的。李渊才是起兵的主心骨，其他人都是遵照他的安排行事。

当然了，我说了这么多，并不是为了黑李世民或者捧李渊，而是想讲点真实的历史。事实上，我对他们爷俩都非常喜欢。至于李世民，篡改史书是他的一大污点，但无论从文治武功哪个角度来说，他都不失为中国历史上最伟大的君主之一。只是我们要明白，他并不是神，而是人。而错误就像白纸上的一颗黑点，正因为白纸太白，那颗黑点才显得太过刺眼。

李世民，其实你本可以更勇敢一点。

李渊是起兵的主心骨，此时他正全身心地投入到这项工作中，紧锣密鼓地筹备大事。但就在这时，意外发生了。

他探听到一个消息，杨广派来抓他的人正在路上。

原因据说是这样的，他手下的将士在北部边境疏忽大意，被突厥人钻了空子，几次交战都损兵折将。杨广知道以后非常生气，打算把他抓到江都去教育教育。

但谁知道这是不是铲除自己的借口呢？

此刻李渊的心情可谓十分郁闷，就差念出"出师未捷身先死，长使英雄泪满襟"这两句诗了。哦，不好意思，这首诗的作者杜甫此时还没有出生，但以此来描述他的心情应该是恰如其分的。

可是作为父亲，他只能把最坚强的一面展现给家人。身为一个顶天立地的男人，在厄运到来之前，他也不允许自己自乱阵脚。他把李世民叫到了跟前，淡然地说：隋朝快要亡了，我们家上应天命。之所以不早动手，是因为你们兄弟还没到齐啊。这次为父一旦被抓，后果很难预测。但是，假如最坏的事情发生了，你也要和兄弟们团结起来一块儿干，不要坐以待毙，让天下人耻笑。

李世民还年轻，没经历过这种场面，当场就哭了：父亲，天下这么大，您为什么不出去躲一躲？太原城外都是山，哪里藏不下一个人？

可李渊却告诉儿子，这都是天意。如果上天要亡我，躲到哪里也没用。如果上天保佑我，那谁也害不了我。为父真的没必要躲啦。

李世民含着泪花退下了。李渊却仍像往常一样待在府中，哪里也没有去——来吧表弟，你可以抓我，甚至可以杀我，但是你不能征服我。他已经做好了充分的思想准备。

可让人意想不到的是，几天之后，江都来了一个使者，带来的竟是赦免他的诏书。

虚惊一场？！

是的，就是虚惊。皇上本来是想抓你，说你工作干得不好。可现在又不抓了，因为他又觉得好像也没什么大不了的。抓你还是不抓，好像并不需要什么理由，只取决于他的心情。

这封赦免诏书就这样无厘头地到来了，它带给了李渊一种无罪释放的解脱感，但与此同时，也带给了他一种被玩弄于股掌之间的深深耻辱感。

那一刻，李渊突然发现自己好像受不起这样的玩弄，也受不起这样的惊吓了。他已经五十一岁了，也已经忍了五十一年。这是怎样的五十一年呀？明明是自己喜爱的骏马不交出去就被斥责，明明是得了重病，杨广却盼着自己早死，到现在莫名其妙差点被逮捕又莫名其妙地被释放。早年的一幕幕回忆从心头涌上，几乎让他的血液都要凝固。

李渊已经完全不能容忍这个表弟的朝令夕改、反复无常了。忍无可忍，无需再忍！我要起兵了！就起兵吧！

然而李渊的起兵似乎注定是要一波三折的，就在他下定决心之际，两双眼睛早已悄悄盯住了他。

王威、高君雅。这二人都是隋朝在太原地区的地方官，王威是太原副留守，高君雅是武牙郎将，名义上是协助李渊工作的手下，实际上就是朝廷的耳目，专门负责监视这位封疆大吏。

那时候，李渊起兵的谋臣武将、亡命之徒已经差不多够用了，但是兵员缺口还很大，于是他想私自募兵。可是按照规定，募兵是中央朝廷才有的权限。一旦你敢私募，那绝对是谋反叛逆，不等你动手，大军就会打上门来。

于是他让李世民和刘文静想想办法。两人商量之后，很快搞出了一道假诏书，说朝廷要征集太原一带的青壮男子去辽东打仗。可是去辽东就是打高句丽，而高句丽可是隋王朝的一块伤心之地啊，从来都是去了就没几个能回来的。老百姓知道后，顿时群情激愤，纷纷逃亡。李渊就利用这个机会，热情地把乡亲们请进了自己的大营：来我这儿吧，我这儿不用去打仗，还有工资拿。

可是，尽管他这出私募搞得十分隐蔽，却仍然在一件事上露出了马脚。

因为王威和高君雅发现，在募兵的时候，留守府出来搞接待的竟然有长孙顺德和刘弘基，而这两人可是隋朝的逃犯呀。刘弘基逃过高句丽的兵役，还因为私宰耕牛入过狱，长孙顺德也是逃犯不说，还把侄女（长孙皇后）嫁给了李世民。

两人见此情景，疑心顿起，料定李渊一定是在阴谋搞颠覆活动，于是计划把他骗出城外杀掉。

可李渊岂是那么容易杀的？就凭你俩？李渊很快知道了二人的密谋。于是……

鸿门宴与空城计

初夏，五月十五日，风和日丽，微风拂面。

留守李渊命令李世民带领五百名刀斧手埋伏在了太原城内。然后他派人给王威、高君雅发出了邀请函，请两位来府上交流一下工作情况。

两人不知是计，大摇大摆过来了。李渊热情接见了他们，并在会客厅召开了工作会议。会议正在友好的气氛中进行。突然，门被撞开了。刘文静领着一位叫刘政会的官员气喘吁吁地跑了进来，他手里拿着一封状纸。

"报，留守大人，有急报！"

所有人的目光都聚焦到了刘政会身上。

李渊的身子离开座位，表情惊讶：

"什么事慌慌张张的？有话慢慢说。"

刘政会看了一眼旁边的王威和高君雅，面露难色，不肯开口。

"此事只能报告留守大人。"

李渊心领神会，马上说道。

"既然如此，你过来说吧。"

刘政会快步上前，递过了状纸，嘴巴凑到李渊耳朵旁边，似要低声说些什么。但他还没来得及张口，料事如神的留守大人就判断出了一桩惊天大案。

李渊突然把状纸卷成一团，狠狠地摔到地上。

"王威！高君雅！你们竟敢勾结突厥作乱！左右……"

还没说完，刘弘基、长孙顺德突然领着伏兵四出，七手八脚把王威、高君雅按倒在地，捆成了粽子。反应过来的李渊方才觉得状纸摔早了，没经过彩排的群众演员就是差点火候呀。不过总而言之，人拿住了就好。

王威、高君雅明白自己被抢先暗算了，梗着脖子，对李渊破口大骂。

"我们没有造反！是造反的人要杀我们！"

李渊对此不作回应，只是十分和蔼地报以微笑。呵呵，杀了你，你就是反贼了，说那么多废话有什么用呢。

在此前后，李世民也带着军队分头行动，把王威、高君雅的党羽分头擒获，控制了整个太原城。

人抓住了，城控制住了，这鸿门会搞得可算一气呵成，圆满达到了预计效果。美中不足的是，诸位群众演员的演技还有待提高，不过这还有锻炼的机会。

大家都沉浸在喜悦里。

可就在此时，忽然有卫士过来禀报说，城外来了一支突厥军队，规模还不小，远远望去大概有个几万人马。他们到底是从哪儿来、为何而来，谁都不知道。反正肯定不是王威和高君雅招来的。

李渊此刻的心情真是有些哭笑不得了，自己不过就是想找个借口抓人，可谁想突厥人竟然如此配合！我说他们勾结你们，你们就真来了！这也太给面子了吧。可事已至此，突厥人是必须要应对的。人家都已经兵临城下了，或战或和总得拿个办法呀。

李渊静下心来，开始了艰难的思索。片刻之后，他站起来，传了一道军令出去：王威、高君雅勾结突厥人作乱，罪不可赦，着推出门外，就地正法。结束之后，士兵把两人的首级悬挂到城门外示众。老百姓看到以后，都表示这俩勾结突厥的汉奸杀得好，死有余辜。

从群众的反应来看，李渊觉得大家对自己是拥护的。但这只是第一步，下一步该如何呢？李渊的思考仍在继续，想啊想啊，他想起了小时候爸爸妈妈给自己讲过的民间故事。突然他眉头一皱，计上心来。

李渊让人叫来了裴寂、刘文静，嘱咐两人悄悄带着兵力，守备城池，与此同时，又下令把所有城门大开，所有旗帜撤下，军队全部入城。城里的人也不要随意走动，都静悄悄的，不要高声说话。

突厥军队终于走近了。他们看到一副奇怪的景象。偌大的太原城城门洞开，城内却空无一人，不仅没有逛街购物的，甚至都没有一个站岗放哨的。这哪里像个要被入侵的城池啊？突厥人心里顿时七上八下打起了鼓，生怕中了李渊的空城计，迟疑之间居然不敢进城。

这个迟疑的时间差就已足够了。李渊心中暗喜。

当天晚上，他挑选的一支军队就悄悄出城而去，第二天早晨，又大张旗鼓从别的道路上进来，看上去就好像是援军来了一样。然后，第三天、第四天循环往复。

看着源源不断的"援军"过来，突厥人更加狐疑，也更不敢攻城了。贸然进去不是找打吗？他们终于钻入了李渊的迷魂阵，进也不是，退也不是，被彻底忽悠傻了。在城外徘徊几天之后，就悻悻地离去了。

将士们得知突厥退兵的消息以后，都来祝贺。

但李渊只是面色平静地说了一句。

"我知道了。"

李渊的平静不是装出来的，也不是为了显示自己处变不惊的大哥风范，而是因为他的心情真的一点都不平静，倒是后怕。他怎么能不怕呢？虽然他空城计使得巧妙，但万一突厥人真的愣头愣脑进来了呢？他自信有力量可以抵御吗？恐怕是很难的。即使乐观一点，自己利用炉火纯青的军事才能击退了这支冒失的突厥军，这也不过是突厥的一支小股部队。当时的突厥正处于全盛时期，控弦之士几十万啊。如果哪天人家大军出动了，凭他现有的力量能和人家抗衡？恐怕也是不能的。

事实上，这一次有惊无险的来犯已经给他敲响了警钟。那就是，在突厥人的卧榻之侧是很难酣睡的。

这么多日子以来，李渊一直憋着劲起兵，没曾想背后却有这样的强敌环伺。哪天一旦起兵南下，太原兵力空虚，很可能就被他们偷袭。一想起这个，李渊禁不住汗毛倒竖。太可怕了！

刘文静是第一个意识到李渊担忧的人，反复思考之后，他提出了一个重大建议——和突厥结盟。

欲成大事者必须要权衡利弊，突厥虽然是国家的敌人，但毕竟有强大的军事力量。要想起兵，这就是一个绕不过的坎儿，除了结盟，难道你还有什么更好办法？灭了他们，可能吗？

　　事实上这也是李渊能想到的最好办法。这年六月，他准备了大批礼物，写了一封措辞谦恭的信，派使者给东突厥始毕可汗送了过去。

　　始毕可汗乐呵呵地收下了礼物，也看到了这封信。信中是怎么说的呢？李渊说，自己想大举义兵，远迎隋主（把杨广接回来？你确定？），重新与突厥结盟。然后，他列出了两种结盟方案：如果突厥能派兵助自己一臂之力，就希望不要侵扰百姓；如果突厥只想结盟不想派兵，那也没问题，到时候他会给钱。

　　又是结盟又是给保护费的，这条件看起来还可以，但始毕可汗却不想同意。身为一名手握几十万精锐骑兵的大可汗，一位和中原王朝长期打交道的老江湖，在这个王朝末年分崩离析的时候，他明白自己手中有足够让这些中原人屈服的资本。

　　于是他更正了李渊在信中的用词，不是结盟，而是称臣。

　　当然了，始毕可汗这个人很有水平，说话比较委婉，不会直接说称臣这么没礼貌的话，他对使者说的是，要李渊称帝。其实，这也是一个意思。一旦李渊称帝，就等于公然和隋朝决裂，也就站到了各级官员士绅的对立面。而一旦站到了对立面，他就不得不依赖突厥人的力量维系统治。那么如此一来，称了帝的李渊就只能是突厥人控制下的奴才。

　　管你帝不帝的，反正在我这儿都是奴才。这就是始毕可汗的如意算盘。

　　使者得到了答复，把消息带回了太原，许多手下还天真地挺高兴，劝李渊赶紧当皇帝。

　　裴寂和刘文静是聪明人，知道称帝不是啥好事，但也只能劝李渊将就一下。我们现在缺战马呀，但是战马却只能从突厥人那里买。如果不称帝表个诚意，战马恐怕就买不到了。到头来，打仗可就难喽。

　　在当时，战马是最重要的军事物资，就像现在陆军的坦克似的。没有足够的战马，野战胜利根本无从谈起，能不能得到战马，直接关系着起兵的成败和接下来的生死存亡。

但李渊考虑再三，还是不肯答应。因为他不想当奴才。当然他也明白，称帝这事儿也太得不偿失了。他要的可是整个天下呀，岂能自甘堕落让人在背后唾骂？大家再想想别的办法吧。他这样说。

于是，裴寂、刘文静反复商量之后，又搞出了一个折中方案。李渊暂时不称帝了，只是宣布废掉杨广的帝位尊为太上皇，立代王杨侑（yòu）为帝。起兵的旗帜也用红白相间的颜色。他们这样做其实是因为当时隋室的旗帜是红色，突厥的旗帜是白色，如此一来，就是在表明不反隋朝用意的同时，又照顾了突厥的态度。

李渊听到两人的建议也觉得有点好笑，明白这是在和稀泥，可这稀泥撑死也就和到这份儿上了，不给突厥人点甜头，哪能这么容易过关？于是长叹一口气说。

"这可真是掩耳盗铃呀，形势所迫，不得不如此喽。"

他最终同意了这个方案，并派使者通知了始毕可汗。

势如破竹李家军

此后的几天里，李建成和李元吉圆满完成了秘密任务，从河东回到了太原，柴绍（李渊的女婿）也悄悄从长安回来。李渊非常高兴，说总算把你们盼回来了。仨儿子一个女婿都在跟前，搞个起兵也是可以的。再之后，他让李建成和李世民攻下了临近的西河郡，战胜了敌人，锻炼了队伍。

时间转眼到了七月，夏天就快过去了，秋风乍起，天气凉快了很多。

李渊知道，开创历史的时刻就要到了。隐忍了那么多年，潜伏了那么久，经历了这么多曲折、惊险、暗算，终于是时候爆发了。

初五这天，他召开了军队和各界代表参加的起兵誓师大会。他要在这一天，向心中那个憧憬已久的梦想前进了。他快步登上点将台，发表了慷慨激昂的讲话。

夫天地定位，否泰迭其盛衰……（杨广）饰非好佞，拒谏信谗！巡幸无度，穷兵极武！喜怒不恒，亲离众叛！十分天下，九为盗贼！废昏立明，敢遵故实！

他把杨广狠骂了一通，他告诉大家自己要废昏立明，他说他起兵不光是为了自己，其实也是为了天下百姓。

李渊讲完后看向了台下，发现将士们都静静地看着自己，鸦雀无声。那一刻，他的心里竟有些莫名的感动。他放下讲话稿，向众将士长长地作了一个揖，大步流星地走下台去。

将士们，跟我开创历史吧！

当天，李渊令李元吉留守太原，执掌后方守备。令刘文静去突厥告知起兵大计，并顺便借些兵马。然后，自己便和李建成、李世民等统率三万部众，浩浩荡荡南下进军了。

那个进军的终点，就是长安！

长安是隋王朝的首都，有非同凡响的政治号召力。长安所在的关中地区有天下最优越的战略位置……这些柴孝和都已经给我们科普过了。李渊这么老谋深算的人更没理由想不到。

所以他的目标就是长安。沿山西向南，进占河东要地，渡过黄河，直取长安。然后再以此为根据地，图谋霸业。

当然，李渊之所以能实现这个战略，不只归功于他的老谋深算，也得益于他捕捉到了最佳时机。此时的杨广早被义军吓破了胆，躲在江都不敢回来，中原势力最强的李密正在和隋军鏖战，对长安无暇顾及。而关中自古以来就是战略要地，进可攻退可守的富饶地区，此时却成了一块没人理会的"无主之地"。

这正是攻取长安、成就霸业的最好时机。后来大唐取得的一切胜利，都源于这次把握住了时机。

留守长安的代王集团对李渊立杨侑为帝可不领情，得知了李渊起兵的消息，他们派了军队阻击，以宋老生率两万精兵进驻霍邑（今山西霍州），以屈突通率数万人进驻河东（今山西永济），两人遥相呼应，成掎角之势，挡在他南下的必经之路上。

李渊进兵起初非常顺利，势如破竹，打下了众多要地。很快来到霍邑附近，准备攻城。可惜天公不作美，竟然连日不停地下起了雨，道路泥泞、粮草不济，攻势压根儿无法展开。

李渊的心里有些焦虑。正在此时，他收到了一封远道而来的书信，写这封信的人我们都认识——李密。

李密怎么和李渊勾搭上了？其实，李渊起兵不久，他就听到了消息。李渊是一个什么样人物，他还是清楚的。他的直觉告诉他，对这个北方实力派要赶紧拉拢，大家都是吃造反这碗饭的，将来少不了打交道，至少，趁机会混个脸熟还是有好处的。

李密这人读过汉书，当过老师，文化水平很高，写的信也比较长，文绉绉地容易让人看不懂。我简要概括一下。信中他先和李渊攀了亲戚，"与兄派流虽异，根系本同"（你姓李我也姓李，五百年前是一家）。然后夸耀了自己的实力，"为四海英雄，共推盟主"（大家都要听我的，那你……）。李密还吹嘘了自己的野心，"殪商辛于牧野，执子婴于咸阳"（意思是要取代杨广，杀掉代王）。最后，李密交出了自己的真实目的——让李渊亲自带兵到河内，二人当面缔结盟约。

李渊看着这封信，陷入了深思。他知道李密是眼下实力最强的义军，和他结盟是一个看似可行的建议。可最大的问题是，李密现在是光明正大、赤裸裸地造反，而自己可是偷偷摸摸干的啊。虽然宣布废黜杨广，可打的还是匡扶隋室的口号。所以李密说杀掉杨侑，面结盟约这种事情，自己是万万不能干的，因为这有悖于自己起兵的"本意"。

不过，直接拒绝也不妥当。李密毕竟是目前实力最强的义军，距离自己也不算远，得罪了这种狠角色就等于树了一个强敌，完全没有好处。何况人家现在东都洛阳苦战，反倒算是给自己顶着隋军呢。

想到这里，李渊决定使劲捧一捧李密，好让他麻痹大意。于是亲自写了一封回信。以下内容比较肉麻，请大家做好心理准备。

魏公，俺之所以起兵，是看国家有难想挽救危局，不是想去取代隋朝，所以，讨伐杨广、杀掉代王这种事俺是不能干的。不过，如今义军风起云涌，我看其中的领袖倒是非您莫属。您是天下李姓的代表，以后还得仰仗您多多关照啊。俺已经老了，没什么宏图大志，等您将来得了天下，再把俺封到唐国就知足了。只不过这个会盟的日期，俺还真不敢确定，现在真的太忙，等有时间再说吧！

李密收到回信了，发现李渊对结盟的要求闪烁其词，没有给出明确答复，这当然不太好。可是他也发现，李渊的姿态非常谦虚低调，又是叫自己盟主，又是让自己多多关照的，对自己一通吹捧，这让他感到非常满意，非常高兴（大悦），连连对左右说："唐公见推，天下不足定也！"

于是，他搁下书信之后，便义无反顾地继续投入与隋军无休止的战斗中去了（遂注意东都，无心外略）。因为在他心里，这个胸无大志的老家伙已然不配做自己的对手。唯有自己，才是未来的天下之主！

老李和小李的第一次交锋，就这样过去了。可接下来的交锋，又将如何过去呢？

霍邑的雨还在下着。镇守这里的宋老生是有名的悍将，手下有两万精兵。这个地方也是地势险要、易守难攻。但是这都不重要，重要的是此时雨还未停，攻势依然无法开展。

将士们顿兵于坚城之下，可谓出师不利，挫败感油然而生。

恰恰又在此时，北边纷纷传来了小道消息——突厥和刘武周要联手进攻太原。

按常理来说，这件事情应该是不可能发生的，因为此时刘文静正在突厥，并且和始毕可汗谈得非常愉快，还借了不少兵马。突厥人就是再不讲理，也还不至于这么快就打自己脸吧。但可惜的是，刘文静此时正在返回的路上，目前也没有人和他取得过联系。而他的不在场似乎刚好从侧面印证了这个消息。

将士们听说之后，都变得人心惶惶。大家伙儿出来打仗，老婆孩子亲戚可都在家呢，万一被突厥人掳走……一时军心动摇，人心思归，不少人就吵吵嚷嚷要回去。

也就在这里，军队经历了出师以来的第一次分歧。

关于这次分歧的解决，两唐书上都有一段差不多的记载，大意就是裴寂等人见状都要求退兵，李世民则坚持进兵，而糊涂虫李渊却听了好友的建议，以致李世民"号泣于外，声闻帐中"。李渊不得已召他进来，问其原因，李世民说：突厥人和刘武周表面上关系很好，暗中却互相猜疑，贸然离开老巢偷袭太原，他就不怕被刘武周抄了后路吗？所以这传言一定是假的。何况我们起兵占了大义，前进就能取胜，退后就会溃散。今天退兵了，明天敌人就能追歼我们，眼看没几天活头了，我能不哭吗？然后"高祖乃悟而止"。

这段记载当然又是编造的。在真实的历史《大唐创业起居注》中，李渊的表现是非常有主见的，从隋朝派宋老生、屈突通据守时，他就不屑一顾地唾弃了这两个老将。"宋老生有勇无谋，屈突通胆量不够。两人自保尚可勉强招架，对外打仗不堪一击。只要我慢慢来，不过一两个月就可以平定他们。"（老生乳臭，未知师老之谋。屈突胆薄，尝无曲突之虑。我若缓以持之，不过一两月间，并当擒之。）

听到突厥和刘武周入寇的传言后，他也保持了冷静，不赞成退兵。我派刘文静卑辞厚礼去拉拢始毕可汗，又答应一大堆条件，还能搞不定他们？这是瞧不起我，还是瞧不起刘文静啊？即便他现在还没回来，也不能因为这点三无消息就撤退呀。

但身为主帅，李渊又不能表现得太刚愎自用，因为这容易让人误会他不爱惜部将的家属。

于是，他充分发扬民主决策的优良作风，召开了一个军事将领座谈会，要大家议一下这事儿到底该怎么办。

会上，大多数人都以为突厥、刘武周贪财好利，你倾巢而出，老家兵力空虚，他们怎么能不乘虚而入呢？所以进攻太原的事十有八九是真的。我们不如索性班师回家，先保住太原再说，来日再图进取吧。

李渊听后十分不快，转过头来看向李建成、李世民，寻求支持。

"你俩就没什么要说的吗？"（尔辈如何）

怎么会没有呢？李建成、李世民兄弟早已深刻领会了父亲兼领导的真实用意，二人慷慨陈词，踊跃发言，滔滔不绝表达了上文中被李世民据为己有的意见。总之就是千万不能退兵，退兵必败。

李渊心中大喜，暗想还是儿子们靠得住。但是，他仍然压抑住内心的激动，面不改色向二人发出了反问。

"哦，既然如此，你们有何破敌良策？"

"宋老生虽然是名将，但昔日的对手多是小盗小贼，没打过硬仗。此人性情急躁、有勇无谋，只要我们用轻骑挑战，不怕他不出来。只要他出来，就一定为我所擒。"

"对，他不出来也不要紧，我们就放风说他和我们串通，他手下人都没主见，一定会怀疑他，用不了多久，朝廷的人就会来砍他的脑袋。"

李渊的喜悦终于压不住了。

"就按你们说的办！"（帝喜曰：尔谋决之。）

看到了吧，这才是李渊真实的决策过程，他的决心早已坚如磐石，他的意图早已经成竹在胸。他所做的只不过是借了两个儿子的口把它说出来，仅此而已。

八月初一，天气突然放晴，李渊命令部队晾晒铠甲，整理行装。八月初三，李渊率军从小路绕到霍邑城边。军队扎下之后，他吩咐李建成、李世民哥儿俩各自带上几十名骑兵，来到了城下。

哥儿俩到了霍邑城边，并没有什么特殊任务，他们要做的就是一件事——骂人。要骂的人当然就是守将宋老生。

李建成、李世民都是聪明绝顶的人，骂人的方法自然多得很，两人往城边儿一站，什么难听骂什么，什么气人骂什么。不一会儿就把宋老生祖宗八代、亲戚家人全都"问候"了一遍。

宋老生是一个气性很大、性格鲁莽的人，从来都压不住火。史书上对他的评价只用了两个字，却非常传神——轻躁。听到两个小毛孩子对自己进行人身攻击，宋老生轻躁的老毛病立刻发作，一下子火冒三丈，也不管三七二十一，带着两万人马就杀了出来。

李建成、李世民的目的达到了，随即领兵后退。正在气头上的宋老生一心求战，越追越远。追出几里地后，宋老生回头一看，城池已经渐渐远去，那两个毛孩子却不见了踪影。

猛然之间，宋老生意识到自己可能被耍了，大叫不好，准备回撤。

这时，却只见四周伏兵四起，殷开山、段志玄等人领着人马从四面八方掩杀过来。为了迷惑军心，这些士兵一边冲还一边喊。

"宋老生被斩首啦"（已斩老生矣）。

后边的隋军不知所以，以为主将已死，登时阵脚大乱，撒开腿就往城里跑，宋老生急得在后面叫骂，他们也听不见。没有办法，他也不得不加入了逃跑的队伍。

但是，当他跑到城边的时候却赫然发现，李建成和李世民已经抢先一步扼守了城门。两个人叉着腰，面带微笑，伸出手指做邀请状，让自己过去。

宋老生入城不得，气得直跺脚。只能攀着守城士兵扔下的绳子往上爬，就在他爬到大概一丈高的时候，刘弘基带着一队人马赶过来，一刀挥出去，把他砍成了两段。

随后，李渊指挥后续军队穷追猛打，将城内外的守军一网打尽，最后战死的隋军尸体遍布了几里地。

霍邑就此平定。

或许是冥冥中自有天意，攻下霍邑之后，一连几天都是大太阳，从太原运来的粮草也赶到了。

李渊在城内安抚了官员百姓，把宋老生以礼下葬，赏赐了很多财物收买人心。他本身就是朝廷钦命的山西最高军政长官太原留守，这时又表现得如此慷慨大方，是以当地百姓都欢欣鼓舞，对他产生了深深的认同感，很多人还争着要参军入伍。于是李渊在城里挑选了一批男丁充实军队，然后整装待发，继续南下，连克许多郡县。

也就在这个工夫，刘文静领回了前来助战的突厥兵马（五百名突厥战士、两千匹战马），并带来了始毕可汗的亲切问候。到了这里，早先突厥联合刘武周偷袭太原的谣言就不攻自破了，将士们的心也算彻底放到了肚子里，从此一心一意跟着李渊南下征战。

八月十五日，李渊的军队抵达龙门，这里是西渡黄河的古渡口，紧挨着另一个钉子户驻地——河东城（今山西永济）。前面已经说了，驻守此地的人名叫屈突通。

李渊虽然从战略上蔑视过屈突通，但从战术上还是要重视的。他明白这个人有些水平。

民间有句顺口溜："宁服三斗葱，不逢屈突通。"那会儿辣椒还没有传入中国，葱就是大家能知道的最辣最冲的东西。可老百姓却宁吃三斗葱，也不愿意见屈突通。可见此人是一个性格坚毅、很有个性的人。当然屈突通也是一个优秀的军事将领，杨玄感之乱就是他参与平定的。

所以李渊不打算攻打河东找不痛快。他决定听从幕僚的意见，绕开河东，渡过黄河直取长安。只要占领长安，河东城也会不战而下。

然而多数众将却不赞成，河东城这么重要的地方近在眼前，我们不打声招呼就走了，就不怕人家偷袭？到时候黄河过不去，背后又有追兵，怎么收场？

李渊一听觉得也是，挥师向河东城发起了进攻。但事实证明，他的进攻是徒劳的，河东的城防是坚固的，屈突通本人是很冲的。一连过了数天，仍然毫无进展。

时间一天天过去，攻克河东城的希望越来越渺茫。李渊又想继续此前的计划。不过为了稳妥起见，他还是想听听大家的看法，于是又开了个会，鼓励大家各抒己见、踊跃发言。

但没想到，会议刚开始，裴寂和李世民就吵起来了。

裴寂的观点还是老一套，屈突通人马众多，城池坚固，如果舍他而去，一旦进攻长安受挫，腹背受敌就麻烦了，所以不如等攻下河东之后再西进。长安是依恃屈突通为后援的，只要打败屈突通，长安也必能拿下。

而李世民却觉得，行军打仗，兵贵神速！我们现在连战连胜，只要乘胜西进，长安一定会望风而降。如果一味在河东滞留，将会耽误大好时机。要是长安守军有了时间加强防备，大事就全完了。屈突通是个仅能自守之敌，不足为虑。

概括一下来说，就是李世民想走（放弃河东直取长安），裴寂想留（攻下河东再取长安）。两个人的意见都不是没有道理，却针锋相对，无法调和。

一边是友情，一边是亲情，类似这样两难的局面能让很多人唱一首《左右为难》了，但李渊大手一挥，解决了这个历史性的复杂问题。

留一部分兵力继续围困河东，自己亲率主力向西渡河。

李渊，你真是个天才。

长安，我来了

长安，是一座举世闻名的大城，是周、秦、汉三个大一统王朝的首都。到了隋文帝时，又历经了大规模的重建和扩建，变得更加宏伟、壮丽。城内有鳞次栉比的宫城、皇城，还有规划完整的居民区，从东到西有十四条大街，城墙周长达三十五公里，面积达八十多平方公里。巍峨的宫殿、雄伟的城墙、繁华的坊市，还有从世界各国慕名而来的不同衣着、不同肤色的商人、使节，这一切，都让时人把它看成是一座天上之城。

但这里却是整个隋帝国最薄弱的环节。

杨广已经不回长安了，留守在此的代王杨侑不过是个十二岁的孩子，辅佐他的主将卫文升则是个年逾古稀的老人，另外两个大臣阴世师、骨仪虽然年轻一点，但也是有勇无谋、目光短浅，都不难对付。而东、西两面的群雄要么激战正酣抽不开身，要么完全不懂它的战略价值。

大家就这样浑浑噩噩地拱手把长安让给了李渊——这个未来会把他们全部消灭的人。

九月十二日，在关中群盗和地主豪强武装的接应下，李渊的大军渡过了黄河，进驻河对岸的朝邑（今陕西大荔）。

之后，他把大军分成了两路。

一路由东部方面军司令李建成率领数万人，向东南进发抢占永丰仓（隋朝四大粮仓之一），扼守潼关阻止隋军西援。

一路由西部方面军司令李世民率领数万人，沿渭河北岸西进，一路攻城略地，拿下蒲城、泾阳、鄠厔（今陕西周至）后，再向东迁回，形成对长安的夹击之势。

两人的攻势都很顺利。

就在这个时候，李世民把十年后整个王朝里最负盛名的两位大臣收入了麾下。

一个是长孙无忌，他被任命为行军典签（处理文书的秘书），成了李世民的幕僚。长孙无忌是李世民的大舅哥，两人自然是老相识。他本人博学文史、足智多谋，还有很高的悟性。聪明人自然愿意和聪明人交朋友，李世民和长孙无忌向来情投意合，关系不错。我们有理由相信，即便他们没有亲戚关系，也肯定能成为很好的朋友。

另一个人是房玄龄。他是自己骑马到军营投奔李世民的，这样看来，他算是一个新朋友。不过，虽然他和李世民还不太熟，但两人却一见如故得擦出了亮闪闪的火花。

在交谈当中，两人都突然发现彼此之间有一种神奇的默契，就好像是钟子期和俞伯牙一样遇到了知音，你说上句他就能接下句，你想往东他绝不会往西，一个表情就能猜到对方的心思。

有那么一瞬间，李世民和房玄龄几乎在心里异口同声地说"难道这就是自己苦苦寻找多年的知音吗"？就差激动得拥抱在一起了。

李世民很快就会认识到自己捡了多大的宝，因为房玄龄实在是太有才华了。这才不是一般的才，而是宰相之才。不久的将来，李世民会长年在外领军打仗。每当得胜之后，大部分人都会火急火燎地去搜罗战利品，什么金银财宝、美女佳人恨不得全划拉到自己家里。

只有房玄龄不然，他对钱财美色似乎毫无兴趣，而总是首先做一件同样的事——挖掘人才。哪个人有学识，哪个人品德好，早就打听好了，专等打了胜仗挖过来，很多有识之士包括与他齐名的杜如晦就是被房玄龄推荐到了秦王幕府。

"最贵的是人才"这句话，房玄龄在七世纪就已经领悟到了。

不仅如此，房玄龄还负责掌管文书典籍，平时遇到领导讲话、重大活动或是汇报材料，都由他一手包办。

房玄龄长年跟着李世民行军打仗，一般来说是比较忙的，有时军务在身，正骑着马赶路呢，任务就来了。但是这都不要紧，他既不用写字台，也不需要打草稿，把马一停，拿过笔墨就可以拿主意、写稿子，而且一气呵成、措辞严谨、文采斐然，拿到公文参考书上都可以当范文。这简直就是一个文字天才，天生的首长大秘，甚至可以说是唐朝第一秘。

他的汇报材料多次受到李渊的表扬。李渊是怎么说的呢？

"看房玄龄的文章，就像听秦王在跟前说话一样。"

此后，不管李世民征战到哪里，长孙无忌和房玄龄都成为他最可靠的智囊和最有力的臂膀。

长安已经近在咫尺。李渊的亲人们也没忘了给他锦上添花。

平阳公主起兵了。平阳公主是李渊的女儿，柴绍的妻子，古代著名的巾帼英雄。到现在山西还有个著名的关口——娘子关，就是因她曾率军队驻扎于此得名。

李渊在太原起兵时，柴绍打算前去帮忙，但两口子一起走又怕暴露目标。他有点犹豫："岳父现在起兵了，我想去，但是又担心你……"

平阳公主表现得很果断："你尽管去吧，我一个女人在乱世容易躲藏。"

但是送走丈夫以后，她却没有躲也没有藏，而是拿出全部家财招募了一支军队。然后又派人劝降了长安附近的几支武装土匪：何潘仁、李仲文、丘师利等，到最后一数，兵力居然超过了七万人。要知道，这帮土匪可不是一般的土匪，他们的势力是很大的，曾经劫持朝廷命官，长安留守三番五次派人讨伐他们都连吃败仗。而平阳公主居然三言两语就招降了他们。可见这位女英雄真是比土匪还要厉害。

与此同时，李渊的堂弟李神通也起兵了，他联合京师大侠史万宝拼凑了一万多兵力接应。

除此以外,李渊的很多亲朋故旧,关中地区的地主武装,以及农民起义军也来投靠。

李渊闻讯之后,立刻给这些亲人土匪朋友加官晋爵,授予封号,统一归到了大军指挥。

十月,长安城外云集了李渊的二十万大军。有了这么多兵力,这座大城已是唾手可得。李建成、李世民两个年轻人按捺不住激情,要求进攻。父亲,打吧!

但李渊却抬手制止了二人。孩子们,不能打。

他虽然在疆场上拼杀多年,也总打胜仗,却不是一个恃用武力的人。二十万大军尽在己手,他何尝不知道攻取长安轻而易举?但他更知道,自己此来的目的并不是推翻隋朝,而是拥立代王,至少在舆论宣传上是这样。因此,只要有一线和平的希望,就更应该用政治手段解决。

李渊派人给代王杨侑送了封信——投降吧,咱也不是外人。

代王年纪还小做不了主,这事儿只能依靠大臣们。可首席辅佐大臣卫文升自从听到李渊向长安进军之后就吓出了病,不再参与政事。只有年轻点的阴世师、骨仪还在干活,他俩给出的反应是没有反应,仿佛在说"要杀要剐,悉听尊便"。

先礼不成,就只能后兵了。既要面子又要里子,哪有那么多两全其美的事情?李渊无奈得叹了口气,下令攻城。

攻城前,他严令申斥了军纪——不得毁坏隋朝宗庙(毕竟是亲戚家的),不得伤害代王杨侑和隋朝宗室(也都是亲戚),违者夷三族。

然后,李渊将围城部队交由两个儿子指挥,开始动手。东部方面军"司令员"李建成,带着从潼关返回的军队攻击长安东、南两门;西部方面军"司令员"李世民,带着从周至返回的军队攻击西、北两门。

两人在父亲的激励下竭尽全力,对长安发起了全方位、立体式、无死角的进攻。

尽管长安城面积巨大、城墙坚固,但守军却早已军心涣散、丧失斗志了，而潜伏在长安白区的"地下工作者"也在暗中接头响应。里应外合之下，长安外城很快就被攻破，隋军不得不退守到宫城、皇城。

李建成、李世民挥兵向内推进。

十一月初九，李建成手下的军头雷永吉从皇城东面突破，先行登了城墙。这个举动标志着长安之战胜利结束。

至此，长安城全部落入了李渊的手里。

这场具有历史性意义的大战，只用了不到一个月即宣告结束。李渊之于长安，真不是一个外人啊。

此时，留守长安的代王杨侑尚在东宫，他的左右都已奔逃溃散，唯有一个贴身侍读还陪伴在身边。这个手无缚鸡之力的小孩子正惊恐地瞪着眼睛，待在座位上，无处可去。

站在他对面的人正是李渊，李渊的身后是一队全副武装的卫士。他进入长安的第一件事就是来拜见杨侑。

小杨侑在李渊面前显得那么脆弱，那么无助，他的生死只在李渊一句话。

可李渊却两腿一弯，跪到了地上，他哭了。他的态度谦卑得就像忠实的臣下拜见久违的主子，让小杨侑惊讶得无所适从。可他还是接着哭，一边哭还一边说自己来晚了，请代王不要怪罪。直到哭得差不多了，他才站起身擦了擦眼泪，抬手一挥，从门外招来了豪华的仪仗队。然后，以隆重的礼节把杨侑从东宫迎到了大兴殿。

我们都知道，东宫是太子住的，但很多人并不知道大兴殿是皇上住的。

李渊把杨侑迁到这里，其用意不言而喻。此时此刻，他还不想改朝换代。

恩威并施招人才

安顿好代王以后，李渊又重新申斥了军纪，约法十二条，在长安秋毫无犯，很快稳定了社会秩序。对那些反抗他的、陷害他的，基本都本着宽大处理的原则一一赦免。

除了三个人。

一个是阴世师，不但没被宽恕，反而被麻溜地拉出去砍了头。原因很简单，他杀了李渊的爱子李智云（庶出）。李渊起兵的时候，李建成从河东秘密逃回太原。逃归之前他认为李智云年纪尚小，去了帮不上忙，留下了也不会有危险，于是就没有管他，谁会跟一个小孩子过不去呀？可没想到李智云却被隋朝官吏逮捕送往了长安，随即被阴世师下令杀害，时年只有十四岁。李渊为此伤心了好长时间，这个仇他是不能不报的。

另一个就是骨仪，原因也很简单——他挖了李渊家在长安的祖坟……就是天王老子也救不了你了。

还有一个就是和李渊结下私人恩怨的哥们儿。

这哥们儿要算唐代历史上鼎鼎大名的传奇人物，虽然他不属于什么隋唐好汉，但民间故事编排他的程度却一点都不亚于瓦岗军的风云人物。他同样姓李，长得很帅；他出将入相，写过兵法；他在南方平定了萧铣，在北方灭掉了东突厥；他是红拂夜奔传奇爱情故事的男主角，是打死东海龙王三太子少年犯的老爹。他就是唐朝历史上最伟大、没有之一的名将——李靖李药师。

李靖，字药师，雍州三原（今陕西三原）人，是隋朝大将韩擒虎的外甥。作为当时水平最顶尖的武将，韩擒虎曾拍着李靖的肩膀这样说："当今天下，能和老夫讨论孙子、吴起的只有你呀。"

此后李靖走入仕途，当了一名光荣的"科级干部"（长安县功曹）。虽然这个官儿不大，但赏识他的人却很多，吏部尚书牛弘称赞他有"王佐之才"，这里王佐之才指的是"有辅佐君主王天下之才"的意思。隋朝宰相、楚国公杨素也当着他的面，面带微笑用手轻拍自己的床……和蔼可亲地对他说："总有一天，你会坐上老夫这个位子。"

由于深受隋朝前三排的厚爱，李靖一直对这个王朝忠心耿耿。李渊起兵之时，远在江都的隋炀帝还不知情，李靖却正在李渊的手下干活，此时他的职位是马邑郡丞。李靖天资聪明、智商过剩，怎会察觉不到李渊的企图？

在忠隋爱国之心的驱使下，他萌生了亲自去江都通风报信、揭发李渊造反阴谋的念头。

但因为身边到处都是李渊的眼线，想要顺利开溜却不太容易。于是为了掩人耳目，他特意订做了一辆车——一辆囚车，然后自己穿上囚服坐到里面，假装是要被押到外地的囚犯。这辆囚车出发后，从马邑一直走到了长安，但没想到李渊的兵马比他跑得还要快，等他风尘仆仆赶到的时候，长安早已经被李渊占领，实际上是走不通了。李靖这个人年少成名，很多人都认识，在大街上没走两步，就被人认了出来。

"诶？不是李靖帅哥吗？怎么了这是？"

"犯法了吧。"

"腐败了？"

"啊，哈哈哈，你也有今天……"

李靖马上就暴露了，他立刻被军队抓起来，连囚服的钱都省下了，直接押进监狱成了一名真正的囚犯。

在这里，我要告诉大家一个憋了很久没说的秘密——李渊是个小心眼。小心眼要算是个坏毛病，但李渊也实在不是故意的，要怪只能怪他记性太好（一面相遇，十数年不忘）。记性好到如此程度，想忘都忘不了啊。李靖落到了李渊手里，后果可想而知，他一定会死得很难看的。

不出所料，李渊果然还记得他，并飞快做出了最严厉的批示——杀！

早就看你不顺眼了，居然还想去告发我，吃里扒外的东西，留你何用？

临刑那天，李靖在法场上仰天长叹，对自己作茧自缚、搬起石头砸脚的行为做出了深刻的反思，然后大声喊了一句：

"唐公啊，你们兴义兵本是为了一统天下，现在大事还没有完成，就因为私人恩怨斩杀壮士吗！"

李靖这话想必喊得十分嘹亮且富有磁性，恰好被路过的李世民听到了。

李世民早就听说过李靖的大名，现在又见到了本人，顿时觉得他仪表不凡，不像个普通人。而且发现他即使死到临头也保持了超凡的气度，既没有哭爹喊娘，也没有怨天尤人，更没有骂他爹李渊，反而说唐公兴的是义兵，又把自己比作壮士，这句话事实上两边都没得罪，还把两边都夸了一遍。

对李靖临刑前流露出的真情实感，李世民十分满意，况且他本来也爱才，于是亲自向父亲求情救下了李靖的命。

于是，这位绝世名将进入了李世民的幕僚队伍。

喜事接二连三，没过多久，又辣又冲的屈突通也投降了。这实在不能怪他无能，只能怪刘文静太狡猾。

自打李渊西渡黄河之后，镇守河东的屈突通算是松了一口气。但没等这口气缓过来，他就发现自己高兴得太早了。李渊的确是走了，但是并没有一走了之，而是留下了刘文静在这里招呼他。更让他担心的是，李渊渡河的下一个目标不是别的地方，正是长安。如果长安丢了，自己就是把这小小的河东城守得再严实又有何用呢？

想到这些，屈突通终于坐不住了。于是留下副将尧君素镇守河东，自己亲率主力出了城。他的目标很明确，到潼关和守将刘纲会合，然后再一起向西回援长安。

一定要阻止李渊占领长安的野心！

可奉李渊之命关照他的刘文静也不是一般人啊，人家是唐朝开国的大功臣，军事水平非常高，几乎和他不相上下。尽管刘文静的兵力不多，但总归也不那么好对付。差不多在此时，李渊还派将军王长谐抢先一步占领潼关，并斩杀了守将刘纲。

屈突通回援的愿望落空了。但此时他已经抵达了潼关，别无退路，也只能继续在潼关和刘文静对峙。需要说明的是，当时潼关的防御分为两部分，一是都尉南城，一是都尉北城。刘纲被杀死后，屈突通驻扎的地方就是北城。

这一对峙，一个多月就过去了。

不过，就当时的局势来看，屈突通是耗不起的。潼关是一个非常险峻的关口，南边是秦岭，北边是黄土高原，中间只有一道窄窄的渭河流过，完全可以称得上是一夫当关万夫莫开。

占据了这样有利的地形，刘文静要做的只是防守，嗑着瓜子，跷着二郎腿就能办到，而屈突通要做的却是进攻，这几乎是插了翅膀也不可能的。

不管怎么说，迟早还是要开打的。一个月后，屈突通还是义无反顾地发起了进攻。那一晚，他趁刘文静防备松懈发动了夜袭，一交锋就斩杀了几千人，前锋桑显和更是大发神威，一箭射中了刘文静的肩膀。

到了这个地步，隋军已经基本锁定了胜局，但就在这关键时刻，桑显和却鬼使神差地下了一道命令，让隋军将士就地停战，开始吃饭。好家伙，胜利在望的时刻你想到的竟然是吃饭？就不能坚持一会吗？

然而，无论如何，桑显和已经和将士们开吃了。就在这个工夫，刘文静带着伤指挥大家重新筑起了栅栏。更让隋军震惊的是，此时此刻，几百名游骑也在猛将段志玄的带领下来到了他们背后。

刘文静的军队和段志玄的游骑发动了前后夹击。正在吃饭的桑显和措手不及，连碗筷都没撂下就被人砸了锅灶，隋军顷刻被杀得大败，几乎全军覆没。

这一战之后，屈突通已经完全没有了再战的本钱，处境越来越困难。

总而言之，回援长安是没有指望了，摆在他前面的只有两条路。撤退，或是投降。

李渊对屈突通是比较欣赏的，亲自派了他的家僮去劝降。但屈突通是个大忠臣，没有犹豫，拔刀把家僮杀死。

不久之后，外面传来了一个更可靠也更可怕的消息——长安已经被李渊占领，家中男女老幼全部落到了他的手里。

面对着一家老小的生命安危，屈突通还是没有屈服，他把潼关交给了桑显和，自己带上一部分人马，准备去洛阳投靠越王杨侗。可没想到，他前脚刚走，桑显和就把潼关拱手献给了刘文静。

刘文静立刻带上这位新投降的大将追击屈突通，到了稠桑（今河南灵宝）的时候，终于追上了。

屈突通看着到来的追兵，深吸一口气，准备下令作战。

但奇怪的是，刘文静并没有发动攻击，而是派了他的儿子屈突寿来劝降。

然而屈突通这老家伙实在顽固，还未等儿子开口，就是一顿劈头盖脸的痛骂。

"你不是我的儿子，我没有你这个儿子！从今天起，你就是我的仇敌！"

说完就让手下用箭射他，屈突寿没有办法，灰溜溜地跑了回来。

但屈突通大义灭亲的壮举已经感动不了他的将士了。在刘文静"关西人不打关西人""隋王朝虽大，出了潼关你们就无家可归"等口号的宣传下，大家已经决定不再跟着他卖命了，把武器往地下一扔，就一群又一群地跑到了对方的阵营。

眼看自个儿成了光杆司令，屈突通明白再挣扎也没有意义了。这个饱经沧桑的老将滚鞍下马，对着东南方向（杨广所在的江都）双膝跪拜，老泪纵横：

"陛下呀陛下，老臣没有辜负您，实在是力战兵败没有办法，皇天后土在上，可以为老臣作证！"

然后，他也把心一横过去投了降。

得了这员威名赫赫的老将，李渊大喜过望，立刻封他为兵部尚书、蒋国公，并充任秦王李世民的行军元帅长史。

从此以后，老将屈突通继续发挥余热，为将来唐朝的一统天下立下了汗马功劳。

就这样，李渊稳定了长安的秩序，收买了人心，网罗了人才，拔掉了隋朝在关中的最后一个钉子，该做的都已妥当，该稳的都已扎住阵脚。

他放心了，此后的日子里，他要坐镇这个地方，讨平周边群雄。

而此时此刻，关东群雄却激战正酣，打得难分难解，他们的日子过得怎么样呢……

第六章　火井：瓦岗的分崩离析

刺杀翟让

就在李渊进军长安的时候，瓦岗军和隋军的斗争也进入了艰苦的相持阶段。总体上看，瓦岗军胜多败少，给予了隋军重创。但是在十月二十五发生的黑石之战中，瓦岗军遭受了巨大损失。这个损失不是什么兵力或者物资，事实上瓦岗军取得了胜利，但他们却失去了一个人。

这个人就是劝李密袭取长安的柴孝和，他落水淹死了。

物资没了可以再抢再生产，人没了却无法复生。这位聪明绝顶的智囊离去了，李密非常痛心。从此以后，再也没有得力的人可以为他运筹帷幄、出谋划策了。

李渊进占长安之后，关中对李密关上了大门。而当他不久以后再次叩开关中大门来到长安的时候，却是以另外一种身份、另外一种方式……

自古以来共患难很难，共富贵却很容易。但盛极一时的瓦岗军却几乎无法共富贵了。在风头无二的表象下，瓦岗军的内部早已暗流涌动，从前潜伏的危机、隐藏的矛盾、积累的怨恨都在悄悄滋长，直到有一天像火山爆发一样把失去冷静的人们彻底吞噬。

翟让不爽了。

位列司徒的他仍是瓦岗军的统帅人物，但大家都知道他正在走下坡路。李密已经当了魏公，大有再进一步、面南称帝的势头。到了那天，你还能保住现在的地位吗？想必是不能的。可如果不能，我们这些追随你的旧部又有什么前途？更何况，李密那个位子本来就是你的呀？你竟然让出了一个皇位，老大，你到底怎么想的！

于是，以王儒信为代表的旧部们不断怂恿他夺回权力，先自任总管政务的冢宰，在政权上把李密架空，然后再慢慢来。

哥哥翟弘对他让位的举动也十分不满，平时也是想起这事儿就来气，有一次就愤怒地向他吼道：天子的位子只能自己做，怎么能让给别人？你要是不想干，我来！

对这些蜚短流长之言，翟让从来没往心里去，因为他知道自己和李密的差距：我翟让就是个农民家的孩子，山大王，哪有那种当皇帝的命啊？让位给李密是心甘情愿的，没什么好抱怨的。

无论大家如何愤愤不平，翟让都是一笑了之。自己无非就是闲来无事搞搞业余爱好，图个逍遥快活也就知足了。

然而，尽管翟让的性格耿直爽快，大大咧咧，但他毕竟不是圣人，可能是山大王做久了的关系吧，他还养成了一副贪财好利、粗鲁霸道的性格，经常干一些违反瓦岗军纪律的勾当，而且干完之后还不忘耍一耍昔日老大的架子。

这就决定了，他即使没有夺权的行动，也难免被认为有夺权的野心。

有一次，他召元帅府的记室邢义期来赌博，邢义期却没有来。翟让感到被拂了面子，大发脾气，直接把他抓来打了八十军棍。

然而，翟让可能忽视了一件事，或者他即使没忽视也没有在乎，那就是元帅府是李密的办公机构，邢义期是李密的人，那么他杖打邢义期就是在打李密。而且无论怎么说，赌博也是件不怎么正当的娱乐活动，就是不参加也不该成为挨打的理由。但是，蛮横的翟让却因此擅自加刑，还是重刑，这实在是触犯了李密的底线，也造成了非常恶劣的影响。

对于这件事，李密心里感到很不痛快。但考虑到翟让收留自己的恩情、无私让位的举动，他并没有说什么，只是暗中压了下来，就当什么事儿都没发生过。

但没想到，翟让对李密的步步忍让却不领情，他那粗鲁霸道的性格一点也没有收敛，仍然经常不分场合地胡作非为，甚至发展到公然向李密的部下要钱要东西。

更可怕的是，在王儒信、翟弘等人的轮番轰炸下，他开始动摇了。说一遍可以当耳旁风，说两遍就要犯嘀咕，说上三遍五遍几十遍，他就开始反悔了！

终于，翟让当面埋怨起了李密的亲信——元帅府左长史房彦藻。

"你攻破汝南时得了很多宝货，只给魏公，却不给我！"

听了这没头没尾的兴师问罪之言，房彦藻一时表情错愕，不知该怎么回答。而翟让看到房彦藻被吓怕了的表情，竟然十分得意。他冷笑了一声，随即恶狠狠地说道："你要知道，魏公可是我立的，以后的事还不知道怎样呢！"（魏公我之所立，事未可知。）

不知道是怎样呢？是废了他？杀了他？不管翟让的心里想怎样，只要有心人听到这句话，就只能解读出一件事——他想摊牌。

翟让，你玩大了。

房彦藻不敢怠慢，立刻把翟让的话告诉了李密，力劝道：翟让这人贪婪愚昧，有目无君长之心，应该早些想办法。

这话让李密很受触动，他对翟让也早就不满了，没想到现在又敢威胁自己的亲信。但一想起人家对自己的大恩大德，以及瓦岗军目前正与敌人战斗胶着的形势，还是有很多顾虑。

"我们的事业才刚刚有点起色就自相残杀，不太好吧？你让各地群雄怎么看我们？"

房彦藻伸出一只手臂，斩钉截铁地说道：

"毒蛇螫手，壮士断腕。虽然腕子断了，但性命还可以保全。如果被他们得了先手，悔之晚矣！"

李密心里打了个激灵，意识到问题的严重性了。翟让虽然已经退居二线，但毕竟是瓦岗军的创始人，且不说他有没有废掉自己的企图，即便没有，态度也已经变得越来越不客气。他在军中的旧将、故旧还有很多，对自己称魏公不服气的也很多，要是哪天一冲动，撺掇旧部来个刺杀或是叛变，取自己的性命实在易如反掌。若到那时，后果真不堪设想。

唉，事已至此，只能先下手为强了。

宁我负人，毋人负我。

李密下定决心，当一回曹操。

十月十一日，天气渐渐转凉，当晚乌云遮住了月色，庭院里黑漆漆的伸手不见五指。昏黄的灯光映照着整个屋子，李密在里面摆了一桌酒宴。

酒宴开始了。李密、翟让、翟弘、王儒信等人都坐在席位上，翟让的小弟李勣、单雄信站在一旁侍立。房彦藻则来来回回地穿梭于酒桌和厨房之间，殷勤招呼这些熟悉而又陌生的客人。

几杯酒下肚，宴会的气氛缓和了一些，李密突然说："今天和诸位老友饮酒，不要这么多人吧，留下几个服侍的就可以了。"

说罢挥了挥手，叫身边人都退下去。

然而，翟让却没有理会这个貌似求好的建议，仍然自顾自地喝酒吃菜，全然把他的话当成了空气。单雄信、李勣没有收到老大的命令，站在他身后纹丝不动，冷漠的眼神看向了门外。

刚刚缓和的气氛又沉闷下来。

房彦藻赶紧赔笑着过来打圆场。

"天气太冷了，让司徒的手下也坐下喝点，暖和暖和吧。"

李密的目光转向了翟让。

翟让夹了一口菜放在嘴里，一边大嚼着，一边大大咧咧地点了点头。

"去吧去吧。"

房彦藻把李勣、单雄信等人请到了隔壁一间屋里，单独安排了酒宴。唯有李密手下的壮士蔡建德持刀立在桌边。没有人注意到，他手里正握着一把长刀。

大家又放开喝了几杯酒。酒酣耳热之际，李密突然站起来，从身后取出了一把弓，递到翟让跟前，说我知道您素来喜欢这玩意儿，特意弄了一把。

翟让惊喜地盯住了这把弓，一把接过来，抓在手里仔细瞧了一遍。真是一把好弓啊，绝世好弓！坚韧、结实、富有弹性，边缘打磨得很光滑，用料非常考究，看来一定是出自名家的手笔。翟让爱不释手地端详着，觉得李密还是想跟自己好好相处的，他甚至为自己刚才的无礼感到过意不去了，也在一瞬间动起了和李密冰释前嫌的念头，于是他彻底卸下了防备。

"哈哈，这怎么好意思？"

"何不拉一下试试？"李密恭敬地笑着，低声说道。

翟让口里答应着，两个臂膀一较劲，喜笑颜开地拉开了弓。

壮士蔡建德突然从背后闪出，挥刀砍下了他的脑袋。

他的头颅骨碌碌滚到地上，发出了一阵低沉的怒吼，吼声听起来是那么惊讶，那么愤怒，又那么不甘。他怎么也没有想到，李密会狠心到要自己的命。

翟弘、王儒信大惊失色，站起来想逃，也被砍杀在席位上。

宴席在一瞬间变成了屠场，喊杀声和血腥气窜上了云霄。

李勣在隔壁听到了动静，知道不好，站起身夺门而出，却被把门的卫兵一刀砍中了脖子，血流如注。卫兵正要砍下第二刀时，干伯当过来呵止了他。李密也带着人赶过来，叫人扶起李勣，安置到自己帐下。

随后，他在卫士的簇拥下来到了隔壁屋内。

英勇盖世的飞将单雄信早已吓得面如土色，扑通跪下，叩头求饶。李密把他扶起来。"快起来吧，没你的事。"

左右两旁的人看到这突发情况，都吓得瑟瑟发抖，不知该怎么办才好。

李密这才环顾四周，大声说起了自己这样做的目的：

"我们同起义兵，本来是要铲除暴虐的。但是你们都看见了，司徒翟让却专行暴虐，不分尊卑，凌辱我的部下。今天诛杀的只是翟让一党，与各位无关。"

话虽这样说，李密却知道，自己这个借口有多么苍白。翟让的部众也不打算相信李密的承诺，很多人听到风声之后，立刻收拾包袱准备跑路。

李密叫过了俯首帖耳的单雄信，让他先行一步，传达自己的慰问之意。

等单雄信交待得差不多了，李密打马来到翟让所部的军营。"将士们，司徒老早就想要杀我了，我今天实在迫不得已才杀了他。"

翟让真的死了。那些刚刚从睡梦中醒来的士兵终于再次确认了这个消息，但此时此刻，他们心头涌上的不是愤怒，而是恐惧，彻骨的恐惧。因为谁也不敢相信，这个素来宽厚仁爱的李密竟然杀掉了他们勇猛的大头领。他的位子，都是翟让给的呀。

李密极力用坚定的语气继续重复道：

"今天要杀的只有翟让一党，与各位无关。你们要是想走，明早就可以启程，李密绝不强留。不想走的，我也会对你们一视同仁。"

头领已经死了，就是走又能走到哪里去呢？天下虽大，又有几个瓦岗可以容身。算了，谁当老大不是当呢，和我们这些小兵又有什么关系。以后，就听魏公的吧。

李密随即下令，让李勣、单雄信、王伯当分统其众。

不久之后，李勣被派到了黎阳——这个瓦岗军势力范围最东的边界，成为了一个任其自生自灭的角色。单雄信也不再参与瓦岗军大政决策，失去了兵权。还受李密信任的只有立有引荐之功的王伯当。

一切都恢复了平静。

……

那天晚上，李密做了一个梦。梦里，是他第一次来到瓦岗寨时的情景。

王世充是个大忽悠

"将军，有一个好消息，一个坏消息，您先听哪一个？"

"好消息吧。"

"瓦岗军自相残杀了。"

"哈哈，好。坏消息呢？"

"翟让死了。"

笑容瞬间在这位将军的脸上凝固。李密赢了？为什么死的不是他呢，这可实在是个难缠的对手啊，他情不自禁地感叹道："李密天资明决，为龙为蛇，固不可测也。"

这位大发感叹的将军就是隋唐时代的著名枭雄——王世充。

所谓枭雄，就是别人打架最多打脸，他却专往裤裆招呼的那种人。王世充毫无疑问是这种人。如果要在隋唐时代列出一个枭雄排行榜的话，他排第二应该没人能排第一。因为，他真的是个阴险狡诈又身负奇才的人。

据史书记载，王世充是西域的胡人，本姓支，字行满。他的家族世代在西域生活，过得并不算差。但是当年他的爷爷去世很早，奶奶一个人生活不易，便带着父亲来中原打工了。然后，她改嫁到一个姓王的男人家里。从此，父亲支收就改名为王收。他的儿子世充自然也就叫王世充了。

王世充的父亲是一个很有志气的人，身为一个异族，居然在隋朝当上了官，而且是"正厅级"的汴州长史，这段顽强奋斗的经历实在让人佩服。他也以自己的努力给儿子庇荫了一个小官。

王世充的外表长得很有特点，高鼻深目、卷发浓须（豺声卷发，颇具胡风），想来是比较寒碜的。但他好像很早就懂得人丑就要多读书这个道理，从小到大一直发愤读书、涉猎经史，知识面非常广。精通阴阳八卦之学，对律法颇有研究。能言善辩，无理也能争三分（利口饰非，众虽知其不可而莫能屈）。而且擅长舞文弄墨、邪门歪道、溜须拍马、坑蒙拐骗……这些官场上最需要的技能。

当然了，王世充读书也不单纯是为了爱好，他更想要的，还是通过学习文化知识往上爬。

而当时的隋政府也十分开明，对外来的少数民族同胞丝毫没有歧视。相反，为了营造万国来朝、四海归附的虚假盛世，对他们还颇有些优待政策。因此他在隋朝官场混得如鱼得水，不仅用小恩小惠把领导哄得十分舒服，也把同事属下笼络得服服帖帖，一路当上了江都丞兼江都宫监。

在这里，他跟帝国的最高统治者杨广搭上了关系。

我们知道杨广后来是常驻江都的，江都其实就是隋王朝的临时首都，也是事实上的权力中枢，王世充在江都做官就等于一步登天，成为了拱卫首都的重要角色。

杨广这个人刚愎自用，享乐无度，顺我者昌，逆我者亡。王世充对这些都明白，于是使出浑身解数揣摩他的心思，搞了很多豪华园林，奇珍异宝供他玩乐。每次入朝奏事都竭力溜须拍马，杨广不爱听的坚决不说，爱听的可着劲儿说，因此经常得到表扬（世充善候人主颜色，阿谀顺旨，每入言事，帝必称善）。

后来，王世充更是凭借着缜密的心机立下了护驾之功。

大业十一年（615年），杨广在雁门巡视东突厥，突然遭到始毕可汗的包围。这次围困是如此凶险，以致杨广本人都无计可施，只能抱着儿子日夜哭泣，连眼睛都哭肿了（抱赵王杲而泣，目尽肿）。附近的勤王之师听说急变之后，纷纷前去救驾。

此时王世充尚在江都，隔着少也说有个几千公里。但听到这个消息后，他内心却一阵狂喜。升官发财的机会到了！

他要去救驾，立救驾之功。路途远点没什么，只要去了就行。

他立刻把江都的士兵召集起来，宣布了皇帝被围的大新闻，然后带领大军向北赶去。在行军路上，他放弃了洗脸、戒掉了刷牙、不再洗头，整日不脱盔甲，晚上睡觉就进草堆，弄得蓬头垢面就像个叫花子，而且悲泣无度、日夜以泪洗面。每当夜晚将士们出来上厕所的时候，总能听见王将军凄厉的哀嚎。

这哪像救驾呀，简直就是奔丧。

但不得不说，这一套对于虚伪做作的杨广确实有效果。从这点上看，王世充真是个奇才，知道什么时候该豁出去，什么时候该不要脸。

王世充还没走到雁门，突厥之围就解了。这倒不能感谢他及时出手，而是要感谢突厥的一位故人——义成公主。

义成公主是隋朝宗室的女儿，始毕可汗的可敦（古回鹘音，现代东部裕固语和蒙古语读作"哈腾"，是裕固族的先民即古代回鹘人和现代蒙古语对其皇后娘娘的称呼）。虽然嫁出去了，毕竟对故国还有感情。不过要特别说明的是，她对故国的感情仅限于隋朝，这一点很重要。杨广身陷重围之后，左思右想，给她写了求救信。义成公主也很够意思，赶紧编了个瞎话，派使者告诉老公国内有军情，才把突厥大军给忽悠回去了。

到这里，搞得杨广狼狈不堪的雁门之围就算解除了。

虽然杨广解围靠的是义成公主，但他还是很快听说了王世充的"感人事迹"。好小子，在江都那么远都来护驾，忠心可嘉。护驾就护驾吧，路上还一直哭着，这是有多心疼我啊。杨广很是欣慰，深深感到自己发现了一个大忠臣，于是任命他为江都通守（炀帝闻之，以为忠，益信任之。十二年，迁江都通守）。

在通守任上，王世充的表现更加卖力，除了继续溜须拍马，还竭力绞杀起义军，在一次押着数万俘虏回到江都之后，杨广甚至破天荒亲自设宴招待，并拿起酒壶，斟了一杯酒端给他喝。

王世充点头哈腰地接过酒杯，一饮而尽。

他知道，自己数十年如一日的努力（拍马屁、杀人）没有白费。

这个西域的胡人，俨然成了杨广倚重的心腹大将。

瓦岗军围攻东都洛阳时，城防岌岌可危，告急的文书像雪片一般飞到江都。杨广不得已，调集全国各地的精兵驰援。在各路援军中就有王世充率领的江淮劲卒二万人，而且他一不小心还当上了援洛大军的总指挥。

隋军人多，瓦岗军战斗力也很强，双方围绕东都反复争夺，大大小小打了一百多仗。在战况非常胶着的情况下，发生了李密火并翟让的一幕。

王世充虽然还有些忌惮李密，但无论如何，根据常识来判断，瓦岗军的军心必然有些不稳，于是决定趁火打劫。

打吧，先打一家伙再说。

与枭雄的鏖战

大业十四年（618 年）冬，正月，王世充带领十万大军进逼到了洛口。

王世充知道，瓦岗军的战斗力是强过自己的，即使他们军心不稳，正面强攻也难有胜算。因此这一回，他没有从正面攻击，而是把军队绕到了洛水北边，然后一点一点地架设浮桥。

等桥修好了，再发动突然袭击。

王世充的施工队加班加点架桥的时候，李密正静静地在对岸看着他们，却没有做出任何阻击举动，仿佛这个桥从来不存在一样。一直到浮桥修好，瓦岗军的营寨还是静悄悄地没有动作，就像一座与世隔绝的孤岛。

好吧，事实证明李密这不是在摆酷，而是真的没有料到架设浮桥的后果。这段时间以来，他正忙着处理内政，安抚军心，实在没顾得上考虑这些事。

然而王世充的进攻还是真的到来了，正月十五日，他突然派出全部兵马，以迅雷不及掩耳之势冲过了浮桥。隋军推进的速度很快，等李密发现时都已来不及应对了。仓促之中，他只抽调出了一千多人迎击。这一千人抵抗得很顽强，但在隋军优势兵力的猛扑下，还是显得势单力薄，渐渐往后退却。

隋军在前锋王辩的带领下，乘胜逼近洛口城边，突破了营外的栅栏，再进一步，就是瓦岗军的大营。胜利的天平正悄悄向隋军倾斜，只要在砝码上吹一口气，瓦岗军就会被打得一败涂地。

但就在此时，王辩却听到身后传来了退兵的号角声。那正是王世充下令吹的。

原来王世充只看见隋军和瓦岗军在混战，却不了解前线情况，他想的只是大战已久，害怕大家累着了，就准备收兵让将士们歇息。

大好形势之下，王辩是不想从命的。胜利的机遇转瞬即逝，一旦收兵，岂不太可惜。但怎奈战场上军令如山，不可违抗，他也只能撤退。当然了，王辩这人脾气不太好，一边退着还一边破口大骂。

王世充，我□□□！

然而就在他撤退的当口，李密已经组织起了一支敢死队。敢死队是什么？就是一帮不要命的人啊。这帮不要命的人以不要命的勇气，趁着混乱形势，向隋军发起了追击。

战场的形势逆转了。

在瓦岗军的追击下，隋军的撤退变成了逃跑，争先恐后抢着上浮桥。但那道窄窄的浮桥又能容纳下多少人？突如其来的大规模踩踏，让桥面剧烈摇晃，一沾水又变得十分湿滑，更多的隋军掉落进了冰冷彻骨的洛水中。他们在水里挣扎、呼救，场面一片狼藉，光是淹死的就有好几万人。本有希望抢得头功的王辩也在混战中阵亡，一同被杀的还有其他五员大将。

最后，王世充本人只带着几万残兵败将逃出了战场。

痛苦，真是痛苦，自己本来是想趁火打个劫的，没想到却成了被劫的。难道李密真是不可战胜的？无论如何，这一仗已经输了，死伤好几万人，通常来讲，遭到这样败绩的将军都不会有好下场。所以东都是不能回了，王世充决定带着军队去北边的河阳（今河南孟州），在此进行曲线救国大业，先避一避风头，等抽空打个胜仗再回去交差。

可人倒霉了真是喝凉水都塞牙，当天夜晚，天上飘起了鹅毛大雪，气温降到了冰点。而隋军将士们御寒的衣物和被褥却早都丢进了河。雪夜北风之中，浑身湿透的将士们冻得瑟瑟发抖，一路上冻死的人又数以万计。到最后，跟随王世充到达河阳的只剩下了几千人。

可他明明是带着十万大军出来的呀！

打了败仗并不可怕，败了之后又白白害死好几万人才是最可怕的。事已至此，还能怎么向越王交待，还有什么脸面去见东都父老，还能怎样保住自己的脑袋呢！

那一晚，王世充的心痛得比这晚的天气还要冰凉。

没办法，只能出此下策了。

王世充是一个鬼点子很多的人，总不会就这样在外面耗下去。绞尽脑汁之后，他终于想出了一个点子——苦肉计。他命令手下把自己绑了起来，坐进了一辆囚车。他要坐着这辆囚车回到洛阳，以自我惩罚的方式向越王杨侗请罪。

可越王会吃这一套吗？

还真吃了。回到东都以后，越王并没有怪罪他。非但没有怪罪，反而立即赦免了他。好，事已至此，王世充的苦肉计就算成功了，可令他惊讶的是，越王竟然亲自出门迎接，亲切把他扶出了囚车，完后还赐给了一大堆金银绸缎和美女，搞得就像是他打了胜仗一样。

王世充有点丈二和尚摸不着头脑了。我一个败军之将何至于此？我不过就是想减轻点惩罚，怎么老天爷给了我这么多。

其实，如果他静下心来想想最近发生的事情，就会明白这一点都不奇怪。按以前的惯例，打了这样的败仗，也甭管是王世充还是"张世充"，就是有十个脑袋都不够砍的。但是现在情况不同了，越王集团已经无人可用了。在之前的战争里，那些将军有的死，有的伤，更有的干脆投降。虽然王世充也打了败仗，可还知道回来就算不容易了。矬子里拔将军，他已然是最优秀、最有用的那个人。如果把他也杀了，就真的没人能和李密抗衡了。

因此，无论王世充打得怎么样，越王集团都只能安抚他、笼络他，反正就是不能杀掉他。

得到了改过自新的机会，王世充感恩戴德，赶紧洗心革面，召集逃散的隋军旧部拼凑起了一万多人，然后重整旗鼓驻扎到了洛阳城北的含嘉城。经过此举，王世充看上去是原地满血复活了，但自己有多少斤两他不会不清楚。

所以，他今后是再也不敢出战了。

乘着这次重大胜利，李密一鼓作气，挥师攻克了偃师（今河南偃师）。这个地方距离洛阳已经非常之近——只有十五公里。

李密带着将士们在这里修筑起了坚固的"金墉城"，作为大军的指挥中心，军队扩充到三十多万。

此后，东都留守韦津又和李密作战，兵败被俘。将作大匠宇文恺也叛离东都，过来投降。还有一些隋朝官员，也陆续投到了瓦岗军麾下。

韦津是北朝名将韦孝宽的儿子。宇文恺则是著名的建筑工程专家，洛阳城就是他设计修建的，长安城、仁寿宫也在他主持下完成。对李密来说，这些人的归顺绝非仅仅增加了人手这么简单，还具有重要的象征意义，这象征着隋王朝的精英阶层已经开始看好他，并乐于为他所用了。

李密确实已经成了气候。

不久之后，东到海滨、泰山，南到长江、淮河的广阔疆域里，各地义军都纷纷派人纳表归附。其中，窦建德、杨士林、孟海公、徐圆朗这些有影响力的大佬更是顺势上书，劝他登基当皇帝。

一帮外人都这么热心，李密的手下们当然也不甘落后，纷纷劝说他赶快称帝。但李密只是淡淡地说了一句话：

"东都未平，不可议此。"

这句话听起来有点似曾相识的感觉。我想了想，想起了两千多年前发生的一件事。

汉武帝元狩四年（公元前119年），霍去病奉命出代郡攻击匈奴，在斩首七万敌军，俘虏三位王爷，抓获八十三位将军都尉之后，一路追袭，到达了匈奴的老巢狼居胥山。在这里，他封坛祭祀天地，向天下告示了大汉王朝的不世之功。从此，"封狼居胥"就成为了中国古代王朝武功的最高荣誉。

得知霍去病的胜利之后，汉武帝龙颜大悦，下令给他建造府第。但霍去病谢绝了，因为在他看来匈奴虽然失败了，却还没有灭亡。于是他意气风发地说出了那句豪气冲天到被人传颂了千百年的话：

"匈奴未灭，何以家为！"

匈奴未灭，何以家为？此时李密的心境就和霍去病颇为相似。东都未平，不可议此。他们的万丈豪情也在伯仲之间。但令人叹息的是，霍去病的敌人只有匈奴一个，李密的敌人却还有很多。

战争远未结束。

杨广之死

大业十四年（公元618年）三月，政局突变，权臣宇文化及在江都杀死了杨广，立秦王杨浩为傀儡皇帝。这个盛极一时的王朝已然在事实上划了句号。

这一天，大家都等了很久，甚至杨广本人都等了很久。在江都的行宫里，他常常喃喃自语"好头颈，谁来斫之"。只是没想到，会斫得这样快。

这一切都要从杨广的御林军说起，他的御林军就是历史上威名赫赫的骁果军。关于这支军队，先不说体能、素质、光辉战绩等，单说武器装备，就可以用奢侈来形容。他们胯下骑的是汗血宝马，手里拿的是骑枪马刀，身上穿的是明光铠，头上戴的是赤金豹头盔，甚至左胳膊上都刺着似要展翅高飞的血鹰。这一切华丽又繁琐的细节都在表明，骁果军是整个隋王朝最让人恐惧的王牌部队。

这些王牌部队还有一个共同点——都是关西人。

这个共同点决定了他们都想回家。从大业十二年瓦岗军围攻洛阳开始，这些士兵就留滞江都被截断了归路。两年过去了，士兵们无不归心似箭，渴望着回乡和家人团圆。可一天天过去了，没心没肺的杨广却没有表露出一点打回关西的迹象，仍在这里寻欢作乐，流连忘返。

他修建了大规模的宫殿园林，每天一有空就来这里游玩。在宫里开了一百多个房间，每间都装修得极尽奢华，而且每间里都要安排一个美女，然后每天轮流在这些房间留宿。

好吧，不管怎么说这都是皇帝的私生活，你愿意沉溺美色，愿意荒淫无耻，大家都管不了也不敢管，不好说什么。

但不久之后，将士们听到了一个令人震惊的消息。

杨广已经决定在丹阳另建新都，并破土动工了。

江都虽远，尚且还在长江以北，离家多少还近那么一点点，大家多少还存有一点点回家的幻想。而丹阳则远到了长江以南，对这帮关西人来说，那已是一个完全陌生的世界。

一旦到了那里，回家将变得绝无可能。

两年多了，不仅不能回家，反而离家越来越远。骁果军们的希望彻底破灭了，于是纷纷逃亡。

对待逃亡的士兵，杨广只有一个办法——杀。

在忠君思想浓厚的封建王朝，一个人要叛逃，基本就是对老大绝望了，恐怖又忠诚的骁果军就更是如此。杨广却非要把这些对自己很绝望实力却又恐怖的人留在身边，还一个接一个像猪狗一样杀掉，简直就是给自己埋了一颗随时可能引爆的炸弹。

现在，这颗炸弹的引线已经被一只无形的手捏住，随时可能拉开，而它一旦拉开，就会把杨广炸得粉身碎骨，他的帝国也将万劫不复。

企图逃跑的战友被一个接一个地处决，士兵们的心也变得越来越凄凉，他们对这个暴虐的帝王彻底失去了最后一点幻想。

于是，一场更大的逃亡行动开始了，将士们从上到下，几乎都不约而同地商量起了逃跑计划，以致准备逃跑的人越来越多，最后竟发展到公开讨论。

"老刘，你几号走？"

"八号，小张你呢？"

"啊，我九号，要不一起吧，我还约了同村的赵大哥。"

"行，那我和小李子、王老五一起去找你。对了，别忘了带上吴大结巴的妹妹小翠花。"

"那还用你说。"

……

这大概就是隋朝江都军队的现状，逃跑准备到这个程度，已是路人皆知，也是人心所向大势所趋，神仙也无法阻止了。

甚至杨广的警卫队长——司马德戡都加入了逃亡队伍。因为他知道，如果士兵都跑了，自己要负领导责任，出了这样的重大事故肯定会掉脑袋。但如果拦着士兵不走，在群情汹涌之下自己也将会被杀死，同样要掉脑袋。

唉，既然横竖怎么做都是掉脑袋，那为何不跟着一起跑呢？好歹还能有条活路，卖个人情。

司马德戡出身贫寒，年轻时是个杀猪的屠户，把刀子当玩具的人当然胆大包天，敢想敢干。于是立刻网罗了裴虔通（时任监门直阁，负责宫中执勤）、元礼（虎贲郎将）等军政要员密谋策划逃跑工作。

士兵们想走，将军们也想走。虽然大家都是来自关西各地，但为了一个共同的目标——逃跑，骁果军上下空前统一。

讲到这里有人也许会奇怪，杨广虽然暴虐无道，但也不是傻子，逃跑都逃到这份儿上了，他就没有听到些风声吗？就没有人给他报个信吗？

答案是"有"。

一个宫女就曾经要向他报告此事。

萧皇后知道后，冷冷地说：

"你爱去就去吧。"（任汝奏之）

很傻很天真的宫女马上就见到了杨广。在皇帝面前，她手舞足蹈地开始了报告，从策划者到执行人一个个说得有鼻子有眼，详细介绍着目前军队动向……

五分钟过去了，杨广的脸上渐渐由晴转阴，突然大喝一声。

"拖出去砍了！"

等等，砍了？为什么要砍？能不能先给个理由？

理由就是……没什么理由。或许是杨广和萧皇后闹了家庭矛盾，心里正生闷气呢。或许就是他听得不开心了，觉得这个宫女的汇报只会让自己心烦。至于这是不是事实，他已经懒得管了。

后来，还有不开眼的人想打小报告。鉴于这种行为基本等于送死，萧皇后也动了恻隐之心，全都给劝回去了。

"天下到了如今这个地步，已经没法收拾了。你们啥也不用说了，省得让皇上白担心！"

实事求是地说，杨广并不是完全丧失了理智的疯子。其实他早猜到了身边会有潜伏的危险，军队可能会有不轨的预谋。所以平时都贴身带着毒药，准备一旦发生危险就仰药自尽，免得遭受侮辱。但他已经放弃努力了。他宁可坐着等死，也不愿意做一点点努力去改变现状。他知道，隋朝快要亡了，他已经无力回天。

但他毕竟还没有死。真到了挨烫的那一天，还是很疼的。

司马德戡和裴虔通等人商量过后，又召集了一次秘密会议，继续深入讨论逃亡的事儿。

这一次，来人格外的多。元敏（内史舍人，负责起草诏令）、赵行枢（虎牙郎将，骁果军官）、许弘仁、薛世良（两人都是直长，宫中负责看大门的）、唐奉义（城门郎，负责看城门的）等，甚至张恺（太医，给皇帝看病的）都加入了这次谋划逃跑的行列。

杨广啊杨广，你的人缘真是差到没朋友了。

本来，这次会议讨论的只是逃跑，这些人最高的目标也不过是想跑得顺利一点。如果条件允许的话，顺便抢点东西那是再好不过的。但是有人提出了个更大胆的想法，让所有人听后都震惊得目瞪口呆。

"杀掉杨广。"这个人言简意赅地说道。

其实，这个人本来是没有被邀请参会的，他是听到消息后主动要求参加的。但万万没想到，这位不速之客却提出了这么一个惊世骇俗的想法。

大家都拨浪鼓似地连连摇起了头。

"不行不行，这怎么行？这可是弑君呀。"

这些人的态度并不是装出来的，而是真的不想。在古代社会，连商汤灭夏、武王伐纣这样的正义之举都有人挑不是，纣王还是自杀的。你现在居然让我们动手杀掉皇帝？那只能对您说对不起，虽然我们对皇上有很大的怨气，但要做这种冒天下之大不韪的事也是不可能的。

但是这个人扬起眉毛，挑衅似地反问了一句。

"不错。就是弑君，但那又怎样？"

"逃跑已经犯了死罪，一逃跑必然会被追击，一追击我们就必死无疑。主上虽然无道，但整死你我的能力还是有的。不把他杀掉，难道你们有把握能顺利地回到家里？"

会场的气氛突然变得非常尴尬，大家都集体沉默了。

这个人也停下了连续的反问，又压低语气，开始了劝说。

"其实，弑君并没什么可怕的，你们都敢逃跑了还在乎多杀一个人吗？"

"我可以向你们保证，只要事情办得妥当，就绝不会有后顾之忧。到那时，且不说咱们想去哪就去哪，说不定还能成就一番帝王之业呢？"

帝王之业？是的，只要杀掉杨广，天下之事就是在座各位说了算，从此再也没有人能左右我们的命运。到那时，等待大家的就不光是回家那么简单，还能掌握整个隋帝国的朝廷！

许多人变得活跃起来，开始窃窃私语，讨论这个计划的可行性。更多的人则注意到了这个发言的人，满脸崇拜地盯着他，并为他的"远见卓识"深深折服。

这个人就是宇文智及，杨广大宠臣宇文述的三儿子。宇文智及这小子从小不务正业，喜欢斗鹰走狗，甚至荒唐到差点被老爹逐出门户，但我们必须承认，他名字中的"智"字起得还真有那么点意思。

片刻之后，司马德戡举手表示了赞成，其他与会者也纷纷表示了同意。

雷鸣般的掌声经久不息。

然而，会议终究还是很快冷场了。在宇文智及的劝说下，尽管大家都深刻转变了思想，觉得这事儿不是不能干，也都在附和着。但弑君毕竟是件惊天动地的大事，要是真正动手，却没有一个人敢挑头。

油嘴滑舌的宇文智及也只是在怂恿别人上，自己并不想当那个出头的椽子。

因此，眼下之际他们还需要一个带头大哥。这个大哥一定要有足够的胆量、过人的魄力，最好还有一定的地位和威信，如此一来，可以聚集的力量就多了，事情也能办得稳妥一点。

到底该选谁呢？

最终，大家一致选中了宇文智及的哥哥——宇文化及。

宇文化及是宇文述的长子，宇文智及的亲大哥，时任右屯卫将军。他要算是杨广身边红得发紫的人。早在杨广当太子的时候就是护卫官，可以随意出入东宫。杨广登基后，他仍然十分得宠。要知道宇文化及的人品道德是比较差劲的，在任期间经常做些贪污受贿、买官卖官等违法乱纪的事，也因此被数次罢官。但因为和杨广特殊的交情，每次罢官后却总是能神奇地官复原职。所以，如果把这样一个人争取过来的话，谋反政变成功的把握一定是非常大的。

可是，我们要特别说明的是，宇文化及当时并没有在场，因为司马德戡等人根本就没叫他。

那么问题来了，在这种情况下你们贸然推举这个不明就里的外人领头当真合适吗？这可是谋反政变呀，这样做不仅是把人架在火上烤，而且考虑到他和杨广那深厚又特殊的友谊，他会不会答应这个行动，会不会向皇上报告都是个问题。

对此，宇文智及笑呵呵地向大家打了包票。

"诸位放心吧，只要有我在，一定可以说服大哥来带这个头！"

说句实在话，我到现在也不太清楚宇文智及是怎么想的，或许他是觉得这样的"肥水"不能流入外人田吧。

不成功死的是哥哥，成功了我是他弟弟。

作为一个家喻户晓的知名大反贼，宇文化及其实和电视剧中阴险狡猾的枭雄形象很不相同。

按史书记载，这是一个如假包换的坏人。如果用道德败坏、性格贪婪来说普通人，人家肯定跟你急，但用来说宇文化及那叫客观陈述，不算骂人。但与此同时，坏人宇文化及却有一个非常要害的弱点——生性愚钝。

说白了就是脑子太笨，只会贪赃枉法、收受贿赂，真到了干正事的时候就要抓瞎。

因此，当宇文化及听到弟弟说要谋杀杨广并且推选自己带头的时候，并没有仰天狂笑表示"哈哈哈，我早就盼着这一天了，弟兄们跟我来吧"。而是吓得汗如雨下、瞠目结舌，半晌说不出话来。

他确实是吓坏了。我一个左屯卫将军怎么莫名其妙就成了谋反的带头人呢？和皇上的关系还在其次，反正他这人狼心狗肺，为了功名利禄、金钱美女也不在乎这点恩情。关键是这活儿风险太大，万一有个闪失，自己恐怕就得满门抄斩，挫骨扬灰了。

过了好一会儿，宇文化及才平复了自己震惊的心情，连连摆手表示——这事儿我干不了。

但是，在宇文智及的百般劝说和"循循善诱"之下，他终于还是同意了。

宇文智及的理由很简单，虽然杀掉杨广有风险，但目前大家都达成了一致意见，人多力量大，只要团结起来一起干，就没有战胜不了的困难。而且更具诱惑力的是，只要办成了这件事，宇文化及就将顺理成章地取代杨广，成为大隋朝新的老大。

听完这些，宇文化及的脸上终于露出了笑意。他抬手擦了擦额头上的汗珠，似乎看到了光明而又美好的明天。

是的，要说服宇文化及这种人并不需要太多的花言巧语，也不需要什么大义名分和理想信念，只要告诉他前面有好事等着你就足够了。

但是，可能就他自己都没意识到，从答应的那一刻起，弑君这顶大帽子就已经牢牢地扣在了他头上，并且永世不得翻身。直到贞观年间，这些弑君者的子孙仍然一个不漏被列上了朝廷的黑名单，全部除名流放，永世不得为官。

很快，在宇文士及的引荐下，宇文化及和司马德戡、裴虔通、元礼等人亲切会面，共同敲定了具体执行计划。

不久之后，司马德戡派人散布出去谣言。"陛下听说骁果军想反叛，就备下了毒酒想把大家毒死，然后和那些南方人留在江都。"

听说了这个消息，将士们更加恐慌，互相转告，没多久就传遍了整个军中。如此一来，大家造反的决心更加坚定了。

大业十四年（618年）三月十日，是凄冷阴暗的一天，大风刮得天昏地暗（风霾昼昏），吹得人睁不开眼，太阳悄悄地躲进乌云里不肯出来，整个江都城被一种阴沉的气氛笼罩，似乎预示着要发生点什么大事。

当天黄昏，司马德戡召集了全体骁果军将士，宣布了行动计划。

大家纷纷表示"唯将军命是听"！

然后，他派人偷出御厩的战马，暗地磨快了兵刃。

在宫里值夜班的裴虔通按计划充当内应，唐奉义则负责关好城门，同时约定宫里各个大门都不上锁。

三更时分，司马德戡在江都城东的军营召集各部，集合了数万人，点起火把和城内呼应。

此时此刻，杨广正一个人独坐在宫中，思考一些生从何来、死往何去，以及明天和哪个美女约会的问题。猛然看到天上的火光，他警觉地向正在身边的裴虔通问道。

"发生了什么事情？"

"草坊失火了，外面的人在救火呢。"裴虔通狡猾地说道。

杨广相信了。

差不多在这个时候，宇文智及也开始动手了，他纠集一千多人来到杨广的行宫外面，劫持了巡夜的守卫，然后迅速部署兵力，分头把守了各条街道。

节奏紧张的兵变行动瞒过了躲在深宫中的杨广，却没有瞒过住在行宫附近的杨侗。

杨侗是杨广的孙子，时年十五岁，是个十分聪明的小孩，他的住处就在江都行宫外面，所以能看到城内军队不寻常的动向，聪明的杨侗感觉情况不对劲，赶紧到了行宫北门，想要进去和爷爷报告。

但是，这时天色已经太晚了，按照宫里的规定，没有十万火急的事是不能随便觐见的。而贸然对其他人说出自己的猜测，则可能打草惊蛇。在这个国事糜烂的时候，所有人都已变得冷酷、凶狠，不可以轻易相信。杨侗虽小，却懂得这个道理。

于是，他对正在北门盘问的裴虔通编造了一条理由。

"我突然得了中风，眼看就要死了，咳咳咳咳……请让我和陛下见一面吧，我要当面向老人家告别。"

但杨侗的这条理由却有一个致命的纰漏，那就是一个十五岁的小孩怎么可能中风呢？聪明归聪明，但没有阅历的聪明也是经不起实践检验的。

裴虔通立刻猜到了杨侗的小诡计，冷笑一声，把他抓了起来。

江都城里里外外都已经遍布了叛军，但是行宫内有一部分守门的卫士还不是自己人，到了这天凌晨，裴虔通借着交接班的机会，用司马德戡派来的军队代替了他们。

现在，司马德戡掌握了外城，裴虔通控制了行宫，宇文智及把守了城内街道，整个江都城都已落入了叛军之手。接下来他们要做的唯一一件事就是往里冲。

司马德戡和宇文智及领着军队从北门杀进来，和裴虔通里应外合，开始了大规模的兵变。

睡梦中的杨广又听到了喧嚣声，紧接着就是脚步声，这脚步声清晰有力，好像离自己的耳边越来越近。这个时候，他才意识到宫内可能发生了急变，赶紧从龙床上爬起来，想要逃跑，却发现那些声音正是从门口传来的。

仓促之下，杨广连鞋都没有穿，光着脚从后门跑出去，躲到了附近的一条巷子。

裴虔通带着乱兵追了过来，却只看到了空荡荡的大殿，只是那龙床还尚有一丝温热，似乎表明杨广还没有走远。他焦急地带着士兵四处搜罗，寻找杨广的踪迹，翻遍了宫里的床底、衣柜和各个角落，却还是没有结果。

刚才还在这里呢，怎么就没了？

他们不得不失望地从后门出去，继续搜罗。这时，一位宫女突然轻步跟出来，盯着裴虔通向旁边的巷子努了努嘴。

裴虔通心领神会，乱兵们也明白了她的意思。大家举着火把刀枪蜂拥而上，看到了那个蜷缩在角落里的皇帝，此刻他正落魄得如一条丧家之犬。

哈，终于找到你了。裴虔通内心一阵狂喜。

一代昏君杨广就这样束手就擒。

明闪闪的火把晃得杨广眼花缭乱，神情都有些恍惚。他似乎还不太相信眼前发生的这一切。但是他看到了为首的那个人，正是自己的亲随裴虔通。

"你是我的旧部，为什么要谋反？"他有气无力地质问道。

"臣不敢谋反，但是将士们想回家。"裴虔通冷冰冰地回应道，这理由实在有点牵强。

"我也正想回去，只为船只还没到达。等船到了，我们一起回，好不好？"杨广辩解道，这个借口更加牵强。

一起回？真是说的比唱的还好听啊，要不是刀架脖子上你会说和我们一起回？裴虔通不再说话了，转身留给他一个冷漠的背影，示意士兵们把他看好。

政变到这里就算基本成功了。

裴虔通让手下牵过来一匹马，准备把杨广押上去，到外面和百官见面（实际上就是游街宣布胜利）。

可让人哭笑不得的是，直到这时候，杨广仍保留着平日那点迂腐的虚荣心，居然嫌弃那匹马的马鞍太旧，说什么也不肯上去。

裴虔通也感到又可气又好笑，但还是满足了他的要求。赶紧让士兵拿了一副新马鞍换上，杨广这才扭扭捏捏地骑了上去。

乱兵们见状，欢声动地。

从政变刚开始，宇文化及就吓得脸色煞白，打着哆嗦说不出话，部下有来请示汇报的，他也只是把身子伏在马鞍上，口中一个劲儿地念叨"罪过、罪过"。

直到收到杨广被抓的消息，他这口气儿才算喘了上来，脸色也慢慢变得红润，恢复了往日嚣张跋扈的神态。

等到裴虔通前来告知政变成功的时候，宇文化及更是变得十分帅呆酷毙，头也不抬地连连摆手。

"还用把那家伙拉出来吗？赶紧结果了。快，要快！"（何用持此物出，亟还与手）

对宇文化及来说，主人就是用来卖的，干出这种事儿，真是毫无压力。

刑场之上，杨广的儿子杨杲不停地大哭，这个孩子时年才十二岁，哪见得了这种场面。裴虔通被吵得心烦意乱，挥起一刀把他杀死，鲜血溅到杨广的衣服上。

眼看爱子在眼前死去，杨广却没有感到悲伤，仿佛就是杀了一个毫不相干的人。其实，他并不是不悲伤，而是他的悲伤已经完全被死亡的恐惧掩盖了。他看到了裴虔通那把寒光闪闪的刀，那把刀的下一个目标就是自己。他的声音颤抖起来了：

"天子有天子的死法，怎么能用刀呢，给我取杯毒酒来吧。"

这些日子以来，他总是贴身带着毒药，准备一有变故就服药自尽。但是这天晚上跑得太过急迫，慌乱之中竟没有找到。

不用刀倒是好办，我也不想这样杀你。可谁有工夫给你搞毒酒呢？裴虔通不耐烦了，让士兵看着解决。

于是，他们粗暴地解下了杨广的头巾，勒上了他的脖子。

可怜隋炀帝风流荒唐一生，最后就死在一条头巾之下，死前连最后一点小小的要求都无法满足。而且死了之后连一副棺材、一块墓地都没有。萧后只能命人将一张床上的木板拆开，钉起来做了一副小棺材，把他的尸体装进去，在野外草草安葬。

直到半年以后，江都太守陈棱才打听到了杨广的埋葬之处，然后用搜罗到的一批废弃仪仗，吹吹打打把他改葬到了吴公台。

武德五年，已经完全稳定的唐朝，又以皇帝的礼节把他改葬到了雷塘。这时候的皇帝正是李渊，这个表哥还算够意思。

这里说一个小插曲，2013 年 4 月，扬州市邗江区西湖镇曹庄村，一个房地产公司在施工的时候，意外发现了两座隋唐古墓。经考古专家实地鉴定，其中一座的墓志上显示墓主人正是杨广。巧合的是，这个房地产公司的老板居然叫杨勇，名字一如那个被他害死的亲哥哥。

历史就是这么精彩绝伦又令人着迷，时光恍惚过去了一千五百年，杨广的"真身"就以这样不可思议的方式曝光在了世人面前，只是他那谜一样的事迹还等着后人去探究、挖掘……

政变之后，宇文化及采取了过渡策略，把和自己关系不错的秦王杨浩——杨广的孙子立为了皇帝。我们可以看到，宇文化及并没有急于称孤道寡，他的智商算是超水平发挥了一次。

然后，他自己当了大丞相，成为了幕后独揽大权的人，封弟弟宇文智及做了左仆射（宰相），司马德戡为温国公，裴虔通为莒国公，其他参与谋反的也一并封赏。

干完这票大活儿，宇文兄弟信守了诺言，他终于要带士兵们回关中老家了！

于是，十万大军，以及后宫大批的仪仗、宝贝，当然也不能落下美女嫔妃，都在他们的带领下浩浩荡荡地上路了。

第七章 攻伐：各种败局

招安李密

杨广被杀的爆炸性新闻飞速地向帝国的四面八方传播。

当时李建成、李世民兄弟正在外出进军的路上，打听到消息之后，火速向父亲作了汇报。

这段时间以来，李渊已完全巩固了对长安的占领，而且就像起兵时计划的那样，遥尊杨广为太上皇，立代王杨侑当了皇帝。自己则当了大都督、大丞相、录尚书事，封唐王、假黄钺、节度内外军事等一大串。说白了就是一句话——虽然我不是皇帝，但是我说了算。不久之后，又再接再厉，拿到了剑履上殿、入朝不趋、赞拜不名的高级老干部待遇。

是个人都能看出来，李渊已经是事实上的皇帝，但奇怪的是他就是不称帝。至于原因，用他自己的话来说就是"虽失意于后主（杨广），幸无愧于先帝（杨坚）"。

李渊知道，虽然自己背叛了表弟，但毕竟表弟本人还活着，明目张胆抢人家天下这事儿传出去实在不太好听，他不想对不起姨夫，更不想落个谋朝篡位的骂名。所以他才会立杨侑当皇帝，哪怕他是个傀儡，也比自己跳上前台要强。

但是现在，他已经没必要遮遮掩掩的了。因为杨广已经死了，隋朝已经没有了主人，他这个隋朝的亲戚出来收拾局面似乎是顺理成章的。

不过前戏还是有必要做的，李渊哭得十分悲伤。

表弟！表弟你死得好惨呀！我跟你相依为命、同甘共苦这么多年，想不到今天，白发人送黑发人……

李渊哭完了，但人死不能复生，再哭也是无济于事的。何况小皇帝还年幼，国家大事应付不来，那下一步就该……

于是，在好友裴寂的极力劝说和小杨侑的热情禅让下，李渊坚辞不受、再三辞让、欲拒还迎、半推半就、迫不得已、非常不好意思地接过了帝位。

武德元年（618年）五月二十日，李渊在太极殿登基称帝。

他建国号为"唐"，改年号为"武德"，以土为德，色尚黄，在南郊祭告上天，大赦天下。

这一天，唐朝正式成立了。

这一天，李渊五十四岁。

这一天，李渊等了很多年，等到韬光养晦，等到割据一方，等到异军突起，等到杨广国灭身死，等到自己两鬓斑白。

坐在皇位上的那一刻，李渊想起了很多事情。想起自己青年时在这座宫殿上班的日子，想起自己小时候在长安度过的难忘岁月：那时候父亲是那么和蔼，母亲是那么慈祥，家人团聚是那么快乐……但他想得最多的还是窦氏——他已经去世的爱妻——我们不知道，典礼结束后李渊有没有像第一次当上将军那样喜极悲极而泣。但我们知道，李渊称帝后立刻就把窦氏追封为皇后。从这天开始，到一统天下，到退位，再到去世，李渊终其一生都没有再立过皇后。

与此同时，李渊也在着手建立新王朝的官僚机构，他封李世民为尚书令，裴寂为尚书右仆射，刘文静为纳言，萧瑀、窦威为内史令。他还立李建成为太子，李世民为秦王，李元吉为齐王。然后废隋《大业律令》，颁布新律。

一切都在井井有条地运行着，从这时候起，一个屹立于东方近三百年，被无数后人神往的伟大王朝缓缓拉开了序幕。

李渊登基了，圆梦了，踏实了。但当时的皇帝并不只有他一人，且不说那些阿猫阿狗的草头王，就在他登基称帝的同时，东都洛阳也出现了另一个皇帝，另一个朝廷。

是时，杨广的死讯早已传到洛阳，留守在此的元文都等人很悲伤。但是家不可一日无主，国不可一日无君，杨广死了还得找个姓杨的来镇场子。于是他们拥立近在眼前的杨侗继任了皇帝，国号当然还是隋，只不过年号改成了皇泰，杨侗就是历史上所称的皇泰主。

皇泰主杨侗是杨广的孙子，史书记载，这孙子长得"眉目如画，温厚仁爱，风格俨然"。长得俊美、聪明伶俐、脾气又好，真是一个完美的皇帝人选。唯一可惜的就是年纪太小，只有十五岁。

所以，在朝政问题上他说的并不算，而是被手下的大臣们把持。

当时洛阳城里，执掌大权的共有七个人，段达、王世充、元文都、卢楚、皇甫无逸、郭文懿、赵长文。这几个人不是宰相就是尚书，朝廷的大小事务全都委托他们决策。因此，当时的洛阳百姓形象地把他们称为"七贵"。

客观地说，这七个人并不全是贪图权力富贵的庸俗之辈。我们甚至可以说，除了王世充和段达，其余五个人都是正直无私的隋朝忠臣。就拿其中比较有名的元文都来说吧。他是一位"耿直、明辨、有器干"的人（《隋书》），他拥立杨侗也不是为了贪图拥立之功或独揽大权，而是为了让隋王朝的香火延续下去。

当然，眼下香火算是延续下来了，但东都朝廷的形势依然很不乐观。在风起云涌的起义武装势力包围下，要让这个朝廷生存下去谈何容易。

为了它的生存，元文都等人绞尽了脑汁，终于想出来一条妙计。

事情经过是这样的，宇文化及领着军队回家了，其实这本来也没问题，问题在于他的军队有十万人。

在古代，即便是太平盛世，过兵和过土匪也没什么两样，何况这还是在乱世。宇文化及的军队沿途烧杀抢掠，攻城掠地，搅得周边不得安宁。等他们行军到彭城（徐州）的时候，洛阳新朝廷也禁不住震动了。洛阳和彭城相距并不远，而且处在通往关西的必经之路上，如果宇文化及手欠过来骚扰一下，那将会是非常难受的。

有鉴于此，元文都便和几个大臣商量出了应对之策。这个策略就是——招安。

招安谁呢？

李密。

元文都这样解释道："宇文化及这狗贼杀了先帝，我们无时无刻不想着报仇，却力所不及。现在最好的办法莫过于招安李密，让他和宇文化及争斗。只要给他一点好处，事情就不难办到。这样等宇文化及败了之后，李密也一定元气大伤。到时候，我们就可以乘其不备除掉李密，坐收渔翁之利了。"诸位大臣听后，都深以为然。

东都隋廷立刻下了诏令，任命李密为太尉、尚书令、东南道大行台行军元帅、魏国公，并极力夸赞了他的忠诚。此外他们还暗示，只要李密打败了宇文化及，朝廷就会招他入朝辅政，授以全部军事大权。

东都朝廷的诏令很快被使者送到了李密的驻地，他拿在手上，仔仔细细地看着。

使者紧张地盯着他，生怕他不同意。

但过了一会儿之后，李密脸上绽放的笑容已经告诉了他答案。

李密大喜过望，当场接受了东都朝廷的全部任命，并马上写了一道奏表，请求归降（大喜，遂上表乞降）。为了表示自己的诚意，他还把此前俘虏的几个宇文化及的同党送到了洛阳，让他们随意处置。

对李密这样的举动，许多人看了不免要觉得奇怪。瓦岗军是以反抗隋朝起家的，也和隋军打了无数次硬仗，在杨广活着的时候他们都没服过软，现在杨广死了，为什么反倒轻易被招安了呢？这看起来简直就像后来的宋江一样，犯了投降主义错误。

历史已经过去了一千多年，许多人只看到结果，却已经很难理解当时错综复杂的形势。我就试着来分析一下李密接受招安的缘由吧。

李密已经在洛阳鏖战了太久太久。

就拿李渊做个对比吧。大业十三年（617年）七月，李渊起兵的时候，李密在围攻洛阳；大业十三年（617年）十一月，李渊占领长安的时候，李密还在围攻洛阳；武德元年（618年）五月，李渊都称帝了，李密仍然在围攻洛阳。

他已经不能再等了。

虽然他的地盘很广，兵力很多，影响很大，但迄今为止还没有占领一个稳固的、足以号令群雄的中心城市。而没有中心城市就好比一个国王没有王冠，一个作家没有作品，是拿不出足够的资本来服人的。这无疑让他的心里很不踏实，甚至连皇帝都不敢做，只能自己封个魏公。

为了填补内心的不安，他只能拼了命地攻打洛阳。洛阳就是他称霸中原的一道坎，爬上去了就会拨云见日，爬不上去就可能前功尽弃。

但是，洛阳周边的环境却太过凶险了，洛阳的城防也太过坚固，李密已经围攻了快两年都还没有大的起色。如果继续围攻，恐怕一年半载也还是打不下来。而这一年半载会发生什么变故，谁都说不准。

因此，一旦有和平解决洛阳问题的希望，李密是不会拒绝的，李密有妥协的需求。

正在此时，宇文化及杀掉了隋炀帝，领着隋军最后的精锐——十万骁果军返回关中，并经过了李密的辖区。与此同时，宇文化及对瓦岗军占下的黎阳仓还十分眼红，并已经和守将李勣交上了手。这种情况下，李密和宇文化及就成了事实上的敌人。他有阻击宇文化及的需求。

现在，李密有以上两种需求，隋廷恰好又送来了官位、名分，还约定搞掉宇文化及就会让他去洛阳辅政。这样一本三利的好机会，李密能拒绝吗？

当然不能！

宇文化及败了

说干就干，送走东都使者之后，李密迅速下令让李勣在黎阳坚守，死死顶住宇文化及，同时自己亲率大军支援。

七月一日，卫州童山（今河南滑县），李密带领主力部队和宇文化及展开了激战。

宇文化及的指挥水平虽然令人着急，但他的部队毕竟是隋军的王牌——骁果军，战斗力的强悍程度已接近恐怖。而且人家好几年没见老婆孩子了，个个都归心似箭。更重要的是，他们的粮食也即将吃完，如果打了败仗，不被杀死也得饿死。所以他们一定会拼尽全力。

这一仗打得非常艰苦，强悍的骁果军和英勇的瓦岗军都拿出了殊死作战的勇气，从清晨一直打到傍晚，一刻也没停息。甚至李密自己都身中一箭，落马昏死过去，幸亏有大英雄秦叔宝及时护卫，方才击退了追兵。然后，秦叔宝收拾了部众，继续与骁果军战斗。

这场仗打到最后，什么战术、谋略都已经变得不重要了，它完全变成了一场关于勇气和意志的较量，双方就是拿着刀枪、红着眼拼命。谁先退让谁就输，谁能撑住谁就赢。

在这个决定性的关头，宇文化及懦弱的意志力和令人着急的军事水平终于发挥了作用，骁果军在他的指挥下开始渐渐退缩，最终全线崩溃。

最后，他只带着两万残兵败将逃到了魏州（今河南安阳）。不可一世的骁果军就这样败在了瓦岗军的手下，从此变成了一个历史名词。

但是，瓦岗军也付出了惨重的代价，战马死伤很多，士卒伤亡严重，这是以往的战争里从来没有过的。不过总体来说，战果还是好的，李密吞并了宇文化及的一些地盘，还招降了许多隋军将士，扩充了力量。更令人欣喜的是，皇泰主杨侗秘密派人送来了书信，要李密即刻前往东都辅政，履行约定。

拖着带伤之躯，李密又一次燃起了希望，他仿佛看到朝思暮想的东都在向自己招手，天下似乎又一次"不足定也"。

他把书信认真叠好，小心翼翼地揣进了怀里，心里期待着那片光辉灿烂的明天。

李密的捷报传遍了东都，皇泰主、元文都等人都兴奋异常，他们立刻在洛阳东门摆上了酒席，喝得通宵达旦，甚至竞相跳起了舞蹈，这一晚大家都非常尽兴。

宇文化及终于被打跑了。

虽然他们和李密怀着不一样的目的，但这一次却是难得的双赢，双方皆大欢喜。

但此时此刻，有一个人却不高兴。非但不高兴，而且还恨不得把他们全都宰了。

这个人就是王世充。

从李密被招安那天开始，王世充就十分不爽。因为他深知，自己存在的唯一意义就是替朝廷抵挡李密，所以平时贪点钱财、打个败仗，朝廷非但不怪罪，还哄着惯着，一味纵容。现在却好，李密不仅被招安了，官位还压自己一头，他甚至还听说，李密打败宇文化及后要入朝辅政呢。那么，到时候朝廷会把我往哪里放呢？我是不是就成了一个多余的人？王世充读过不少书，明白狡兔死走狗烹的道理。为了不当那只被烹的狗，他憋着劲要先下手为强。

从那天开始，王世充就对他的部众散布起了流言。元文都那帮人，就是一帮只会写写画画的书生，还想着什么把李密招安过来？白日做梦！我看现在这势头，他们迟早要被李密一网打尽。

再说了，我们跟李密前前后后打过那么多次仗，杀死他那么多战友，一旦让他进了城，你们这些人还有活路？

虽然王世充是在煽风点火，但您别说，这话确实有煽动性，当然也的确有些道理。士兵们被激怒了，他们深信，为了保护自己的身家性命，就不能让李密进城，绝不！

元文都等人听到军队的动向之后，也对这种局面十分担忧，于是计划安排刺客把王世充杀掉。然而，段达却临阵脱逃，偷偷把他的计划泄露了。

于是，就在这个举城同庆的夜晚，王世充突然指使军队包围了宫城，控制了皇泰主，然后把元文都等人抓住并屠戮一空，随后，又把亲信耳目分派到各个要害岗位，彻底把持了朝政。

而这一切，就发生在李密赶往洛阳的路上。

七月十二日，李密走到温县的时候，听到了王世充政变的消息。

远远地向西方望去，他似乎看见了洛阳城内高高的塔尖，和城内升起的袅袅炊烟，甚至能感受到这座城市的脉搏和自己的心脏一起跳动。这座雄伟的大城已经近在眼前，仿佛轻轻一抬脚就可以迈进去，但残酷的事实已经告诉他，东都的门并没有为他敞开。

这可能就是天意吧。

李密叹了口气，箭伤未愈的身体猛烈摇晃了几下。

夕阳西下，将他的影子拉得很长，灿烂的晚霞红得像一片血，他落寞地掉转马头，在卫士的簇拥下绝尘而去。

宇文化及失败后向东逃窜，一直狼狈逃到了魏州，看到自己损兵折将，士兵逃散，心里郁闷得也是一筹莫展。该怎么办呢？仗打败了，关中回不去了，还处处被人殴打。他能做的只有和狐朋狗友们一起大吃大喝、醉生梦死，等待着命运最终的审判。

有一次，宇文化及喝醉了，便抱怨起了宇文智及。

"当初搞政变都是你的主意，莫名其妙非要让我带头。现在好了，不仅一事无成，还背上了弑君的罪名。看看我这副样子吧，眼看就要被灭族了，这都是你害的！"

说罢，搂着两个儿子就哭了起来。

宇文智及非常生气，事情成功的时候，你不念我的好，现在要完蛋了，又想把黑锅扣我头上，我造什么孽了摊上你这个哥哥？

"是我害的，都是我害的！你杀了我去投降窦建德吧！"

他站起来，把桌子一脚踢翻，酒菜都洒了一地。宇文化及也不含糊，冲过来，跟他打成一团。

就这样，哥儿两个开始了经常性的吵架斗殴，仿佛成了不共戴天的仇人。可酒醒了以后，又好像忘记了之前的不愉快，于是继续喝。可喝完照样还是语无伦次、胡言乱语,一言不合就打一架。如此反复不停。

由于精神压力过大,这两个人似乎已经进入了精神失常状态,就如同两个疯子。

反复几次之后,宇文化及终于看开了,反正早晚也是个死,为何不死得快活一点呢?我这辈子当过宠臣,杀过皇帝,立过皇帝,可我还没当过皇帝呢。于是他准备进行最后的狂欢——称帝。(人生故当死,岂不一日为帝乎?)

很快,在残兵败将们集体癫狂的拥戴下,他用毒酒鸩杀了杨浩,并于同日在魏县登基,建国号为"许"。

但是,宇文化及这样的弑君贼是不得人心的。他没称帝就已经臭名远扬了,称帝后则更成了过街老鼠,人人喊打。从此以后,他就被周边的瓦岗军和唐军反复围殴,等待他的只能是彻底的灭亡。

李密败了

宇文化及跑了,元文都死了,李密也没能进城。

洛阳内外也恢复了它的日常,大家就像打卡上班一样攻城、守城、鏖战、收尸、埋葬,然后继续轮回,周而复始,形势一点也不明朗。

但例行公事的表面下,李密和王世充都在暗中积蓄力量,因为他们都知道,一场决定中原命运的大战已经悄悄拉开了帷幕。

胜者将获得问鼎天下的资格,而败者将失去所有。

李密的粮食很多,多到军队敞开肚皮都吃不完。这归功于他们占了隋王朝的两个大粮仓——洛口仓和黎阳仓,享受着杨坚励精图治的硕果。但是除了粮食,李密并没有什么拿得出手的东西,将士们除了吃饱,连衣服都不够穿,金钱美女更是从没想过。按照马斯洛的需求理论,他们只能满足需求层次中最低级的生存需求——吃饱饭,更高级的根本无法企及。打了胜仗也不过多吃几顿饱饭,除此之外啥也捞不着,那打仗还有啥意思?

这时,亲信郧元真帮他出了一个主意:东都现在缺粮食,但是衣服很多,我们粮食很多，却恰恰缺少衣服。我们不如就用粮食换他们的衣服，皆大欢喜嘛。李密一听也觉得有道理，就拿出一部分粮食换了王世充的衣服。

以我们现在的眼光看，邴元真的思维更像一个生意人，明白比较优势理论，还懂得互通有无，如果弃官经商，说不定能成个大款。

但战场上的事能当生意做吗？不能。

战场之上，只有胜败，只有你死我活，没有双赢。

于是接下来的情形就不足为奇了。本来东都因为粮食少生活困难，每天都有很多饥饿的老百姓和逃兵跑出来投奔，现在有吃的了，突然之间就没了人影。事实上，从双方做生意的那天开始，瓦岗军对东都的围困就已经破产了。

李密看到这一切，后悔得肠子都青了。但换出去的粮就像泼出去的水，进了肚子哪能吐出来，后悔也没用了。

罢了，没人就没人吧。等仗打完了，什么都好说了。

不久之后，王世充挑选了两万多精锐、两千匹战马，离开东都，抵达了偃师，他驻扎在通济渠南边，在水面上搭设了桥梁，等待着李密到来。

李密也留下王伯当驻守金墉城，自己亲率主力赶到偃师，背靠邙山，与王世充展开了对峙。

对李密和王世充来说，这是一场将会决定他们各自命运的战争。很多人肯定都希望李密赢，也相信李密会赢。

但李密能否不负众望呢？

要按以前的形势来看，他肯定是稳操胜券的。但从最近发生的事情来看，还真有点悬。自从打败宇文化及以后，瓦岗军就元气大伤了，马匹死伤近半，将士也很疲劳。虽然新加入了不少隋军的降兵降将，但这些人还没有融入集体，在关键时刻是靠不住的。而王世充那边，却一直在养精蓄锐，休整了很多天，更别说还得到了粮食。

裴仁基是最先认识到这个问题的人，因此在战前的军事会议上，他提出了一个高明的策略。

挑选三万精兵，悄悄向西进逼东都。王世充要是回援，就按兵不动。

王世充要是离开，就再逼东都。如此一来，不把他打死也能把他跑死，最后胜利就属于我们了。

对裴仁基的建议，李密起初也甚为同意，而且在此基础上提出了更稳妥的策略。不要主动出击，不要没事找事，只要坚壁不出，挫败王世充的锐气，他就会不战自溃。

但是，单雄信的观点却刚好与他俩相反，而且赞同他观点的还占了多数，这帮好战分子强烈要求主动出击。

"王世充的兵力不多，又屡战屡败，怎么是我们的对手？兵法说得很清楚——倍则战。我们还不止他的一倍呢！现在很多新归附的将士都渴望立功，我们怎么可以打击人家的士气？这仗一定要早打、大打、狠狠地打。"

两拨人的意见尖锐对立，但主战派人多势众，势单力薄的裴仁基根本无法说服他们。李密见此情景，也默不作声。

这时，一个中年人站起来支持裴仁基的意见。

这个人年轻时读了很多书，非常熟悉纵横之说，他投奔瓦岗军有段时间了，也凭着渊博的学识献过不少奇谋秘策，但不知为何却一直未被采用。不过非常有趣的一点是，这人年轻时还当过道士，从这点上看，他可算得上是瓦岗寨里正牌的牛鼻子老道。

他一脸严肃地站起来，十分认真地说道：

"魏公虽然屡次得胜，但是精兵骁将伤亡很多，战士也很疲劳，眼下是很难再打大仗了。我们不如深挖壕沟，加高壁垒，不出十天半个月王世充就会退兵，那时再追击他，无往不胜。"

中年人说完了，他看了一下众人，或许还想等着有人赞同。但一直没有说话的长史郑颋（tǐng）却笑出了声，大概他是在想，一个出过家的道士也敢来谈兵论战吗？大笑之后，他轻蔑地丢过去一句话。

"嗨，这不都是老生常谈嘛。"（此老生之常谈耳）

最终，禁不住附和单雄信这边的人多（欲战者什七八），李密也渐渐动摇了。裴仁基苦争不得，气得直跺脚，叹息道："公必悔之！"

而这个中年人也表现得很有个性，面对郑颋的嘲笑，他一点也没有顾忌这个官职地位比自己高得多的人的想法，当场发飙，拂袖摔门而去，并丢下了一句冲劲儿十足的回话。

"老生常谈？这是奇策！"

对这个中年人的无礼举动，郑颋可能会感到很不爽，但如果他知道这个人以后连皇帝的面子都不肯给，甚至敢在朝堂之上众目睽睽之下让皇帝下不来台，他想必就一定会释然了。

因为这个中年人的名字叫魏征。

作为中国历史上屈指可数的名臣，魏征的意见不能不说很有分量，但对身不由己的李密来说，这些规劝都已经无济于事了。因为赞成主动出击的人多，少数要服从多数。

他最终听从了单雄信的意见。

王世充也在紧锣密鼓地搞战争动员。他知道自己的实力是不能与李密匹敌的，但到了决战的关头又不能不豁出去。所以他要用尽一切手段来提高自己的士气，击败这个此生最难对付的大敌。

胜了，将赢得一切。败了，将失去所有！

王世充从来不愿意失去自己的东西，他只想把别人的拿走。

为了让士兵死心塌地出战，他耍出了一套鬼把戏。之所以说是鬼把戏，是因为他确实是在装神弄鬼。

王世充故作神秘地跟将士们说，自己梦到了周公。周公在梦中降下了启示，要自己务必带兵去攻打李密。而且周公还说了，谁不去打谁就会得疫病死掉。梦完之后，他大张旗鼓建了一座周公的祠堂，隔三差五就进去拜一拜，进行了愈发逼真的表演。

我们知道周公就是周公旦，他不光会解梦，还是周朝最有名的大臣，是被后人评价为集大德、大功、大治于一身的人，连大圣人孔子都视为偶像，他的话谁敢怀疑？他的旨意谁又敢违背？

当然了，如果用这种把戏来骗李密这样高智商的人，肯定是不好使的，但不能否认，用来骗那些大字不识一箩筐的士兵们，还是很好用的。

于是，听完王世充的忽悠之后，这帮江淮劲卒个个士气大涨，争先恐后请战，唯恐落在家里会忤逆周公。"别拦着我，我要上战场！"而且，他们从李密那里换来的粮食也快要吃完了，只能趁着还能吃饱有力气的时候拼死一战。

同时，得知李密骄傲轻敌，未设壁垒之后，王世充还秘密挑选了三百名精锐骑兵，到邙山北侧的山谷埋伏下来。这个伏击地点选得非常不错，它正好位于瓦岗军的后方，并且绝不会被发现。

武德元年（618 年）九月十二日，邙山，李密和王世充的决战即将开始。

临战之前，李密已令程知节带领内马军在邙山上扎营，令单雄信带领外马军驻扎在偃师城北。他本人则坐在半山腰的中军大帐里，准备做最后的了断。对这次战斗的结果，李密信心满满。程知节一向作战勇敢，一定可以旗开得胜，单雄信虽和我有些生分，但冲他战前那股高昂的斗志，此战也必然十分可靠。宇文化及已经是我的手下败将，下一个就该轮到王世充了。哦对了，他好像还没有赢过我呢，那他以后也不会了。

李密这样想着，王世充已抢先发动了进攻。

但是此时，瓦岗军的阵型却没有完全摆开，也就是说还没有进入战斗状态。这正是王世充想要的，他就是要趁着这个机会，在李密立足未稳之际占得先手。

在敌人的猛扑下，瓦岗军刚一交战就陷入了被动，开局十分不顺。

而王世充手下这些剽悍的江淮劲卒，却因为周公之梦的洗脑作用，变得比以往更加玩命，以远远超出所有人预想的劲头发动了超出所有人预想的猛烈进攻。

没有心理准备的瓦岗将士措手不及，越打越艰苦，只能勉强招架。

就在这时，埋伏多时的隋军精骑也收到了王世充信号，他们从邙山北侧出动，发起了突然袭击。虽然他们人数不多，行动却足够突然隐蔽。他们凭借高处俯冲的优势迅速把瓦岗军冲成了好几段，然后，纵火焚烧起了大营，让对手在遮天的浓烟中更加判断不清战场形势。

胜利的天平正在悄悄倒向王世充，而且它似乎来得还挺快。

为了最大限度打击瓦岗军的士气，王世充还事先找到了一个和李密相貌类似的人，秘密藏在军营里。现在，他令人把这个人绑起来带到了阵前，令士兵大声呐喊。

"李密被活捉了！"

高亢的喊声响彻整个战场，两军听见之后，都信以为真。瓦岗军因此士气大挫，一下子失去了斗志。而隋军则士气更加大振，大呼万岁，像野兽一样疯狂地冲向瓦岗军的阵地……

李密败了。

李世民唯一的败仗

我们用今天的话来说，李渊是在618年称帝建立了唐朝。但那个叫"唐"的政权是不能称其为"朝"的。它只是群雄中的一支，和其他人没什么不同。你想叫唐朝，人家还想叫魏朝呢，有的还想叫夏朝呢，大家公平竞争，人人有份，凭什么听你的？

这个叫"唐"的政权也实在没什么了不起的，占领的土地不过山西和关中的一部分，也没有打过什么硬仗。唯一让它的主人李渊扬眉吐气的就是自己是前朝贵族，并且占领了长安这座前朝都城。

可是占领了又怎么样？你能占得我就占不得？

是的，当时薛举就是这样想的。

如果说宋老生的阻击让唐军内部第一次产生了分歧的话，那么薛举则送给了大唐王朝开国的第一次败仗，同时这也是李世民打过的唯一一次败仗。

薛举的老家是山西汾阴，算是李渊的半个老乡，父亲那一代迁居金城（今甘肃兰州）。史书上称他打仗特狠，家里特别有钱。长大以后，他当上了职业军官金城校尉，后来借着隋末乱世造反自立了门户，国号叫做"秦"（史称"西秦"）。

他曾用过西秦霸王（自封的，可比西楚霸王）这个ID，如今则自称秦国皇帝。既然是皇帝，就不能总盯着金城那一亩三分地，那也太偏僻了，而是要冲出金城走向全国，怎么着也得打下个像样儿的一线城市吧？于是他调集了二十万大军，准备攻取长安，不料却被李渊抢得了先机。

还没等他动手，长安就落到了人家的手里。

夺取长安是没希望了，可快到跟前了，总不能空着手回去吧。此时的薛举没有老乡见老乡两眼泪汪汪的心情，而是发扬老乡见老乡背后打一枪的精神，派儿子薛仁杲（gǎo）率军进逼到长安西边的扶风（今陕西扶风），准备在此建立据点，日后再慢慢收拾李渊。

可谁知李渊对这位老乡也是倍加提防，也派自己的儿子李世民过来了。两个儿子一比划，李世民击败了薛仁杲，一战就斩首一千余级，薛举才不得不退回了老巢。

薛举曾是一个职业军官，却没有什么优待俘虏之类的习惯。他是一个把杀人当爱好的人，每次打仗抓到俘虏，经常要把人切断舌头、割掉鼻子，有时还要活活用碓子捣烂。碓是一种捣米的工具，薛举却用来杀人，用现在的话来说已经属于变态杀人狂级别了（和罗士信有一拼）。一般来说，这样的人都是天不怕地不怕的。

但此时，变态杀人狂薛举却被李世民吓怕了，在西秦国的朝堂上，居然打着哆嗦，问大家古来天子有没有投降的（古来天子有降事否）。

好在有谋士劝他，刘邦当年屡战屡败，刘备老婆孩子丢了三番五次，都没有放弃，陛下怎么能因为一次失败就想着投降呢？薛举才放弃了这个念头。

他告诉大家，自己那话是开玩笑的，就是试试大家的忠心。他已决定，要继续作战。

此后，唐朝的西线部队与西秦军发生了一些零星冲突，但在薛举凶悍的反击下，竟也没有占到什么便宜。

直到武德元年（618年）六月，腾出手来的李渊才把目标瞄向了他，命李世民带领四万兵力去讨伐。

与此同时，薛举也明白与李渊的决战不可避免，指挥主力部队向高墌（今陕西长武）发动了进攻，散兵甚至游击到了长安附近一带。

唐朝开国以来的第一场大战就要开始了。

七月四日，李世民率军上路，这是他第一次独立领兵出战，他的心里有种难掩的激动。

这一年他只有二十岁。二十岁是一个人的黄金时代，李世民也没有什么不同，他有很多奢望，他想爱、想吃，或许还想在一瞬间变成天上半明半暗的云。但现实却不能让他如此轻松。他是李渊的儿子，他没有什么自由和浪漫可言，他要为父亲的宏图大业努力，要出征、要打仗、要杀人。

这就是生在帝王之家的命运，在很年轻的时候，他就无法体会同龄人的乐趣。

李世民很快抵达了高墌（zhǐ）前线，看到了等待已久的敌人薛举，那个变态杀人狂。不过他并没有发动进攻，而是在这里停了下来。此后的日子里，他也一直在这停着，做的只有两件事——深挖壕沟，加高壁垒，与敌人对峙。

这种战术可谓非常简单任性，但我们得承认，李世民的确有任性的资本。

唐军家大业大，钱多粮多，底子厚实，他们要的只是打败薛举，并不在乎付出多少代价。而薛举的军队虽然强悍，但人数少，粮食少，急于速战速决。因此，李世民决定坚守不出，拖垮他们。

有种你就来打，但我可以肯定你打不过我。当然你也可以走，但一走我就会追击你，到时你还是打不过我。不管是打还是走都由你决定，但胜利与否则由我掌握。

这战术已经不能用任性来形容了，而是流氓。

可惜的是，李世民没有成功耍起来。

几天之后，也不知是水土不服还是怎么的，李世民突然得了疟疾，躺在床上起不来，高烧到了好几十度，已经无法进行军事决策了。他只得把工作委托给两位大将——刘文静和殷开山，并躺在病榻上叮嘱二人。"薛举孤军深入，粮草很少，急于决战。你们这几天就不要出兵了。等我病好了，一定为你们打败他。"

李世民这话说得非常直率，也非常实在，但正因为实在，才让两人感觉受到了轻视，不然，你为啥宁可躺床上干等着，也不让我们出战呢？于是，两人退出大营之后犯了嘀咕。

秦王一定是信不过咱俩才那样说的。我们干脆出去打一仗，杀杀他们的威风，让秦王看看我们的手段。殷开山有些不平地说。

刘文静听后也深表赞同。秦王都病了，还操那么多心干嘛？就让他安心歇着吧，等打了胜仗就什么都好说了。反正我们人多，而且赢过他们。

刘文静和殷开山分别是当世有名的军事专家和猛将，但此时此刻，他们却忽视了一个问题——战场上的事是没有标准答案的，人多只能代表人多，从前的胜利也只能代表从前，很多情况下，战争的结果是无法预测的，尽管战争的魅力也在于此。

就像当年的淝水之战，前秦投鞭于江，足断其流的八十万大军，对阵东晋的八万兵力，谁又能想到东晋才是最后的胜利者呢？

更何况，唐军和西秦军的战斗力也没有明显差距。薛举这家伙可不是吃素的，他出身军人世家，骁勇善战，在关西一带经营多年，将士多出自战斗力顽强的边军。而且人家早在李渊起兵的前一年就已经称帝，那也是江湖上有一号的人物，跟他斗有那么简单吗？

结局一点都不意外。

七月九日，浅水原，刘文静、殷开山拉着唐军全部人马与薛举展开了决战。不料战斗开始之际，一支悄悄绕到背后的西秦军就发起了突袭，被抄了后路的唐军措手不及，顷刻被杀得大败。不，是惨败。

此战之中，唐军死了十之五六，八位总管全部失利，数名大将被俘。而那些战死或俘虏的唐军，则被薛举本着一贯的变态杀人作风统统砍下首级，筑起了一座雄伟的京观。京观是什么？让我们再重温一遍，就是尸首堆成的山啊。

这场战争就是历史上著名的浅水原之战，是一场巨大的惨败，是唐军从来没有遇到过的败绩和耻辱。

得知战报之后，李渊震怒了，他从没想过，自己的军队也会有今天。自起兵以来，他的进攻从来都是顺风顺水的，薛举何许人也，居然敢这样对我？于是把刘文静、殷开山就地免职，只有李世民因病躲过了处罚。

可处罚又有何用呢？还没等他回过神来，薛举就找上门了。

此战之后，薛举军势大振，挥师占领了高墌，并在左右谋士的建议下，乘胜进逼长安。

上一次，他的野心没有得逞，这一次看来可是势在必得了。

整个关中震动了，很多唐朝的文武官员都吓得魂飞魄散，开始在家收拾金银细软，安顿老婆孩子，做好了赶快逃命或是迎接新主人的打算。李渊也不生气了，而是着急起来，急得火烧火燎，不知该如何是好。

但几天之后，薛举却突然得了病，于是暂停进攻。

又过了几天，还是没有进攻。

再过了几天，他病死了。

死了……

这真是太巧合了，巧合到让不明就里的人还以为是看了蹩脚的玄幻小说，作者挖空心思塑造李渊的主角光环又憋不出理由，只好编了一个牵强的情节来糊弄过去。但是史书上的白纸黑字告诉我们，就是这样的，薛举的确病死了。

至于病死的原因，西秦国的医生们在详细诊断后得出了一个结论——唐军作祟。

这是说他筑京观遭到了报应。

对于作祟这个说法，我一直感到颇为好奇。因为我无论如何也想不明白，如果唐军真能作祟的话，为什么不给杨广、刘武周、王世充、窦建德统统来一遍呢，这样岂不是连出兵都省了？

不过不管怎么说，薛举的死是他应得的。无论什么时候，杀害俘虏都是反人类的罪行，死不足惜。

而且从另外一个角度上来看，他死得也太是时候，甚至可以说是天佑大唐。

要知道薛举虽然变态杀人，军事水平还是很厉害的，在国内治理得也算可以。如果他多活两年的话，即便拿不下长安，也会给唐军后方造成极大麻烦。在战争年代，天下大势变数很多，今天还吆五喝六的，明天可能就当了刀下鬼、阶下囚，这实在太正常不过了。如果唐朝连家门口的事都搞不定，还何谈扫平关西，何谈图谋中原，更何谈一统天下呢？

但是现在，这个影响唐朝未来的变数消失了。

此时的西秦国陷入了内乱。

薛举死后，儿子薛仁杲继立。

遗憾又幸运的是，薛仁杲只继承了老爹残暴的性格，却没有继承老爹还算合格的政治才能。

他仍然是一个优秀的变态杀人狂，却不是一个优秀的统帅。

他曾经非常残酷地虐杀一个不肯投降的人，具体方法是先把人架在火上烤，然后一边听着惨叫，一边用刀割人身上的肉，最后和将士们一起分着吃掉。（获庾信子立，怒其不降，磔于猛火之上，渐割以啖军士。）

在变态杀人方面，薛仁杲称得上是青出于蓝而胜于蓝。可在政治水平方面，他就差得远了。人品相当凑合，心胸比较狭隘，和众位将领或多或少都有点矛盾。

其实薛仁杲这个人还是很厉害的，力气很大，箭法很准，军中都叫他"万人敌"。但这充其量不过是匹夫之勇，适合去战场上砍人。而身为一国之君，最重要的不是自己多能打，而是要知人善任指挥别人替自己打。但他在这一点上几乎是一片空白。

对他这个缺点，薛老霸王生前也多次进行过批评教育，但他始终也没有改掉。

所以他一继位，就搞得大家人心惶惶，生怕哪天来个秋后算账，打击报复。

薛仁杲似乎也明白自己的弱点，生怕时间久了会生乱，于是抢先发动进攻，试图把内部矛盾转化成外部矛盾。他的运气不错，击败了唐朝的秦州守军，包围了泾州并杀死了守将，还以诈降计夺取了陇州。

吃掉这么多州县之后，薛仁杲的肚子有点撑了，他的攻势停了下来，打算好好消化一下再战。

第八章　李渊的进击

第一副本：西秦

然而李渊怎么能由着薛仁杲慢慢消化，他想要的可是让薛仁杲把地盘吐出来啊。要是你爹还在的话，我可能给他点面子，现在你爹都挂了，我可就不怕你了。就在薛仁杲暂停攻势的时候，他已命令李世民再度挂帅，率军出征了。

武德元年（618年）十一月，李世民抵达了已落入敌手的高墌附近，在这里修起坚固的营垒。

他清楚地记得，上次自己一时疏忽铸成了大错。这一次，他不会再犯那样的错误。父债子还，他要打败薛仁杲，为死去的战友们复仇！

薛仁杲闻讯之后，立刻派大将宗罗睺前来邀击。但令宗罗睺颇为失望的是，尽管他多次临阵挑战，李世民始终坚壁不出。看起来还在继续之前的流氓战术。

这可如何是好，总不能这样由着你耍下去吧？

失望的并不只是宗罗睺，唐军的将领们也按捺不住了，相约来到了主帅大营，怀着十分冲动的心情求出战。

"大王，给他们点厉害瞧瞧！"

"大王，我们要为死去的战友们报仇。大王，您就下令吧！"

但李世民回应他们的只有沉默。

等大家将所有的理由都要说完之际，这个二十出头的年轻人才慢慢从席位上站起身，下了一道让所有人都不敢再说的命令。

"敢言战者，斩！"

将士们都愣住了，为什么想出战还要处斩，难道就这样当缩头乌龟？但军令一出，也只能闭嘴。他们都知道，主帅年纪虽小，可向来是言出必行的。

可是李世民为什么不肯出战呢？他难道就不考虑将士们的感受吗？就不想报仇？

当然不是，他之所以不出战，并不是因为胆怯退缩，也不是不想报仇，而是明白现在还不是时候。

近日来西秦军队士气太旺了，连连获胜，个个都摩拳擦掌想接着胜，要是在这时和他们交战，就相当于拿着石头碰石头，伤敌一千自损八百，胜了也不划算。所以李世民才要坚守不出，挫败敌人的锐气，等他们疲劳懈怠变成了鸡蛋，而你仍然是那块石头。这时候找到破绽，一块石头抢过去，才能打碎他们。

然而要等多久呢？六十天。

六十天以后，唐军大营里迎来了前来投降的西秦士兵。

李世民明白，敌军内部已经将士离心，出现混乱了，再掐指一算，他们的粮食估计也要吃完，于是派部将梁实到附近扎营，诱敌出战。

扎营的地点还是位于浅水原——这个上次两军对垒的地方。

宗罗睺的动作很快，他早就想打了。发现梁实部的动向以后，立即指挥全部兵力发起进攻。梁实也很顽强，排兵布阵，扼守险要，苦苦支撑以缠斗宗罗睺大军，两军一攻一守打得胶着激烈，这一战就过去了好几天。宗罗睺大军已现疲态。

这个时候，李世民又抛出了另一个诱饵，将庞玉部增派到浅水原。宗罗睺发现之后，丢下梁实，转而向庞玉发动了进攻。两军之间又是一场恶战。宗罗睺虽凭兵力优势仍占上风，但也比之前更疲劳了。

而李世民此刻正站在大帐里，严肃地对全体将领下达了命令。

"可以战矣！"

随后，他带领唐军主力，出其不意绕到了宗罗睺背后，然后亲率几十名铁骑冲入了敌阵。身后的将士憋了快六十天，怒气值几乎爆棚，现在又看到秦王带头冲杀，当然备受鼓舞，也拼了命向敌人发动进攻。

这个时候，宗罗睺可算崩溃了，他的军队连日不停作战，早都疲劳到了极限。现在又怎能经得起唐军蓄满怒气的背后暴击？

此战之中，凶悍的西秦军被杀得大败，战死几千人，李世民终于在曾经失败的地方报了一箭之仇。

浅水原，这是一个复仇的地方。死去的将士们，你们可以安息了。

宗罗睺失败之后，带着残部去折墌城找薛仁杲。

可李世民哪有那么容易甩掉，马上挑选一部分精锐，火速追击到这里。

看着宗罗睺狼狈的样子，薛仁杲这个新生代变态杀人狂也是一阵胆寒。但敌人都追到城下了，总不能由着他们在自己地盘上撒野吧。如果不把唐军打败，恐怕自己就得去老爹那里报到了。虽然薛仁杲十分想念老爹，但总不会愿意这么快就见到他。

他带领大军出了城，隔着大河排兵列阵，准备与唐军决一死战。

可意外的是，战斗尚未开始，就有一批将士跑出阵列，游过河去，投降了唐军。

这真的不能怪将士们吃里扒外，实在是薛仁杲这家伙为人不行，平时对大伙儿就不好，没事儿就又打又骂的，现在又惹来了指定打不赢的唐军。人家又何苦再给你卖命？

这条河没加盖，大家向往自由民主的大唐！

薛仁杲见状大惧，退到城内固守。可这一守倒省事儿了。这天傍晚，陆续到达的唐军后续部队就在李世民的指挥下从容包围了城池。看到薛仁杲已成了一只瓮中之鳖，当天晚上，守城的士兵也一个接一个下来投降。

此时的折墌城外可算四面秦歌了，但凡腿脚还利索的，都想着奔城外去。薛仁杲明白，人心散了，队伍没法带了。第二天天一亮，他也出城投了降。

此一战宣告了西秦政权的灭亡，薛仁杲手下一万多精兵，五万多人口全部沦为俘虏。随后，薛仁杲、宗罗睺等几个首要分子被押往长安斩首，其余一概不问，全部赦免。

薛仁杲被平定得实在太快了，快到在他被杀的那一刻，老爹薛举都还没来得及安葬。

西秦这个强悍善战的政权，就这样成了唐朝一统天下道路上刷掉的第一个副本。

老李与小李

武德元年（618年）十月，就在唐王朝西讨薛仁杲接近尾声的时候，长安城迎来了一群不速之客。

这群人骑着高头大马，操着关东口音，穿着打扮都很落魄，却个个透着一股趾高气扬的神气。领头那个瘦小的年轻人，眉宇间更是有一股难掩的英气。但负责接待的官员对他们并不客气，也没有献个花儿、奏个乐的，而是以冷言冷语、冷茶冷饭来招待。但是，这帮关东人似乎没有感觉到主人的冷落，仍然自顾自地吃喝喧哗，一点也不把自己当外人……

李密来了。

自从邙山败于王世充之后，单雄信便在偃师勒兵自据①，背叛了他。李密不得不退往虎牢关，但驻守此地的邴元真也已经和王世充暗通款曲，李密也无法入关。当然了，这也不能全怪邴元真，他的老婆孩子都被王世充抓了。

此时，裴仁基、秦叔宝、程知节、罗士信等人已经与大部队失联，无奈之下投靠了王世充。

于是，李密只能和剩下的残兵败将们商议今后的办法。

他想去黎阳找李勣。

可手下劝他说：主公你忘了当初是怎么杀翟让的了？那时候李勣也差

---

① 勒兵自据：勒兵，治军、操练或指挥军队。勒兵自据，擅自拥兵，不听号令。

点被干掉，现在去他那里能靠得住？

李密又想去河北。那里南有黄河，北依太行，东边重镇黎阳，等形势好点了再卷土重来，成败还未可知呢。

可是这些人却觉得军队刚刚失利，再去河北那么老远，恐怕大伙不愿意，也七嘴八舌地反对。

决战惨败、亲信反水、将士离心、走投无路，一股忧愤沮丧至极的情绪窜入了李密的胸膛。万念俱灰之下，他抽出了佩剑。

"孤道穷矣，当自刎以谢诸位！"

剑光还未闪及他的脖子，已被王伯当劈手夺下，扔到了地上。

这个忠实粉丝一句话也没有说，抱住李密就开始哭，一直哭到昏死过去。众人见此情景，也都跟着一同泣下（伯当抱密号绝，众皆悲泣）。目前的情形，真的有些绝望啊。

哭罢之后，李密沉默了很久。

最后，他说出了一句大家最爱听也最想听的话：

"我们去关中吧。"

将士们安静了，几十双沾着泪花的眼睛齐刷刷看向了他，那眼神里闪现的竟然是渴望。

关中的主人是前朝唐国公李渊，身份高贵、根正苗红。他手下谋臣如雨、战将如云，是目前群雄中实力最强、威望最高的一支力量。对这些无家可归的人来说，投靠李渊可谓最好的选择，大家都可保荣华富贵不说，运气好点还可能当个从龙功臣呢，那真是求之不得。

但是，这话明明正中他们的下怀，却没有一个人敢首先表态，因为在这种场合下表这种态，实在有点尴尬。

一个叫柳燮的人打破了僵局，他虚伪地笑了两声。"明公和唐公是同族，而且早有交情。虽然没有联手作战，但也是在洛阳替他挡住了隋朝大军啊。唐公轻易夺取了关中，这怎么说也有明公的功劳吧。依我之见，不如大家就一起去投奔唐公吧。"

有人开口就好说了，大家都打开了话匣子。

"对啊对啊，说得有道理，一起去吧。"

"同去同去。"

屋里充满了快活的空气。

李密没有看这些所谓的"战友"们，只是转过头看向了王伯当——这个可能已是自己唯一的朋友："你也要去吗？"

王伯当出身关东世家大族，家大业大、田宅众多，在场的所有人包括李密本人看来，他是断然不会轻易离开的。

但王伯当站起来，表明了自己的决心。

"不用多说了，只要能跟随魏公，就是身分原野，我也在所不辞。（纵身分原野，亦所甘心！）"

于是，李密提笔给李渊写了一封信，得到准许后，他带上两万部众，日夜兼程来到了长安。

但谁也没有想到，王伯当所说的"身分原野"却在不久的将来一语成谶。

李渊对李密的感情很复杂，从起兵以来，他就很欣赏这个血气方刚、年轻有为的小李兄弟，在李密身上有一种年轻人独有的闯劲儿和锐气，而这正是他这个五十多岁的老人缺乏的。而且李密的曾祖父还是自己祖父的同僚，这层关系也让他对李密平添了几分亲近感。虽然，李密当初狂妄地在自己面前耍过威风，但又有哪个人没有年少轻狂过呢？年轻人狂妄，反而是有理想抱负的表现呢。不过，欣赏归欣赏，或许正是因为欣赏才更加了解。在内心深处，李渊也一直把这个年轻人当作自己争夺天下的对手。李渊明白，尽管李密失败了，他身上仍有很大的能量，在关东地区仍有非同小可的影响，只要这个人存在一天，就会产生一天威胁。所以，他对李密要时刻提防。

无论在何种情况下，政治家的头脑都应该冷静。李渊更深切地懂得，李密失败前来投靠，是一次难得的机会，自己应该抓紧加以利用，接收他的力量。

此时的瓦岗军是一种什么形势呢？群龙无首，组织涣散，除了一部分归顺王世充以外，剩下大部分都听了李勣的号令。李渊于是任命同来的魏征为秘书丞，让他陪着李神通去招抚李勣。

在魏征的劝说下，李勣决计归唐，派遣手下郭孝恪来到了长安，又运输粮草慰劳李神通。

不过，身为李勣使者的郭孝恪来到以后，却没有按照惯例向李渊汇报工作，也没有给朝廷有关部门交个报告总结，就是悄悄给李密送了一封信。

鬼鬼祟祟的，只见李密不见我，这是什么意思？李渊觉得不对劲儿，召见了郭孝恪，质问他的来意。

"你来长安究竟有什么目的？"

郭孝恪听后，面色自若地解释说，自己这么做并不是不尊重朝廷，也不是有什么不可告人的目的，而是临行之前，李勣已经嘱咐过自己。

"这些土地都是魏公所有，如果我上表奉献，是贪为己功，这样我是深以为耻的。所以我才要把写着郡县户口兵马数目的书信送给魏公，让他亲自献给陛下。"

得知事情的来龙去脉之后，李勣在李渊心目中的形象瞬间变得高大起来，他因此大为感叹："徐世勣不背德、不邀功，真纯臣也！"

随即下令赐他姓李（徐世勣就是在这时候变成李世勣的，距离变身李勣还有一次机会），封黎阳总管、莱国公。任命郭孝恪为宋州刺史，与李勣共同协助李神通经略关东。并且委任两人以人事大权，可以自行选拔任用各级公务员（所得州县，委之选补）。

通过招抚李勣，唐朝几乎全盘接受了瓦岗军在中原东部的力量，势力急剧膨胀。

李密的大将李勣就这样成了唐朝的臣子，小李算是被老李狠狠占了一次便宜。但老李对这个便宜似乎不太领情，原因就如我们前面所说的，对这个年轻人，他无时无刻不提防。占了便宜又怎么样？仍然要提防。

于是，表面看上去，李渊把表妹独孤氏嫁给了李密，一如既往和他攀着亲戚（常呼为弟），封了上柱国、邢国公，但暗地里却没有给他一点权力。

除了那些虚有其表的勋位爵位，李密的实际职务只是一个光禄卿，这个职务是做什么的呢？是负责宫中膳食的，说到底就是个食堂管理员，对这样的结果，李密当然深以为耻。

但这还不是最可耻的，就是在这样人微言轻的岗位上，他也干得很不顺心，经常受到唐朝大臣的奚落。哟，这不是魏公吗？饭做好了没有？大家等着你上菜呢。更有甚者，觉得这位外来客好欺负，公然向他索贿。

这可真是虎落平阳被犬欺，落毛的凤凰不如鸡啊，老子在关东的时候，称孤道寡，一呼百应，哪受过这个鸟气？李密因此整日郁郁寡欢，牢骚满腹。

当初来投唐的时候，虽然他不是那么情愿，但打定主意之后还是满怀过希望的。

"我拥众百万，一朝解甲归唐，关东还有数百座城池，若是将士知道我在这里，派人去招降也会全部归顺。这功劳比起窦融都差不多少吧？唐公要是高兴起来，还不得给我个宰相当当！"

当不成魏公就不当吧，凑合凑合当个一人之下万人之上的宰相也是可以的。这些话才是李密的本意。可没想到现实却如此的嘲讽，他竟然沦落到了如此田地。

英雄末路

在一次朝会的时候，食堂管理员李密又一次在众目睽睽之下履行了职责——贡献食物。朝会结束之后，他终于感觉耻辱到无法容忍了，于是私下找到王伯当发牢骚。伯当啊，我在这里可算受够了。

哪知王伯当对当下的境遇也一肚子怨气。魏公，你受够了，我也早忍不了了。我们离开这儿吧。李勣在黎阳，张善相在罗口，我们去找他俩，天下大事，还有机会。

李密听后大喜，和王伯当商量找个理由离开长安。

这是一个什么理由呢？他忐忑不安地找到李渊，说了出来。

关东群雄多未归附，可他们很多都是我的旧部。如果陛下派我去说服他们，一定可以成功。然后回过头来收拾王世充他们，一定会易如反掌。

这个理由实在很有诱惑力,关东那么多地盘,那么多精兵,那么多人口,如果能不战而下,谁会忍心拒绝?谁都不能。

于是李渊不顾大臣们的劝阻,痛快地答应了。

临行那天,李渊亲自在宫里给李密摆酒饯行,他斟了满满一大杯酒,递了过去。

"我今天和你说句心里话,有人可不想让你走。但是大丈夫一诺千金,我没有听。你只管去吧,去了好好建功立业,为兄等你的好消息。"

李密面色冷峻,恭敬地接过酒杯,一饮而尽。

李渊就平静地看着他,面无表情。

然后,李密带着入关时的两万军队辞别李渊,离开了长安,直奔关东而去,王伯当、贾闰甫(秘书,男)等人也一同随行。

十二月的冷风如刀,李密却不觉得冷,这不是因为他喝了酒暖和,而是因为心里高兴啊。在这冷风的吹拂下,他觉得周身都变得轻快了,就像一只挣脱牢笼的鸟,即将飞到关东那片广袤的天空。

天下事在我掌握中,卷土重来未可知!关东的兄弟们,我们还有机会!

但刚刚启程不久,朝廷就传来了命令,要李密把一半人马留在华州,只能带剩下的一半出关。李密对这个命令有些不快,但能带上一半也总比没有强,于是留下了一万人,带着剩下的一万继续前进。

可等他们走到稠桑(今河南三门峡)附近的时候,却又收到了朝廷另一道命令——召李密单骑入朝,听候节度,其余军队慢速前进。

和前一道命令比起来,这一道就有些匪夷所思了,要说留下点兵力还可以理解,可召人单骑入朝是怎么回事呢?说得好好的是要我去建功立业嘛,怎么到头来又搞这一出?此时的李密脑海中浮现的都是斩草除根、赶尽杀绝之类的成语。他怀疑,这是李渊的圈套。

事实也的确如此,一个跟在队伍中的人早就察觉了李密的异样,深恐他作乱受到牵连,于是秘密上表汇报了他的动向,并十分肯定地说——李密必反。李渊听后,也对自己的决定后悔了,于是下了这道看似不痛不痒、事实上却可能把他置于死地的命令。

两个姓李的英雄在此开始了暗中角力。

李密知道，自己是无论如何也不能回去了，此番一去，恐怕就再也回不来了。于是跟大家说：唐廷无故召我回去，一定是在猜疑我。为今之计，不如袭取附近的桃林县，收缴兵粮，渡过黄河北去。

这道命令确实居心叵测，李密回去了也可能遭遇不测，但目前的形势毕竟不太明朗，贸然在人家地盘上反叛，似乎有些莽撞。

贾闰甫对李密的计划不以为然，劝谏说："我们投靠了唐朝，就应该听人家的号令。何况主上对您非常好，您怎么可以作乱呢？唐朝军队就在附近，您早上起兵，晚上他们就能赶到，拿下了桃林又有何用？朝廷叫您回去，您回去便是……"

贾闰甫这话不能说是恶意，但在这种情况下叫李密回去，似乎也不太通人情。

于是李密的情绪就可以理解了，他打断贾闰甫的话，咆哮起来。"主上让我和那些小吏同列，是对我好？唐廷无故召我回去，你就让我回去？他姓李，我也姓李，他得了关中，我为什么不能得到关东！我一向把你当作心腹，你怎么能这样对我！"

看到主公发火，贾闰甫流下了眼泪："明公啊，您虽然也姓李（桃李子），但世道已经变了，现在海内分崩离析，人人都想独断专行。何况您又是逃亡之身，就是逃出去了，谁还敢听您的调遣？再说了，自从您杀了翟让以后，大家都说您弃恩忘本呢，谁还肯把军队交给您？"

贾闰甫，你说得太多了。这些话虽然句句都是实情，但对此刻的李密来说，却句句都像刀子一样直戳心窝。别的不说，杀翟让这句，就已血淋淋地揭开了他最忌讳的伤疤！

李密无法控制情绪，拔出佩刀，向他砍去。王伯当等人上前苦苦拉住相劝，方才让他住手。但是贾闰甫却对李密失望了，当晚就逃到了熊州。

李密还是执意要攻打桃林县，他就像一个输红了眼的赌徒，不顾一切地把自己的前途和性命压在这个小小的县城上，任谁规劝也无济于事。

王伯当也知道攻打桃林是没有意义的，可眼看李密不可能回心转意，也只能跟从。

"义士的志节，不因生死而改变。您一定不听，伯当和您一同死就是了，就是怕死了也徒劳无益啊。"（义士之志，不以存亡易心。公必不听，伯当与公同死耳，然恐终无益也。）

李密看了一眼王伯当，没有说话。

他将手中的诏书一条一条撕碎，然后杀掉了唐朝的使者。

十二月三十日，李密一行来到了桃林县城。

他独自一人，大大方方拜访了县令：朝廷下令让我回京，但是路途有点劳累，就让家人在县衙住两天吧。

县令同意了。

得到准许之后，他火速挑选了几十个剽悍的战士，穿上女装，戴上面罩，谎称是随行的妻妾家眷，大模大样住进了县衙。可片刻之后，这些妻妾却脱下了女装，露出了明晃晃的铠甲，手持利刃冲出了大门。他们逮捕了县衙的大小官员，抢占了县城。

这次行动做得干脆利落，毫不拖泥带水。李密，还是从前的那个李密。

随后，李密在当地放出了风，声称要直奔洛阳，暗地里却悄悄来到了附近的熊耳山。熊耳山是秦岭东段的支脉，越过这里就可以抵达伊州（今河南汝州），那里有瓦岗旧部张善相驻守，李密正打算去和他会合。

这是他的声东击西之计。

冬天的熊耳山满目荒凉，阴沉的天空下不见人影，寂静的山谷中只能听见北风过往的声音，以及时而传来的几声鸟叫。李密带领队伍，沿着陡峭的山路徐徐前进。脚踩在厚厚的冰雪和落叶上，发出咯吱咯吱的声响。

"只要翻过这座山，前面就是中原。"李密暗想。

一边想着，队伍行进的速度渐渐慢了下来。可是突然，一支冷箭划破天际，鸣叫着直奔队伍而来。他旁边的士兵都没来得及呼救一声，就扑通一声倒了下去。

李密惊讶地抬眼望去，只见唐军伏兵从山的角角落落里闪现出来，他们挥舞着血红的旗帜，身着亮得刺眼的铠甲，手持寒光闪闪的刀枪，像潮水一样漫山遍野直扑过来。

箭如飞蝗、矢如雨下，掩护着军队迅速逼近。

李密没有想到这样的结果，只能僵硬地挥着手中的武器，指挥军队撤退。

然而唐军的速度却出奇地快，他们猛烈地向前冲击，把李密的队伍拦腰截断，首尾不能相顾。

唐军越来越近了，两军开始短兵相接，紧接着就是混战。

混战中，李密的战友一个接一个倒下。

混战中，他的体力渐渐不支。

混战中，一把快剑穿透了他的胸膛。

那一刻，李密只觉得天旋地转，耳朵嗡嗡作响。他用难以置信的眼神看着胸前这把剑和流出的血，却感觉不到丝毫痛楚，只是麻木。然而痛感很快就袭来了，锥心般的刺痛从胸口向全身蔓延，一直到了手指尖和脚趾弯处。

他的身体重重地倒在干冷的地上，砸起一片雪花和沙土。

眼前的厮杀声渐渐远去了，李密挣扎着抬起了头，睁大眼睛，向着东方望去，那里有他朝思暮想的东都洛阳，还有百战身死的瓦岗兄弟。三十七年的回忆像默片一样在脑海中闪过，功名利禄都在此刻化为尘土。

一个士兵走过来，挥刀砍下了他的脑袋。

李密死了。

此战之后，他的脑袋被传到长安。

王伯当也享受了同等待遇，真应了他投唐前的那句话"身分原野"。

李密就这样死了。然而，这支杀死他的唐朝军队是从哪里来的呢？他们又是怎样知道他的行踪的呢？

其实，驻守熊州的唐将盛彦师得知李密袭取桃林县城以后，就猜到了他声东击西的企图。

按照常理推断，凭借他李密那点有限的兵力，直取洛阳是不可能的。

他最好的办法就是从小路悄悄出关，然后再图进取。而在关口的附近襄城就有他的旧部张善相镇守。因此，盛彦师料到，李密一定不会直取洛阳，他真正要做的就是要穿过熊耳山去找张善相会合。除此以外，再没有别的道路可走。

于是盛彦师当机立断，派兵抢占了熊耳山的出山要道，并埋伏下了弓箭手，只待李密来自投罗网。

螳螂捕蝉、黄雀在后，聪明一世的李密就这样栽到了盛彦师手里。

盛彦师也不愧是一个机关算尽的鬼将，不仅熟读兵法，还深谙人情世故以及心理学。死在这人的手上也不算冤枉。

收到李密的死讯，李渊的心情可谓"且喜且怜之"，喜的是这个心腹大患终于剪除了，怜的是这个难得一遇的对手就这样死了。突然失去了对手，他甚至觉得有点孤独。可无论如何，李密都是反叛自己被杀的，这就为他的死作了一个官方定论。

于是李渊下令，把李密的首级传到四处展览，以儆效尤，这颗首级辗转到达了黎阳。

驻守此地的正是李勣。

他已经接受了唐朝的招抚，跟了李渊的姓，按说是不该对故主再有旧情的，但李勣没有掩饰自己的悲痛，当着使者的面大哭起来。

李勣的心里太苦了。

他以前曾无比忠心李密，现在也无比忠心李渊。为了尽忠，他努力想让李密和李渊和平共处，于是把自己所辖郡县的表书都交到李密手里，让他亲自献给李渊，以博取在唐朝立足的政治资本。李勣是那么满怀期望，希望自己做好主公的纯臣，也希望主公做好唐朝皇帝的纯臣。但事情偏不遂人愿，他的一片苦心换来的却是李密叛乱的消息和一颗首级。

主公的主公杀了他的主公，李勣悲伤得不能自已，痛苦无人可以诉说。他还能说什么呢？就让他痛痛快快地哭一场吧。

但纯臣就是纯臣，即便叛贼李密该死，那也是他原先的主公。哭完之后，李勣没有忘记一件事情——为故主收尸下葬。这在当时要冒着极大的政治风险，甚至可能招来灾祸，但他仍然向朝廷上了一封奏疏，提出了这个请求。

李密生前最不放心的人，却是对他最忠心的人。如果李密泉下有知，不知该作何感想。

李渊爱惜李勣的忠义，痛快批准了他的请求。

于是李勣全军缟素，以君臣的礼节为李密发丧，葬在了黎阳山南。李密生前很得军心，葬礼那天，全体将士都齐声痛哭，许多人甚至哭到呕血。

一代英雄不是死于沙场，而是以这样悲凉的结局退出了历史舞台，实在让人哀叹。许多后人以为，如果李密失败的时候，能去黎阳与李勣汇合，或许隋唐之际的历史就真要改写了。

然而，历史没有如果。

李密是一个悲剧英雄，也是一个有缺点的英雄。他有很出色的能力，但是在很多事上还不够成熟，我以为，他缺少的那样东西叫理智。如果说杀翟让和攻打宇文化及是他不得不做的选择的话，那么轻视王世充的实力就太大意了，失败之后投靠李渊更是犯了大忌。对李渊这样老谋深算的人来说，他怎么可能不防备你呢？你去他那里，怎么可能当上宰相？李密从决定归唐那一天开始就错了。

但话说回来，李密的奋斗经历和他麾下的瓦岗军还是值得大书特书的。他给予了隋王朝重大打击，他造福过无数的黎民百姓。虽然唐朝是李渊缔造的，但唐朝作为一个时代，也是属于李密和他身后那些千千万万的瓦岗将士的。

在这个时代里，他们并不是无足轻重的过客，而是时代车轮的驱动者。

和其他的末路英雄一样，李密和他的瓦岗军，永远都是历史上浓墨重彩的一笔。

又平了一个小李

李密死后，李勣的心就彻底属于大唐了，从此忠心耿耿地为朝廷镇守黎阳这个中原最东部的边界重镇。他以一己之力抗击宇文化及和窦建德重兵的轮番围攻，成为了唐军在华北平原插向敌人心脏的一把尖刀。

这时的山东战场，各派势力犬牙交错，形势十分复杂。

宇文化及称帝之后，又从魏州夺路东逃，龟缩到了聊城。虽然他已经穷途末路，不值得大动干戈，但他从隋朝皇宫搬走的很多宝贝却让人看着眼红。单是他手里那件价值连城、独一无二的东西，就足以让人拼了老命去打一仗——传国玉玺。对这件宝物，各路义军无不垂涎三尺，唐军和窦建德也不例外，他们都想把宇文化及灭掉，接收隋帝国最后的遗产。

幸运的是，唐朝抢得了先机，李勣的顶头上司——山东道安抚大使李神通已经先和宇文化及交手了，他们包围了聊城，眼看已经胜券在握。

内外交困之下，宇文化及请求投降。

但出人意料的是，李神通断然拒绝了。他的理由是大军征战在外，要抢敌人的东西犒赏将士。要是投降了，还有什么理由去抢劫？

副手崔干被他这神奇的脑回路惊呆了，又惊又气地反驳说："可是窦建德的大军也快来了，如果我们不快点打败宇文化及，到时候就腹背受敌了。您身为主帅，怎么能贪图财物，不顾大局呢！"

你竟敢说我贪财？李神通被惹恼了，大发雷霆，把崔干关进了牢里。一个当主帅的，心胸狭窄到这程度，实在太任性了。

但就是在这样的情况下，李神通也曾经差点打下聊城。

问题是，那天首先登上城墙的，是他平时特别不待见的一个将军赵君德。私心自用的李神通生怕自己讨厌的人抢了头功，在大好形势之下，竟然鸣金收兵。

战场之上，军令如山，纵使赵君德军明白是李神通搞的鬼，一百个不愿意，他也只能从城墙上下来，然后大骂着返回了军营。

李神通真是名为神通，实则狗屁不通。

不久之后，窦建德果然大举而来，不仅打下了聊城，还把宇文化及和一帮弑君同伙一锅端掉，统统砍了脑袋。宇文家族的成员，只有弟弟宇文士及因为没在场躲过了一劫。

李神通失败之后，不得不退兵到黎阳，去找李勣帮忙。但是俗话说，兵熊熊一个，将熊熊一窝，有了李神通骑在头上指挥，神机妙算的李勣也不顶用了，黎阳也很快被窦建德打下。

李神通、同安公主（李渊的妹妹）、魏征，还有李勣的父亲徐盖，都被窦建德俘获，为了保住父亲的命，李勣也在万不得已之下违心投降了窦建德。

好在窦建德此人做事比较仁义，对李勣比较信任，也没有虐待战俘行为，对李神通等人仍然好吃好喝地招待着，唐军才不至于败得太难看。

山东战场的大好形势就这样葬送了，有点不应该。但客观来说，这不是唐朝的战略重心，输了也不至于影响全局。而且，李渊对山东的形势既不甚了解，也鞭长莫及，对李神通等人倒也没有太怪罪。

总体来看，唐朝现在的形势还算差强人意，薛仁杲死后西边的敌人灭了，李密死后东边最强的敌人也完了。至少李渊的两翼算是安全了。

不过，在他的"十点"方向，还有一支有待发展的李姓队伍——李轨。

李轨此时的身份是凉国皇帝，地盘在凉州，他称帝也有些日子了（隋末唐初，姓李的皇帝何其多也）。

虽然李渊和李轨除了都姓李以外，没有任何血缘关系以及共同爱好，但是由于他们都很讨厌的邻居薛举，两人曾非常肉麻地论起了兄弟。

那一天，李轨收到了李渊哥哥的亲切问候（李渊在信中称呼他为"从弟"），一股暖流涌上他的心头，继而又逆流而上到了脑部，就是俗话说的脑子进了水。

李轨这个人经不住客套，属于那种别人敬他一尺他就敬人一丈，别人给他敬个礼他就想给人磕个头的人。李渊叫他弟弟，他就过意不去了，居然一冲动就纳表称了臣，还把自己的亲弟弟送去长安当官，旗帜鲜明地表示归顺。

李渊很高兴。能不高兴吗？白捡的便宜傻子才不占。

不过，得到这意外的好消息，李渊心里也觉得有点不踏实。

天上掉的馅儿饼要立刻收好，煮熟的鸭子也要防着它飞了。

为了防止李轨反悔，他立即下了诏令，封李轨为凉王、凉州总管，还赏赐了一套朝廷的豪华公车和流行的宫廷乐器（羽葆鼓吹），非常隆重地送到了李轨的家门口。

这样你就无法拒绝了吧。

然而事实证明，冲动之下做出的决定实在不值一哂，任职通知收到以后，李轨果然犯了嘀咕："我这个哥哥确实厉害，连京师长安都占了，但我本来也是皇帝呀，现在降级成了王，是不是有点吃亏？"

主人一嘀咕，下属就会投其所好，一个谋士马上告诉他，陛下，李渊是皇帝，您也是皇帝，一个皇帝是不能当另一个皇帝的官儿的。如果您觉得李渊有前途，将来能一统天下，不得不以小事大，那我们可以效法萧梁的故事呀。①

"嗯，言之有理。"但出尔反尔也有点说不过去。

思来想去，他找到了一个自以为两相兼顾的好办法。收到礼物之后，按例是要回信表示感谢的。于是在给李渊的回信中，他亮出了自己的底牌，也是拒绝的底牌。

信中落款写的是——从弟大凉皇帝。

李渊气得把信扔到了地上。

"都归顺我的人了，居然还自称皇帝！好个李轨，分明是把我当猴耍！"

但是生气归生气，李渊发现自己对这个人居然一点办法都没有。李轨的老巢凉国地处河西，距长安有几千里之遥，他们南边有吐谷浑，北边有突厥，互相之间都打得火热，邻居之间相互照应非常容易。如果兴师远征，很可能会后勤补给不济，到头来也是劳而无功，一无所获。

眼看李渊只能望洋兴叹了。

朝堂之上，一个人突然说了一句话。

"不如让我去试试吧。"

这个人恭敬地站了出来，他长得很年轻，很帅，看起来像是一个胡人

---

① 萧詧争夺南梁帝位失败后逃到江陵，他和后继者向西魏、北周称臣，但同时却一直保留着帝号。

的后代，很有一点西域帅哥的风采。这个人刚刚归附不久，老家也在河西，算是李轨的老乡。

李渊一下子对他产生了兴趣。

"你需要多少人马？"

可年轻人的回答却让他出乎意料。

"我一个人就够了。"

李渊惊讶地揉了揉眼睛，我没听错吧？年轻人好高骛远可以理解，想不开也没事，但送死可就不值得了。而且，我可一向不喜欢说大话爱吹牛的人。李渊的脸色又变得阴沉起来。

但这个年轻人仿佛完全没有注意到李渊的表情，不慌不忙地解释道：

"我家世代居住在河西，是当地的大族，光是我的兄弟，在李轨朝廷里担任要职的就有十几个。此番我去劝说，一定能成功。"

"如果他不听呢？"

"那就要他的命。"年轻人干脆利落地回答。

看着这个年轻人坚毅的眼神，李渊感到他似乎不是在吹牛，也不是在开玩笑，在这个人并不强壮的身体里似乎蕴藏着一种不可思议的力量。多年识人的经验让他冷静下来，在那一刻他做出了决定，不如让他去试试吧。

于是，这个年轻人在大家满腹狐疑的目光中上路了。

半年后，长安城收到了一份快递，大号的。

里面装的正是李渊的冒牌弟弟李轨。

这个立了功的年轻人叫安兴贵。到达河西后，他劝说李轨投降未果，便说服自己的亲朋好友起来造反，由于家族太大，一不小心就拉走了大半个凉国的人，然后他就带着这些人和李轨开战，这一战居然节节胜利，直接把李轨揍到招架不住，最后不得不出城投降。

安兴贵这个人实在是霸气侧漏，几乎仅凭三寸不烂之舌就灭了一个国。这在历史上是非常罕见的。

多年以后，他有一个叫李抱玉（李是赐姓）的曾孙将会在平叛安史之乱里崭露头角，我们会讲到他。

独孤求败的隔壁老王

老李平定了两位小李之后，关西地区已经尽归唐朝，天下富庶要害之地已有半数收入囊中，唐朝的实力越来越膨胀。

在这种情况下，老李就不可避免地和一个人打上了交道——老王，王世充。

自从打败李密之后，王世充就消除了家门口的心腹大患，放眼中原望去，他已然成了独孤求败一样的存在。

王世充就像一只斗胜的公鸡凯旋回到了东都。皇泰主杨侗为他举行了盛大的欢迎仪式，洛阳街道张灯结彩，洛阳人民载歌载舞，喜迎王将军得胜归来。

王世充带着从李密那里抢来的珍宝、财物以及招抚的猛将士兵十几万人，浩浩荡荡开进了城。他们整齐划一地排列在皇宫门前的阙楼之下，接受皇泰主杨侗的检阅。

很快，"德高望重"的王世充被任命为了太尉、尚书令、督内外诸军事等显赫职务，再加上此前的吏部尚书、郑国公，他已经俨然成了东都朝廷的顶梁柱，下一任皇帝的接班人。

一般来说，阴险狡诈的人往往爱慕虚荣，而王世充是个特别阴险狡诈的人，他自然格外爱慕虚荣。尤其当上太尉、尚书令这一串大官之后，他更是把这种性格特点发挥到了极致。

当了大官当然要办点大事，王世充迫不及待在府前立了三块牌子，上面写明自即日起要见三种人，一是有文采的人，二是有武略的人，三是有冤屈的人。

王世充这么做看上去很有积极意义，可以招募贤才，受理冤屈，还能拉近和群众的距离，显得自己很接地气。

但事实却比他预想的严重跑偏了。因为自认为有文韬武略的人是很多的，削尖了脑袋想当官的也不少，有一肚子怨气无处发泄的人更是比比皆是。如果这些人全都涌到了王世充这里，可以想象那是一副什么样的场景。

自那以后，王世充家里就热闹起来了，热闹得跟赶集似的。每天都有成百上千的人过来求官、上访、喊冤、喝茶、蹭饭……时不时还打翻个茶杯，碰坏个座位。

可王世充好像还是很有涵养，一副和蔼可亲的样子，笑嘻嘻地和广大访民嘘寒问暖，拉拉家常。

与王大人交流之后，大家兴高采烈地回去，等着他兑现承诺。可左等右盼，却仿佛石头沉入大海。有的人耐不住了，托关系一打听才发现，该封的官儿没封，该解决的问题也没解决，一切照旧，什么都没有改变。

王世充早就烦透这帮访民了。看到来的人多了之后，他就后悔了。但考虑到社会影响，又不能公然反悔。下个命令让大家别来了，那不显得自己反复无常？于是他只好硬着头皮继续见、继续装。

装完之后，他的任务就完成了。把你糊弄过去，送走了就好。

其实，王世充这沽名钓誉、信口开河的毛病，有些人早就看透了。

儒生徐文远就是其中之一，这个人曾经加入过瓦岗军，瓦岗军失败后又来到了东都洛阳，在这个小朝廷混口饭吃。

他有一个特点，每次见到王世充，必定规规矩矩地行礼。

有人非常奇怪地问他：你在瓦岗的时候，见了李密都爱答不理，傲慢得很，怎么现在见了王世充，却毕恭毕敬，还一脸崇拜的样子，这是什么道理？

对此，徐文远有些冷幽默地解释道：

"人家李密那是君子，礼贤下士，随我怎么样也不会怪罪的；王世充可是个小人啊，朋友熟人都能杀，我怎敢不行礼？"

徐文远的幽默真是把王世充黑了个底儿掉。

王世充的名声已经不怎么好听了，但他自己并不知道。而且他的野心越来越膨胀，最后膨胀到也想当皇帝。尤其是某一天到宫中吃饭回来呕吐不止以后，他愈发怀疑杨侗要谋害自己，从而加快了谋朝篡位的步伐。

自那以后，他就不上朝了，而是整日窝在家里，和亲信党羽商讨如何抢班夺权。

按照权臣篡位的标准流程，他厚着脸皮加了九锡[①]，称相国，假黄钺[②]，封为郑王。与此同时，还让人散布流言，比如某地的黄河水清了、某地的猪学人走路了、哪里的狗会说人话了等，为自己改朝换代制造祥瑞。

几个月后，自以为时机差不多成熟了，王世充迫不及待地指使东都朝廷的一干大臣进了宫，劝皇泰主杨侗禅让皇位。

杨侗这个小孩是天性聪明、能言善辩的，看到这帮昔日的隋臣沦为了王世充的奴才，他扬起脸庞，巧捷地反驳说：

"天下是高祖（杨坚）的天下，如果隋朝气数未尽，禅让这事自然不该提。如果气数已尽，那也用不着什么禅让！你们各位不是祖辈旧臣，就是身居三公高位，竟然能说出这种话来，就不知道羞耻吗？"

听到这番话，在场的各位大臣无不面红耳赤，汗流浃背，有些良知尚存的薄脸皮还当场流下了眼泪。

但是，眼泪又有什么用处呢？在暴力和刀剑面前，从来就没有道理可讲的。而且杨侗毕竟是个小孩子，再聪明也没有经过多少世事。而王世充这种老奸巨猾的人又擅长哄小孩。一计不成，他又派段达等人反复找杨侗软磨硬泡，传达了如下言论。

"现在天下没有安定，需要年长的君主，而您的年纪还太小。"

"等到天下平定以后，俺一定公开把帝位还给您。"

"说话算数，来，咱们拉钩……"

最终，他恩威并施、死皮赖脸地把这事定下了。

四月初七，王世充登基称帝，坐在皇位上接受百官的朝贺，改国号为"郑"。

---

① 九锡：锡 cì，通"赐"。是中国古代皇帝赐给诸侯、大臣有殊勋者的九种礼器，是最高礼遇的表示。

② 黄钺：黄金为饰的斧。古代为帝王所专用，或特赐给专主征伐的重臣。《书·牧誓》："王，左杖黄钺，右秉白旄以麾。"《三国志·魏志·曹休传》："帝征孙权，以休为征东大将军，假黄钺。"

而此时此刻，他的前任皇泰主杨侗已被软禁在了含凉殿。

一个西域的胡人，不远万里来到中原，追求升官发财，渴望功名利禄，策划谋朝篡位，最后竟然当上了皇帝。这是一种什么样的精神？这是"毫不利人专门利己"的精神。

他也用事实证明了自己是一个自私的人、一个卑鄙的人、一个不道德的人、一个完全不能脱离低级趣味的人。

北方"天鸡"刘武周

"你也配做皇帝吗？"

听到王世充称帝的消息，李渊在心里恨恨地骂道。他曾很想去教训一下这个卷毛的丑八怪，唐朝在中原也确实有些部队，要找他约一架并不麻烦。

但这个念头刚一闪过，李渊就悲催地发现，有人并不想给他这个机会。

此后的几天里，他不仅顾不上教训别人，甚至连自身都要难保了。

刘武周动手了。

武德二年（619年）四月，北方传来急报，刘武周率兵两万，联合突厥进攻太原。

这个消息，既在意料之外，又在情理之中，李渊早料到刘武周会动手，但没想到，他来得这么早。

在唐政府钦定的大反贼里，刘武周是唯一一个在诞生方式上享受帝王待遇的人。史书记载，在一个夜色撩人的晚上，他的父亲刘老爷子和母亲赵氏坐在院子里乘凉，忽然看见一个雄鸡一样的东西浑身带着金光飞入了赵氏的怀里，赵氏赶紧拍打衣服，却什么都没有看见。从这一晚她就发现自己怀孕了，最后生下了刘武周。（忽见一物，状如雄鸡，流光烛地，飞入赵氏怀，振衣无所见，因而有娠，遂生武周。）

这个故事很容易让我们联想到天鸡投胎，或者鸡精下凡。不过据史书记载，刘武周头上确实有个类似鸡冠状的突起，似乎更印证了那个传言。

事实证明，这只下凡的鸡精给那个三个乳房的男人添了很大的麻烦。

可能是因为出身不平凡的关系吧，刘武周年轻时比较自负，喜欢结交豪侠。豪侠是什么意思大家都明白，基本就是黑社会、恶性犯罪分子的代名词。他这个习惯很快引起了家人的担忧，比如他哥哥就生怕他交友不慎招来祸害，哪天仇家来绑个票、灭个门什么的，大家都别活了，于是一怒之下把他赶出了家门。

离开家门之后，刘武周并没有觉得难过，反而觉得解脱。自由自在的，多好。当然自由是不能当饭吃的，一个人在外还得生活。于是他后来从军了。因为他当过黑社会，性格好勇斗狠，花钱大手大脚，所以他在战场上很勇敢，也交了很多朋友，混得不错，一路升迁当上了鹰扬府校尉，相当于现在的团级军官。

在李渊起兵之前，刘武周就以一种很不光彩的方式立了门户。他杀掉了屡屡提拔过他的上级领导马邑太守王仁恭，兼并了他的部众，还占有了他的女人。当然自立门户是不太稳固的，于是他找到了一个新主子——突厥的始毕可汗，送了大批珍宝美女表明诚意。

始毕可汗大喜过望，立即封他为定杨可汗（注意称呼），还送了一个狼头纛（dào）。狼是突厥人的图腾，狼头纛就是用狼头作标志的大旗，也就是突厥的国旗。收下这个就相当于成了突厥人的臣仆，说好听点叫伪军，说不好听那就叫走狗（好像都不怎么好听）。

至此，刘武周就成了一个集鸡精下凡、黑社会和汉奸走狗三重身份于一身的人。这样的人是没有底线的，是不好对付的。

李渊知道这个人不好对付，所以自起兵之前到定都长安，就一直把刘武周看作心腹大患。这个大患可能不是最大的，却是最可怕的，因为他处在自己的正北方，不仅居高临下，还有突厥人为后援，没事儿来记闷棍很容易。所以李渊结交突厥人，其实也有借他们的手稳住刘武周的意思。为了再保险一点，他还特意让亲儿子李元吉留守太原，以防不测。

但是，不怕贼偷就怕贼惦记，鸡精黑社会走狗刘武周还是偷偷打了李渊一记闷棍，让他猝不及防、眼冒金星。

李渊很生气，但刘武周的闷棍并没有停下来的意思，而是雨点一般落了下来。

一个人打你一棍子，你肯定会生气，可如果一个人疯狂地打你一百棍子，你可能就顾不上生气，而只有害怕了。

救命！这可能是此时的李渊最想喊出的一句话。

打不死你！刘武周也正这样得意地想着。

我们来看一下这份时间表吧。

四月，李元吉派部将张达抵御刘武周，全军覆没。

六月，李渊派李仲文驰援太原，败绩，李仲文只身逃回。

八月，李渊派最倚重的大臣裴寂出兵，与刘武周大将宋金刚在索原度决战，大败而归。

九月，刘武周攻陷太原，李元吉连夜带着妻妾儿女逃回长安。

十月，刘武周的大将宋金刚南下攻陷晋州，进逼绛州（今山西新绛），占据龙门（今山西河津），攻占浍州（今山西翼城）。

与此同时，夏县暴民吕崇茂自称魏王，与刘武周联合；隋朝旧将王行本据蒲坂（今山西永济北），与宋金刚遥相呼应。

至此，刘武周已经占据了山西的大部分地区，唐朝黄河东岸的据点只剩下晋西南一隅，几乎没了立锥之地，大有把唐王朝的势力全部赶出山西之势。

关中又一次震动了。

刘武周不是薛举，他身体健康、营养良好、没有得病，这次攻击也不会戛然而止，而且看势头只会越来越猛烈、越来越疯狂。

上天似乎没有再一次眷顾大唐。本来，李渊正处在事业的上升期，南征北讨十分风光，可现在突然之间就到了连山西老家都要沦陷的地步，自起兵以来，他还从没遇到过这样严峻的形势。

李渊的心里真的慌了，他的慌乱并不单纯是因为刘武周的突然袭击。敌人虽然可怕，但只要自己内部团结、政治稳定，也不是不可抵挡的。

但坏就坏在，此时唐朝的政坛恰好是不团结不稳定的，就像经历了九级地震，刮了十二级台风——刘文静被杀了。

第九章　王牌回归

"寂""静"之争

刘文静被杀了，杀他的人正是李渊。

刘文静不是李渊的好朋友吗？自打起兵以来，他对内料理政务，对外出使突厥，而且一路攻城略地，为李唐政权立下汗马功劳。怎么突然之间就被杀了？

表面原因很简单，因为裴寂是李渊更好的朋友，而刘文静恰好惹了裴寂。

李渊和裴寂的关系太好了，好得就像一个人一样。从在太原开始，两人就天天一起花天酒地，到了长安之后，更是"如胶似漆"。李渊不仅让他当了右仆射（宰相），还赐给他铸钱的经济特权，有一次居然还让妃子带着美食宝物到家里陪他玩，次日方才返回。至于其间发生了什么，李渊连问都不问。

当时皇帝上朝是坐在床上的，那时的床和现在相比，款式、用途都不太一样，不仅可以用来睡觉，平时也可以当座位。李渊上朝的时候，就经常口中亲切地喊着"裴监"把裴寂拉过来一块坐。之所以叫"裴监"，是因为裴寂早年当过晋阳宫监，李渊对他已经宠爱到连名字都不舍得叫了。

这实在是有点过头了。

刘文静看不下去了，他吃醋了。

在刘文静的心里，他和裴寂应该是一个级别的对手，享受一个级别的待遇。

裴寂和李渊是老朋友，刘文静结识李渊也不算晚。李渊起兵的时候，裴寂是长史，刘文静是司马，也是旗鼓相当。在唐军南下长安的一系列战斗中，裴寂没有太多亮点，刘文静反倒立下了很多军功，出使突厥借兵买马，攻打河东城，招降屈突通等，这功劳在唐朝文武里排第一都没人有疑问。

但是，没想到呀没想到，李渊居然偏心到这种程度，实在是气得自己牙痒痒。

我到底哪一点不如他？！

但说一千道一万，胳膊拧不过大腿，也不可能去拧大腿，刘文静是不能和皇帝较劲的。

他只能把火气撒到裴寂头上。

某日的朝会上，刘文静又一次看到李渊和裴寂一起坐在了床上，谈笑风生、"卿卿我我"，只觉得心里一股无明业火腾腾乱跳，按捺不住。

他腾地一下站起身，向皇帝启奏。

"陛下君临天下，率土之滨莫不是您的臣子，但您现在却当着我们的面这么做，是不是有点不分贵贱之序？"

是啊，陛下您老和裴寂坐在一块，我们这些大臣拜的到底是皇帝还是裴寂呢？

李渊明白刘文静的意思，面不改色地劝解道：

"刘爱卿这是哪里话？昔日严子陵把脚加于光武帝腹上不也没关系嘛。今天诸位大臣都是名德旧齿，平生亲友，何必要在乎这些小节？这件事你就不要再提啦。"

李渊口中所说的严子陵，是光武帝刘秀的故交，据说刘秀当皇帝以后曾把严子陵请到宫里来，两人一同睡觉，谁知严子陵睡得太香，居然把脚搭到了刘秀的肚子上。刘秀睡醒后没有当回事，悄悄把他脚挪开就自己起床了。但这件事在大臣眼里却非同小可，太史官如临大敌一般上奏说"客星犯御座甚急"。结果刘秀却笑着说："这是我与故人共卧耳。"

这一故事传为千古佳话，成为君臣亲密无间的楷模。

李渊、裴寂和刘秀、严子陵的关系无疑是非常相像的。李渊引用这个典故可谓绵里藏针，不动声色地就把刘文静顶了回去。

刘文静碰了一个软钉子，闷闷不乐。

不久之后，他因为跟随李世民在浅水原吃了败仗，又被免官，心里变得更加不平衡。

他和裴寂本来也算是老朋友，裴寂担任晋阳宫监的时候，他是晋阳令，算起来实权比裴寂还高一点。两人当年也曾一起谈古论今，针砭时事，互相倾诉自己的理想抱负。

裴寂名字中有个"寂"，刘文静名字中有个"静"，"寂静"本是连在一起的呀，可事到如今，刘文静却不由得感慨"既生静，何生寂"呢？

薛举平定以后，刘文静官复原职，但因为错过了一些机遇，官位仍在裴寂之下。刘文静知道自己很难再进步了，从此就对裴寂开始了疯狂的叫板。在朝会之上，一旦议论政事，只要裴寂说往东，他就说往西，只要裴寂说是，他就说不是。

昔日的老友很快反目成仇了。

一次，刘文静和弟弟在家喝酒，喝到醉了的时候，借着酒劲儿大骂裴寂，然后突然拔出刀来，猛地向家里的墙柱上砍去。

"早晚我要杀了裴寂！"（必当斩裴寂耳）

所谓隔墙有耳，裴寂很快就听说了这件事。他当然也早就对刘文静不满了，皇上对我好我有什么办法？怪我咯？有本事你也让皇上宠你呀，老针对我算什么回事？你平时总在朝堂上让我难堪，没想到如今更了不得了，居然还打算杀我。呸！我还想杀了你呢！

但裴寂明白，这还不够。仅凭这件事还不足以将刘文静置于死地。

他要等待一个机会，一个毕其功于一役的机会。

后来，刘文静的家里突然闹起了鬼。

每到晚上就突然出现一些灵异事件，细节如何我就不多说了，因为我也很怕鬼，关键是史书上也没写。反正非常吓人，刘文静一家全都不堪其扰。

要是一个人整天心惊肉跳，提心吊胆，大晚上去个厕所都以为背后有人，躺在床上就能听见奇奇怪怪的声音，正常的工作生活还能维持下去吗？

于是刘文静请来了一个巫师，做法驱魔。

这巫师也不是一般人，演技精湛，爆发力强。在星光之下筑起了神坛，披头散发、口中衔刀，一边上蹿下跳，一边念念有词，说些谁也听不懂的咒语，场面十分骇人，简直比闹鬼还可怕。

说句老实话，请巫师驱魔没什么大问题，但万事都避不开有心人，只要你肯想，任何事情都是可以抓到把柄的。

刘文静家里一个小妾就动了歪心思。其实，她对刘文静也是一肚子不满，原因很简单——她不受宠。刘文静因为失宠埋怨裴寂、李渊，小妾因为失宠埋怨刘文静。所谓爱之深恨之切，冤冤相报何时了啊。

这个小妾已然被妒火烧坏了理智，再三思虑之下，她找到了自己的哥哥，让他去状告刘文静，罪名是——谋反。

请个巫师变成谋反了？！这还真不是开玩笑，因为自古以来，皇帝最忌讳的就是这种神神鬼鬼的事情。这容易让人联想到厌胜之术。你说你在家驱鬼，谁知道你是不是在咒我呢？想当年汉武帝时期，因为这厌胜之术，下至公卿大臣，上至王侯将相，破家灭门的不计其数，甚至爱子刘据（戾太子）、皇后卫子夫都死在了这上面。

李渊虽然没有汉武帝那么强的猜忌心，但他毕竟是皇帝，为了自己宝座坐得安稳，为了自己的江山社稷，对这件事他不能不过问，不能不查办。而奉命审理刘文静案子的人中就有裴寂。

虽然唐朝初年的时候还没有审判回避制度，但李渊让一个有重大利害关系的人来担任主审官，这明摆着是要把他往死里整啊。

真是踏破铁鞋无觅处，得来全不费功夫。裴寂冷笑着拜谢了皇上。

刘文静绝望了。

他坐在审判庭的被告席上，把自己的怨言和不满一股脑发泄了出来。

"起义的时候我是司马，裴寂是长史，我们地位相当。而今裴寂官居宰相，甲第相望，可我呢？平时东征西讨，家属却无依无靠，我的确很不满。那天因为喝醉了口出怨言也确有此事。"

······

裴寂平静地看着刘文静诉苦，心里却在暗暗叫好，审讯结束后，他把这些话"原原本本"地报告给了李渊。

李渊望着朝堂上的群臣，不住地点头。

"好，好，刘文静这话，分明就是想谋反啊。"（文静此言，反明白矣）

但萧瑀还想为他求情。陛下，仅凭这些话也不能说是谋反吧？依我看，他就是耍小脾气使性子嘛，您大仁大德，念在刘文静劳苦功高的份上，就网开一面吧。

李世民知道后，也亲自为他求情。

在某种程度上，刘文静和李世民的关系比李渊还要密切，算得上是一位忘年交。当着众位大臣的面，李世民极力回忆了他自起兵以来出谋划策、南征北讨的事迹，希望父亲能回心转意。

李渊听后果然犹豫不决了。

但裴寂怎么会给他犹豫的机会？他赶紧对李渊说了一番话。这话里没有说刘文静一定谋反，也没有说他不满有什么不对，更没有趁机落井下石。因为他明白，这些都是细枝末节，有没有谋反李渊心中自有判断。

他只是若无其事地说了这样一句话：

"刘文静的智谋在众人之上，留着他必是后患！"

是啊，事到如今，你反不反已经不重要了。重要的是你足智多谋，有能力谋反，而我们已经得罪你了。这就是必须要杀你的理由。

听罢此言，李渊的犹豫顿时烟消云散，做出了裴寂最希望看到的决定。

九月初六，刘文静被处死，家产全部没收入官。

临刑前，刘文静捶着自己的胸膛，发出了长长的叹息，说出了那句淮阴侯韩信临死前的名言："高鸟逝，良弓藏，故不虚也。"

行刑时，刘文静五十二岁。

关于刘文静之死，似乎可以告一段落了。

但是，有的学者觉得这还远远不够。搞历史的就是这样，不扒出点猛料不算完，可谁想还真扒出来了。他们经过仔细研究，分析史料，得出了刘文静招来杀身之祸的一个更重要的原因。

那就是结交皇子——二皇子李世民。

刘文静和李世民走得太近了。

近到什么程度呢？

虽然他是李渊的好朋友，但他却更像是李世民的好朋友，两人在太原的时候，就好得像穿同一条裤子。在李世民定调子修改的史书里，有很多关于他早年和刘文静交往的记载。比如刘文静称赞他是"非常人也。大度类于汉高，神武同于魏祖"。比如刘文静被隋朝下狱，李世民亲自探望等。

我们前面已经说过，根据《大唐创业起居注》记载，李渊才是太原起兵的主要策划者，后来这些功劳基本算在了李世民头上，但就是策划起兵这种盖世之功，李世民都不舍得独吞，非常大方地分给了刘文静一半，说是两人共同劝说李渊起兵。

这已经很说明问题了。

进占长安后，李世民讨伐薛举，刘文静担任其元帅府长史，为帐下第一号人物。不久之后，刘文静又跟随李世民灭掉了薛仁杲，仍然是其最重要的助手。武德二年，他还和李世民一同镇守长春宫。两人在这一过程中，很可能结成了同盟。

很多年以后，李世民登基称帝，在李渊还活着的情况下，就迫不及待地给刘文静平反，甚至还下诏将公主嫁给刘文静儿子。可见两人之间的关系很明显超出了普通君臣、主仆的限度。

所以有理由猜测，刘文静就是李世民的人。他在朝内和李世民表里相应，逐渐成为李世民实现个人野心的助手，至于这个野心是什么，说出来恐怕大家都不敢想象。

心机缜密的李渊也发现了这一点。无论对哪一个君主来说，儿子和近臣结交都是最让人担心的事。他自然有意识地疏远了刘文静，而刘文静恰好在此时露出了破绽。为王朝和本人的安危着想，李渊自然要除之后快，剪掉李世民的羽翼，把他这颗不安分的心给收一收。

——二郎，不要觉得打了几仗、立了几功，就想入非非了，要知道皇位还是你老子的，太子之位还是你哥的呢！

当然，唐朝初年的史料被销毁的实在太多，很多事情我们已经很难去探求原貌了，温大雅的《大唐创业起居注》也只写到李渊称帝，之后的高祖实录又全都没有逃过李世民的"魔爪"，被系统地篡改过，依据实录编纂的两唐书在刘文静之死一事的记述上自然也不可信。

这一结论也只是某些史学家的一家之言，并非定论。在这里也只是给大家提供一种读史的角度，一种方法。大家也可以循着这种方法和角度进行研究分析，或许也可以得出自己的观点。

其他的就不再赘言了。

二郎，回来吧

刘武周的攻势如暴风骤雨一般来了。

在李渊的旧臣里头，刘文静是最会打仗、军功最多的人。李渊却临阵先斩大将，实在大伤元气。而他派去的裴寂、李元吉又接二连三地大败而归。

李渊有点气急败坏了，把好友裴寂都撤职下了狱，虽然很快又释放了，但我们也能看出他慌乱到了什么程度。他这辈子都没有这样慌乱过。他甚至下了一份口不择言的手诏，"贼势如此，难与争锋，宜弃大河以东，谨守关西而已。"英雄一世的李渊竟然被走狗刘武周逼得要放弃河东，只守关西。可见真的回天乏术。

但是很快，一个成熟政治家的素质还是让他稳住了阵脚。因为情感和理智都在告诉他，他还有一张牌，一张一打出就会让所有人闻风丧胆的王牌。在这样的危难之际，他绝不应该放弃这样的王牌。

这张王牌当然就是李世民。

尽管他有做得不对的地方，结交近臣，野心不小。但他毕竟还年轻，年轻人是可以犯错误的。只要他知错能改，就还是我的好儿子。于是，李渊降下了敕令。

回来吧，二郎。父亲不怪你了。

李世民收到父亲的命令，火速赶往朝中。

李渊有李世民这张王牌，李世民也有自己的王牌。出征之际，他带上归附不久的秦叔宝、程知节。

在李密失败后，秦叔宝、程知节不得已投靠了王世充。王世充还是比较爱才的，对这两员虎将礼遇有加，把秦叔宝封为龙骧大将军，程知节封为将军，算得上是十分宠爱了。

但爱这种东西并不是相互的。你爱别人，别人就一定爱你吗？鉴于王世充的品德、素质都比较令人着急，时间一长，秦叔宝和程知节都逐渐认清了他的真面目，越来越看不起他。

那一天，程知节私下里找到秦叔宝，发起了牢骚。王世充这家伙气量狭小、见识浅薄，还喜欢胡说八道、装神弄鬼，哪里有个拨乱之主的样子。如果继续跟着这种人，岂不玷污了我俩的一世清名？我们不如……

话没说完，秦叔宝突然抬手在他胸口上打了一拳。

"好兄弟！我也早有此意了！"

说罢哈哈大笑。程知节走过来，紧紧握住了秦叔宝的手。二人随即约定，赶快找机会离开……

几天之后，王世充的队伍与接壤的唐军发生了武装冲突，秦叔宝、程知节带兵来到阵前。

战斗尚未开始，二人突然带着几十名战友策马向西奔向两军中间，大概跑出一百多步之后，他们一齐下了马，向东长揖。

秦叔宝、程知节作为其中的代表，向王世充发表了临别感言。

"我们身受您的厚恩，也时刻想着报效，可没想到您却性情猜忌，喜欢听信谗言，实在不是我们理想的主公。所以我们只能就此别过了，后会有期。"

两人的发言一板一眼，完全不带脏字，可对王世充来说却比问候了祖宗十八代还要难受，因为他知道这是对自己能力、素质、人品、道德的全方位否定。但王世充又何尝不知道两人的武力水平？所以任由他们怎么奚落，也只能强压着火，不敢追逼。

然后，秦叔宝、程知节带领大家从容上马，大摇大摆，直奔唐军的大营。

两员虎将的归顺让李世民大喜过望，当即把二人收入帐下，以秦叔宝为秦王府马军总管，程知节为秦王府左三统军，其他将士各有任命。

有了这关东猛将相助，李世民就像老虎插上了翅膀，他坚信，自己一定会战胜那位姓宋的金刚。

十一月十四日，迎着漫天纷飞的大雪，李世民带着唐军将士渡过结冰的黄河，进驻到汾水南岸的柏壁（今山西新绛）。

与此同时，汾水北岸的绛州也在固守。

两军成掎角之势，与刘武周的大将宋金刚相持。

宋金刚是刘武周最倚重的大将，没有之一。早在投奔刘武周之前，他就因为善于打仗而名气很大。因此归顺之后，刘武周对他十分倚重，除了让他主持日常军事工作，加封"宋王"称号，联姻（许以胞妹）等常规笼络手段以外，还做出了一个惊人的举动——直接分了一半家产给他。刘武周有多少钱、几套房、几辆车我不知道，总之这实在太慷慨大方了，他们的关系哪里像是君臣，简直就是兄弟，亲兄弟都没有这么亲的。

遇到这样大方的明主，宋金刚的感动自不待言。很快他就把原配老婆端走，迎娶了刘武周的妹妹。同时，他还给主公兼大舅哥献上了这个南下进攻李渊的计策。

这个计策太有诱惑力了。

一旦成功，刘武周就有机会夺取长安，进占关中，而一旦占领关中，就有希望图谋霸业，君临天下。至少，他也不需要窝在那个小小的定襄，看突厥人的脸色了。虽然他是个走狗，但要是有别的选择，谁又愿意当一辈子走狗啊？

此番前来，他们志在必得。

李渊，把长安给我！

李世民深知宋金刚的厉害，此人不仅深谙兵法、身经百战，还带来了刘武周的全部精锐。手下有尉迟敬德这样不世出的猛将，背后还有突厥人撑腰。眼下又连战连胜，士气正旺，不是一时半会儿可以打败的。

对待这样厉害的敌人，最好的办法就是相持，叫个暂停，你先把势头给我刹住了，我也好静下心来想想对策。

这一相持就过去了三个月。时间有点长，整整一个季度。

但是在相持过程中，李世民可不是没有收获的。

因为我们说的相持并不是一味的深沟壁垒、坚壁不出，那不叫相持，那叫缩头乌龟。真正的相持是在两军对阵的时候，用主力看住对方的主力，同时机动部队要在外围扫荡侦查，随时捕捉战机，争夺野外的控制权，从而扫清敌人的外围势力，确保能在决战中取胜。

如果我们给它下个定义的话，相持就是高度浓缩的一系列辅助战斗的总和。

所以，在相持期间李世民发起了多次外线作战，以此压缩宋金刚的战略空间。

门神大战美良川

如果说后来与宋金刚决战打的仗算是这次盛宴主菜的话，美良川可以算是一道开胃前菜，这道前菜不仅色香味俱全，而且性价比高、分量足，童叟无欺、老少咸宜。

因为战斗双方是两个大家都熟知的人物——秦叔宝和尉迟敬德。两大门神在这里进行了史上第一次也是唯一一次激情对决。

当时，为了策应李世民主力的战略相持，李渊命族侄李孝基、唐俭等在夏县发起了一次进攻。但不幸的是，他们非常轻易就被宋金刚的两大悍将——尉迟敬德、寻相击败，并当了俘虏。

寻相是一个非常神秘的人，在刘武周的部将之中，他的地位看起来不亚于尉迟敬德，但籍贯和身世我们却未能审其本末。刘武周失败后，他投降了唐朝，但可能是投降后过得不太愉快，后来跟随李世民攻打王世充时就趁机逃跑了，从此我们再也无从知道他的消息。

尉迟敬德这位光芒四射的门神爷就出名多了。

他复姓尉迟，名恭，字敬德，生于山西朔州，祖上是来自西域的于阗人，大概是这个原因，他生得面如锅底，肤色黢黑，人送外号"大老黑"。不过，据说他年少时曾以打铁为业，说是被火熏黑的也不是没有可能。

自古以来，打铁出身的武将很多，远的据传有关羽，近的有刘宗敏、林凤祥，直到红军闹革命的时候，还有两位打过铁的将军杨得志、梁兴初。打铁是一个很辛苦的职业，但也很能锻炼人的体力和意志力。这些打铁名将的共同点是勇猛善战，敢打硬仗，极为顽强。尉迟敬德自然也不例外。而且考虑到他所处的是冷兵器时代，打铁练就的过人膂力在战斗中有很大的加成——不论单挑群殴都非常管用，这种特点和优势就更加明显。

此时此刻，打了胜仗的尉迟敬德和寻相非常高兴，正哼着小曲唱着歌，押着李孝基、唐俭等人前往浍州，去找宋金刚会合。

李世民非常重视这两位悍将，但他已然下定决心去攻打这两位悍将。对付悍将，自然要用更悍的将。

十二月二十五日，秦叔宝、殷开山奉李世民之命，率兵截击尉迟敬德和寻相。

这是秦叔宝归唐后的第一战，也是相持中的决定一战。秦叔宝知道，此战要力求必胜，这关乎自己的荣誉和战争的胜败。他也听说过尉迟敬德的威名，所以绝不敢掉以轻心，一路之上，他不停派出游骑打探消息。

与此同时，尉迟敬德正慢悠悠地押着李孝基、唐俭等人前进。他刚打了胜仗，心情不错，并没有想到会有人盯上自己。

军队很快到达了美良川，这是一条并不宽阔、也不湍急、更不深邃的河流，他们可以非常轻易地渡过，甚至连马都不需要下。可走到河流中间的时候，久经沙场的直觉驱使着他抬起了头，猛然一看，发现了对岸的唐军。

同一时间，为首的那员猛将也发现了自己，四目对视，他策马冲了过来。尉迟敬德并不认识这个人，可突然间却感到了一种前所未有的压迫感，这是他此前从来没有感到过的。他知道，这个人的勇猛程度并不亚于自己。

这员猛将当然就是秦叔宝，他探知尉迟敬德要从这里经过，于是昼夜兼程赶来截击。他来的时候，敌人正在渡河，当然要半渡而击之。至于哪个是尉迟敬德，这还用问？最黑最壮的那个家伙肯定就是了。他轮着马槊左右刺杀那些毫无还手之力的敌人，渐渐向尉迟敬德逼近。

然而，此刻尉迟敬德却无心与秦叔宝一决雌雄，因为他是一个将军，不是搏击运动员，打个比赛就有出场费。在遇到埋伏的时候，他定不能逞匹夫之勇，而是要指挥军队迅速撤退，于危境中保存有生力量。于是他迅速调转马头，向河对岸跑去，跟随着的还有寻相及一帮将士。

秦叔宝追到河中央，看着尉迟敬德远去的背影，叹了口气。连逃跑都跑得那么帅，果有大将之才啊。今天不打，就等下次好了。他转过身去，把马槊刺向了旁边的敌人，殷开山也和他一并努力，直到彻底歼灭了这支敌军。

这次战斗的过程大致就是这样，美良川之战，秦叔宝和殷开山击败了尉迟敬德和寻相，却没有留下两人交锋的记录。至于什么三鞭换两铜，夜夺八寨、日抢三关也只是演义中的故事，尽管精彩却经不起推敲。不过，大家也没必要觉得遗憾，因为这次战斗的结果在史书上写得明明白白——"大破之，斩首二千余级，相等仅以身免，悉虏其众。"

而在此战中，打尉迟敬德和寻相功劳最大的就是秦叔宝，甚至李渊都特意派遣使者赐给了他一个金瓶，慰劳说：

"你不顾妻子儿女，大老远跑来，又立下大功。要是我的肉可以吃，也该割下来给你呀，何况是子女玉帛呢？卿当勉之。"（朕肉可为卿用者，当割以赐卿。）

我们可以说，这表扬的肉麻程度已经远远超过一个皇帝的身份了，可见秦二爷有多玩命。

美良川之战是柏壁之战的重要组成部分，这一战，胜得彻底而又漂亮，极大振奋了唐军的士气。从此，大家都做到完全从战略上蔑视了敌人，也继续再接再厉，扫清敌人的外围。

武德三年（620 年）二月初六，李渊亲自赶赴蒲州，慰问了前线的唐军全体指战员和各级将士。在皇帝陛下的激励下，唐军上下斗志更加旺盛，坚定了彻底消灭敌人的信心。

恰好此时，李勣等人也从山东战场返回了。

自从黎阳一败之后，他便违心地投降了窦建德。这不能怪他不忠诚，实在是因为父亲徐老爷子被人家抓住了，万不得已才这么做的。

窦建德也非常够意思，爽快地任命李勣为左骁卫大将军。但他并不知道，李勣的投降只是权宜之计，他的忠心，自李密死后就已完全属于李渊。就在投降的同时，他也在悄悄设计一个逃跑计划。

为了争取窦建德的信任，李勣主动请求出战，抢下了王世充的不少城池和物资。其中一次，他还俘虏了一员勇猛狡猾的骁将，这位骁将被窦建德封为汉东公，并在今后的日子里常常奉命率奇兵四处偷袭，或是潜入敌境侦察情报。每次行动他总是大获全胜，从不辜负窦建德的期望。这位骁将就是未来威震河北的刘黑闼。

不久之后，李勣对窦建德的回报已经足够多，也到了该走的时候了。从这一点看，他身上还颇有点关羽弃曹归汉的风范。不过和关羽不同的是，他没必要过关斩将，也不想空手而归。

他的计划更简单直接——杀掉窦建德，给朝廷带回一份厚礼。

但是后来，计划意外泄露了，窦建德做了周密的防备。不得已，他只好带着郭孝恪逃归了长安。而令人钦佩的是，窦建德最终也没有杀他的父亲。

自李密死后，瓦岗军在中原的力量就已经支离破碎，资历够老、人品够好，能够凝聚人心、遥控群雄的只有李勣一人，归唐之后，他自然成了旧瓦岗军在唐朝廷中的最高代表。所以回到长安的时候，他受到了隆重的礼遇，并很快带兵来助李世民一臂之力。

唐军精锐都在这里，瓦岗英雄也来了这里。战争进行到这个程度，稍有常识的就可以看出，主动权已经转移到了唐军手里。只要李世民的铁骑继续前进，宋金刚是无论如何也抵挡不了的。更何况，唐军早已切断了他的全部粮道。

宋金刚没有别的选择，只剩下了一条路——逃跑。

刘武周完败

四月十四日，宋金刚的粮食吃尽，离开战场，夺路北逃。

但他没想到的是，李世民不仅跑得比他还快，而且跑得比他还有决心。

于是在逃跑的路上，就发生了这样尴尬的一幕。宋金刚要吃饭了，发现李世民在追，没办法，放下碗继续跑；宋金刚要睡觉了，却发现李世民还在追，没办法，铺盖一扔再继续跑；宋金刚要方便了，却发现李世民依然在追，没办法……

他一边跑一边想不通，李世民怎么就能一直不停地追呢？难道他是不吃饭不睡觉的铁人吗？

恭喜你答对了，据前线记者发回的报道，李世民已经两天没吃饭，三天没脱铠甲了，他确实一直在追。

真是太拼了！

其实，对李世民这样废寝忘食不要命的追击，刘弘基也曾劝过：大王追到这里，也算是打了胜仗了。一天一夜急行三百里还不吃不喝，您就不担心自己的身体吗？歇一会儿吧。

刘弘基是一个落拓不羁的人，年轻时不事生产，却喜欢结交侠士，最后把家财败个精光，一度沦落到靠盗马生活，后来不得不投靠了李家。不过，他这种大大咧咧的性格倒是和李世民十分合得来，两人甚至"出则连骑，入同卧起"，成了非常要好的朋友。

但在此刻，好朋友说的话也不管用了，李世民没听完就打断了他。

"宋金刚已经日暮途穷了，军心早就涣散。如果给了他喘息的机会，以后还怎么对付？我尽心竭力报效国家，哪还顾得上自己身体？你不要再说了，我先走了。"

说罢策马前奔。

怕了吧？世界上最可怕的就是对手比你厉害，还比你拼命。

看到主将这么拼，刘弘基不好再说什么，赶紧快马加鞭，跟着继续穷追。

四月二十一日，这场骑兵追击马拉松终于到达了终点——雀鼠谷（今山西介休西）。李世民在这里追上了宋金刚。

事到如今，宋金刚算是被逼上绝路了，这里是南下的门户，丢了它太原就会失守。他不得不背水一战。

这一战打得空前激烈，一天之内双方激战了八次，但唐军的势头彻底压过了对方，八战八胜，大破敌军，俘虏斩首了几万人，缴获辎重千余辆。

当天夜晚，李世民在雀鼠谷西南扎下了大营，军中的食物只剩下一只羊，他下令把羊宰杀，和将士们分而食之。

围着熊熊燃烧的篝火，交谈着胜利的喜悦，这可能是李世民这段日子以来吃过最香的一顿饭了吧。

雀鼠谷之战以后，宋金刚已经被打残了。

但打残并不等于打死，宋金刚还是准备垂死挣扎一下。

四月二十三日，他逃到了介州（今山西介休），整合起一批散兵游勇，竟也拼凑了　支两万人的大军，打算顽抗到底。

当天，他指挥军队南北列阵，兵力连绵长达七里，居然也挺像那么回事。

这一次，李世民更没有客气，直接派出了豪华阵容，部署李勣、程咬金、秦叔宝主攻北面，翟长孙、秦武通主攻南面，其余人马统一待命听从指挥。这一群名将上阵，说句不好听的，挨他们一顿揍，出去都能吹好几年。

战斗开始后，李勣按照计划率领唐军先行出动，交战片刻之后，假装败退。宋金刚不知是计，忍不住追击。可是他也不想想，自己都混到这熊样儿了，唐军还能打不过他？

就在他追击的工夫，李世民已经率精锐骑兵绕到阵后，发起了突然袭击。宋金刚措手不及，又被打得丢盔弃甲，顷刻之间就被斩首三千余级，剩下的全部缴械投降。

慌乱之中，他只带了几十个轻骑兵狼狈逃走。

至此，宋金刚的大军就算彻底失败了。

宋金刚的失败意味着刘武周的主力覆灭了。不过此时，寻相、尉迟敬德等人仍带领余众据守介休。李世民是爱惜人才的，尤其是尉迟敬德，不想再打他们，于是派李道宗和宇文士及去劝降。

李道宗是李渊的堂侄，李世民的堂弟，身份够高贵。宇文士及则是宇文述的三儿子，继承了父亲能言善辩的特长，嘴皮子够利索。

一个皇族，一个说客。这两人出马，可谓非常有诚意。寻相和尉迟敬德也感受到了唐军的诚意，何况也知道大势已去了，随即决定投降。

尉迟敬德来到唐军大营之后，李世民非常高兴，拉着手仔细打量了一遍，真是一条好汉呀。当即任命他为秦王府右一统军，带着原有的部众驻扎到大营里。

这时候，秦叔宝担任的是秦王府右三统军，两位未来的门神爷就算会合了，不知道两人有没有再比试一下？不过总之，他们都成了李世民麾下忠心耿耿的悍将。

但是，对于尉迟敬德这个新来的黑家伙，老将屈突通却总是不太放心。他深深觉得秦王太年轻了，还缺少一些人生经验。人心险恶啊！你这样轻信一个降将，早晚要吃苦头。于是反复劝谏了好几次。"此人不可轻信，不可久留！"

话说屈突通这家伙也是投降过来的，投降的瞧不起投降的，这是什么道理？当然，这不是重点。

重要的是李世民没听他的，而是豪情万丈地说：

"昔萧王推赤心置人腹中，并能毕命，今委任敬德，又何疑也。"

萧王是刘秀在称帝以前的封号，他历来以待人真诚、推心置腹闻名，李世民现在就是要像刘秀那样，推心置腹，用人不疑。他以刘秀自比，可谓恰如其分。

看见主公如此坦率大度，屈突通不好再说什么，但老将总是比较固执，他心里还是暗暗拧住了一个结。这个结可能并不严重，却一直没有解开。

在未来的某一天，它将会在不经意间以突如其来的方式表现出来。

收复介州之后，李世民马不停蹄，到达了老家晋阳（今山西太原）。刘武周手下的各级伪官、伪军都非常识时务，连跑都没跑，举城乖乖投降。这倒也是，宋金刚都跑不过你，我们还跑个啥。

被俘的唐俭等人也恢复了自由，马上在城中封存府库，迎接大军归来。

至此，刘武周所占领的山西地区，已经全部被唐军收复。刘武周和宋金刚别无办法，不得不逃到了突厥。

他们二人曾是突厥的走狗，但走狗的价值在于可以被利用。那时候的刘武周有军队，有地盘，可是现在，他什么都没有了。

而突厥人是非常讲究实用主义的人，在他们眼里，没有利用价值的走狗还不如一条真正的狗。狗还能看门护院呢，而刘武周和宋金刚，这俩废物除了白吃白喝还能做啥？

两人算是深切体会到了寄人篱下的滋味，日子过得很是窝心。天天被呼来喝去，喝口凉水都能塞牙，这哪是他们这些曾养尊处优的人过的日子呀。

不久之后，宋金刚终于忍不下去了，想要逃回中原，结果跑到河北附近时就被突厥人追获，腰斩而死。

腰斩是一种非常残酷的刑罚，行刑时要从腰部把人砍成两截。因为人的主要器官都在腰部以上，所以腰斩以后神志还能清醒，并不会马上死去。但正因为如此，受刑的人才会尤其痛苦。于是自古以来，犯人的家属往往都会打点一下刽子手，希望他能往上一点下刀，这样犯人就能死得痛快一点，少受点罪。当然如果有人和犯人有仇，也可能去贿赂刽子手，只不过这时他们就会让他靠下一点下刀，这样犯人就会死得很慢很痛苦，时间长的甚至要挨上几个时辰才能气绝身亡。

宋金刚只是因为想跑，就受了如此残酷的刑罚，可见突厥人从头至尾就没把他们当人看，一旦无用就马上抛弃，毫不吝惜。

刘武周也不过多活了几天而已。

看到宋金刚的结局，他承受了巨大的心理压力，整日在担惊受怕中度过，终于有一天，他也忍不下去了，企图谋划逃回马邑，结果因为事泄被杀。

好在突厥人对刘武周还算仁慈，杀就是杀，没有用腰斩来折磨他。

当初，刘武周打算南侵唐朝时，内史令苑君璋就曾经用一番颇具神秘主义色彩的话来劝过他。唐主（李渊）凭借一个州的兵力，就能所向无敌，直取长安，这是上天的旨意啊，不是人力所能及的。我们不如北联突厥，南结唐朝，才是良策。

那时的刘武周野心勃勃，当然听不进去。等失败以后，他才追悔莫及，对着苑君璋流下了眼泪："我没有听你的话，以致到了现在这种地步。"

曾经有一份真挚的建议摆在刘武周面前，他却没有珍惜，等到失败后才追悔莫及，世上最痛苦的莫过于此。

其实，刘武周在这场战争中并没有犯什么错误。他的战争准备非常充分，战斗执行非常坚决，精锐部队训练有素，发动攻势突然而猛烈。他的大将宋金刚更是颇有水平，很有当世名将风范，再加上有突厥这个强大靠山。用这样的力量来攻击任何一个敌人，几乎都可以稳操胜券。

但事实却是，刘武周还是失败了。

到底是为什么呢？

原因就在于，他根本就不该发动这场战争！

因为李渊父子是不可以惹的，他们真的太强大了，强大到几乎是无法战胜的。他们是隋朝皇室的亲戚，三代都是贵世显要，有他无法比拟的号召力。他们在山西河东深耕多年，吸引了一大批英雄豪杰，惠及了许多百姓，有他无法企及的凝聚力。他们麾下有段志玄、殷开山、秦叔宝、程知节这样的猛将，还有数不清的百战之师，有他注定达不到的战斗力。

无论什么人到了山西，都相当于客场作战。无论什么人遇到李家父子，都会顿时黯淡。

这就决定了刘武周即使凭着突然袭击取胜，那也只是一朝一夕之事。他或许选对了时间，甚至选对了地点，却选错了敌人。

至于这场战役的指挥官李世民，表现无懈可击。他采取了完美的战略战术，在开局艰难的情况下，先打相持战，深壁高垒以挫其锋。在形势好转的情况下，又主动发起外线作战，压缩敌人的战略空间。在形势一片大好、胜利在望的情况下，他又以超常的勇气和意志全力打起了追击战，让本来跑得还挺快的宋金刚最终无路可逃。

唐军胜了，胜得一点也没有悬念。刘武周输了，输得一点也不冤枉。

李世民打败了刘武周之后，唐朝将战略位置极为重要的代北地区纳入了版图，也消除了争夺天下的北顾之忧。

在这场斗争中，李世民已锻炼成为一位杰出到无可匹敌的军事统帅。五月二十九日，他凯旋回到了长安。

但是在长安，他并没有休息太久。

因为在东方战场上，一个更重要的使命在等待着他。

第十章　席卷中原

唐伐郑

看到"郑"这个字，就代表郑国要出来了，看到郑国出来就代表王世充又该出来了。看到王世充出来了，李世民的使命大家也该知道了——灭了他。

不过，王世充的郑国近来搞得怎么样呢？我们可以用一个字来形容——惨。

他之所以混得这么惨，还得从不久前那一次未遂的政变说起。这场政变是裴仁基发动的。

李密失败的时候，许多瓦岗军将领归附了王世充，裴仁基父子也在其中。后来，大家渐渐认清了王世充的真面目，秦叔宝、程知节等人更是果断甩掉他投奔了唐朝。

唯独裴仁基却留了下来。

对此，许多人很不理解，裴仁基一向嫉恶如仇，眼里不揉沙子，怎么跟王世充这种人混一块不走了？也有人好像明白了点什么，裴仁基可是很受王世充器重哟，本人做了礼部尚书，儿子裴行俨娶了王世充的侄女。人总会变的，他们爷俩可能是贪恋荣华富贵吧，应该是这样的。

但是武德二年（619年）五月二十六日发生的事情，震惊了所有人。

那一天，裴仁基与儿子裴行俨、陈谦等数十人策划发动政变，密谋杀死王世充。

陈谦的官位只是一个小小的尚食直长（掌管宫廷膳食），但他却是决定这场政变成功与否的关键人物。裴仁基的计划是，让陈谦给王世充进膳的时候，用匕首劫持住他。与此同时，让裴行俨调出军队从外接应，突入宫中。两边得手后，再杀掉王世充和他的党羽，最后拥立杨侗复位。这个计划很简单直接有效，成功的几率很高。

然而一个叫张童仁的人出卖了他们，他向王世充报告了裴仁基的全部计划。

于是，王世充抢先一步，带兵包围了他们，全部杀死，并残忍地灭掉了三族。

得知裴仁基的死讯之后，大家才明白了他的良苦用心，原来他并没有同流合污，而是在潜伏虎穴。他不在乎别人的误解，他不惧怕王世充的淫威，他敢于牺牲自己的生命，他才是真正的英雄。

一年以后，王世充政权覆灭了，部将罗士信找到了裴仁基的遗骨，散尽家财，把他风风光光葬到了洛阳北边的邙山。四年以后，罗士信征讨刘黑闼时光荣战死，按照遗愿，他如愿以偿葬到了裴仁基的墓旁。

罗士信一直感激裴仁基的知遇之恩，对他就像父亲一样敬重，在听到裴仁基死讯的那一刻，他就已暗暗立下誓言——死后要葬在裴仁基墓旁。

虽然家人不幸罹难，但裴仁基并不孤单，仍有一位爱将情愿默默地在他身旁陪伴，这或许就是对他人格魅力最好的褒扬。

英雄从来不需要解释什么，人心自会证明一切。

需要说明的是，裴仁基虽然被灭了三族，却不是一个后代都没有留下来。

他还有一个儿子躲过了一劫，因为这个儿子此时未在东都，或者说尚未出生。据有人考证，这个儿子应该是他的遗腹子，他是在父亲被杀的次年出生的。

这个儿子的名字叫做裴行俭。

裴行俭从来没有感受过父爱，也不知道父亲的样子，但他体内流淌着父亲的血，那是慷慨忠义、赤胆忠心的血。将门虎子，子承父业，这位烈士的遗孤慢慢长大。后来，他成为了那个时代中无与伦比的绝代名将。

裴仁基的刺杀计划给了王世充很大刺激。都差点被干掉呀，真是太刺激了。他从这次刺激中得出了结论，大家之所以要杀他是因为想复辟隋朝，之所以想复辟隋朝是因为杨侗还活着。于是一个月后，他用一杯毒酒杀掉了杨侗。

　　一百多年前，刘宋末帝刘准被杀前曾说过一句历史上很有名的话——愿生生世世，再不生帝王家。现在，杨侗也在临死前说了一句类似的话——从今以去，愿不生帝王尊贵之家。

　　两人生存的时代相隔不过一百多年，却同样身不由己，死于非命。

　　平心而论，生在帝王家并没有什么不好。但生错了时代的帝王家，就是彻头彻尾的悲剧了。想到这里，我还是不免为聪明俊秀的皇泰主感到惋惜。

　　王世充杀掉了杨侗，自以为断了隋朝忠臣的念想，大家该一心一意跟着自己走了。

　　但结果却事与愿违，他的部众反而逃散得更加厉害。因为许多人跟着王世充混，并不是看中了他本人，而是看他拥立了隋朝皇室。尽管小杨侗只是个傀儡，说了不算，那也总归是一块招牌。就像汉献帝也不过是个傀儡，但却偏有荀彧等一大帮忠心汉室的人拥护一样。现在，王世充亲手砸了这块招牌，大家伙又凭什么继续跟着他走呢？

　　答案是恐怖统治。

　　王世充终于撕下了伪善的面具，露出了狰狞的面目——不跟我走就跟杨侗走吧。

　　他知道大家不服自己，不用点手段是不行了。于是在辖区内实行了严刑峻法。只要家里有一个人逃跑，全家不论老少全部杀头。不过为了最大限度地瓦解抵抗意志，他同时又规定，亲人之间只要互相告发就可免罪。这可以算是转移矛盾，挑动群众斗群众。除此以外，他还实行了臭名昭著的保甲法。令五家为一保，互相监督，如果有人叛逃而邻居没有发觉，四周的邻居就要处死。

　　但这样怎么可以阻止百姓的逃亡呢？他的法令越残酷，人们的日子就越难过，逃跑愿望也就越强烈。到后来，逃跑的人越来越多，处死的人接连不断，甚至连上山砍柴都不被允许了。非要去？那也得给你限定时间。

在这种情况下，王世充的刑场和监狱都不够用了，他的皇宫也随之替代了一部分监狱职能。有时对人起了疑心，就把人全家逮捕关进来。每当将领出征，他也总是把人家的家属扣在宫里当人质（秦叔宝、程知节，看你们惹得）。但因为关押的人数太多，伙食供应不及时，时常有人饿死。

见此情形，将士们顿时斗志全无。我们在前面流血卖命，老婆孩子却被你在后面关着，这仗还怎么打？谁能打？

上帝欲其灭亡，必先令其疯狂。

是个人都能看出来，王世充快完蛋了，他已经到了山穷水尽的地步。

王世充的恐怖统治可算把自己搞得天怒人怨了，而平定了刘武周的李渊也终于有了腾出手教训他的机会，准备向东出兵，发动进攻。

武德三年（620 年）七月初一，李渊面色庄重地坐在朝堂上，正式下达了讨伐王世充的命令。

此时的关中和北方已经全部稳定，李渊知道自己应该去席卷中原了。得中原者得天下，只要火掉王世充，天下就将走向统一。这是他一直以来的梦想！

为了实现这个梦想，他把大军交给了三个姓李的人（含赐姓）。李世民全权节制诸军，李元吉担任他的副手，李勣则成为仅次于两位亲王的三号首长。

王世充得知了唐军东征的消息，巨大的震惊和恐惧驱使着他做了抵御准备，从所辖州县大规模招募青壮年参军。然后部署四镇将军把守洛阳四大城门。在周边各个险要之处，也派亲信驻防。他本人还拼凑了三万直属大军，准备一有情况就亲自上马。

有用吗？呵呵……

在古代地名里，唐和晋是一个意思，春秋时期，晋国经常攻打郑国，而且总是把他们虐得很惨。到了如今，李渊的唐国也要来攻打王世充的郑国了，事实将告诉我们，郑国依然会被虐得很惨。

一千多年过去了，世道基本没有改变。

七月二十九日，唐军先头部队在罗士信的带领下包围了慈涧（今河南新安东），这已是他近来第二次包围慈涧了，上一次，他在这里把王世充的太子王玄应刺下了马。

这座城池距离洛阳仅有十五公里。

王世充不敢掉以轻心，亲率大军过来增援。

罗士信和王世充可以说是仇人见面分外眼红，两人磨刀霍霍，都做好了大打出手的准备。

罗士信恨王世充，不仅因为他杀死了恩师裴仁基。还因为自己也曾归顺过他，并在此期间结下了很深的积怨。他在王世充阵营的时候，王世充曾对他十分器重，甚至到了同吃同睡的程度。但是不久之后，王世充对另一个人的态度却引起了他的不平——他竟然宠幸起了邴元真，这个邙山之战后拒开城门导致李密失败的小人。罗士信对邴元真深恶痛绝，可谁想王世充却不顾忌他的感受，仍然拿着邴元真当宝贝，而且对他也逐渐冷落起来了。更有一次，居然夺走他心爱的战马送给了自己的侄子，而这一切只因为侄子说了一句——我喜欢。

英雄盖世的罗士信怎么可能咽得下这口气！

就在这时，王世充又杀死了裴仁基。这当然又给他的愤怒火上浇油。那个时候，他何尝不想杀掉王世充为恩师报仇，但犹如惊弓之鸟的王世充又怎会给人刺杀自己的机会？罗士信没办法下手，便趁着一次外出打仗的时候，投奔了唐朝。

这段时间以来，他无时无刻不在想着复仇，在慈涧城下，新仇旧恨涌上他的心头。

与此同时，王世充对罗士信这个"叛贼"也是一肚子怨气，并也为他刺伤自己的儿子耿耿于怀。在他眼里，罗士信也是他的仇人。

这一对仇人本可以做个了断，但令王世充大惊失色的是，还没等他出手，李世民就带着唐军主力过来搅局了。人数多到说出来能把他吓得晕过去——五万步骑。

王世充不是白痴，他知道在这个地方，和这样的两个人打架意味着什么。见此情景，什么仇什么怨也顾不得了，马上带兵撤退，并且拉着慈涧守军一起缩回了洛阳。

真是惊险呀！

我们尽可能想象一下王世充的心情，说不定撤退的时候还在暗中窃喜呢。

王世充撤退之后，李世民知道他胆小怕事，毫无斗志，于是从容进行了军事部署。

几天之后，刘德威向东包围了河内；王君廓在洛口切断郑军粮道；史万宝挺进到了龙门，龙门距离洛阳城已经很近了，只有三公里；黄君汉则攻占了回洛城，回洛距离洛阳城更近了。

李世民本人则带着主力部队进驻到洛阳城北的邙山，当年王世充和李密就曾无数次在这里交战，这个连绵起伏海拔两百多米的山脉对洛阳城有着居高临下的优势。

唐军在东、西、南、北四个方向集结完毕，连营而进，声势浩大，震动了洛阳附近的州县，许多豪杰、官员、士人都闻风赶来投降。

奉诏取东都

八月十四日，东都青城宫。王世充和李世民各自带着大军隔河列阵。

打仗和打架一样，动手前都得先搞一下气氛，至少也得来句"你瞅啥"或是"瞅你咋地"，要不然显得自己太沉不住气。王世充和李世民也不例外，两人都十分热情地看着对方，准备做开战前的最后告白。

话痨王世充迫不及待地开口了，抬高调门，远远地向李世民喊话：

"唐在关中称帝，郑在河南称雄，我们井水不犯河水，你却来侵犯我，这是为何？"

这是为何？攻打你这种货色还需要告诉你为何？狼吃羊的时候可从没

有问过羊为什么。对这样无聊的问题，李世民一点也不屑于回答，冷笑一声，让宇文士及代为传话。

"普天之下都要归顺我们大唐，就你还抗拒不从，今日来攻打你，正是为此！"

唐军发言人宇文士及的回答冰冷、生硬，不留情面，让本想嘴上讨巧的王世充碰了个钉子。

但王世充深知强大的唐军是惹不起的，哪怕有一线握手言和的机会，就最好不要大动干戈。而现在，和秦王隔河对话就让自己有讲和的可能。于是，他拿出了官场上阿谀逢迎、溜须拍马那一套，堆起菊花般的笑容说起来。

"还是不要打了吧，我们罢兵讲和多好，贵国可以开个条件嘛。"

这是一种近乎哀求的语气，几乎卑微到了骨子里。可他的哀求却是徒劳的，他的哀求只换来一句更加冰冷、更加生硬、更加无情的回应。

"我们是奉命来取东都的，不是来讲和的！"（奉诏取东都，不令讲好也。）

不管是在战场上，还是在战场外，李世民都没有留给他一点面子。

在李世民坚决无情的回应下，能言善辩的王世充完全抓不到发挥特长的机会，狼狈不堪碰了一鼻子灰，也在自己的部众面前丢了人。

经此一出，他明白议和是彻底指望不上了，于是灰溜溜地返回了洛阳。

不讲和，那就打吧。

可是这里还有一个问题，王世充面对李世民的时候，怎么就表现得这么怂呢？他平日作威作福的德性都哪里去了？还有李世民面对王世充的时候，怎么就这么有底气呢？他这底气又是哪里来的？

从根本上来说，还是双方的实力差距太大了。

且不说疆域、人口、两国君臣水平高低等，单说到军事实力，双方就完全不在一个等级。

要知道唐朝疆域地处关西，这里出产天下最好的马匹和最强悍的战士，唐军因之锻造出了天下最精锐的骑兵，这本已经非常可怕，而更可怕的是李世民又从这些骑兵中挑选出精锐中的精锐，组成了一支特种部队——玄甲军。

玄甲军也就是黑甲军的意思，将士皆穿黑甲、骑快马，军容威严肃杀，由秦叔宝、程知节、尉迟敬德等超一流猛将统领，又由李世民这样天才的军事家亲自指挥。这样的军队来到战场，其战斗力只能用恐怖到无法想象来形容。

你想他多厉害，他就有多厉害。

玄甲军的数量并不多——只有几千人，但在战场上却可以做到所向披靡，攻无不克。

反观王世充就逊色多了。他的士兵大多都是江淮步卒，俗称排矟（shuò），意思就是一手长矛一手盾牌的士兵。偶尔有点骑兵，规模、战斗力和唐军也不可相提并论。

虽然排矟的战斗力也算尚可，但这毕竟是步兵，欺负一下农民起义军，组织涣散的小军阀不在话下，靠着忽悠之功打败元气大伤的李密也有可能。但想要打败唐朝的特种部队玄甲军，就几乎是不可能了。两军交战，就像步兵遇到坦克，小偷遇到警察，土匪遇到人民军队，只有抱头挨打的份儿了。

不久之后，郑国显州总管带领所辖州县降唐。数目说出来能把王世充心疼得吐血——二十五个州。

差不多同时，尉州刺史也率领所辖州县投降，数目依然不少——七个州。

……

这段时间，王世充的州县仿佛成了大白菜，是个人都能拎出一棵去送人。真不知道他还能扛多久……

不过话说回来，兔子急了也会咬人的。

王世充非但不是兔子，还是一个久经沙场的老将，他的军队虽然野战差点，但由于长期守卫东都锻炼出了丰富的守城经验，战斗力也还不至于太渣。硬碰硬不行，冷不丁打两记黑拳，下个绊子，这个本事还是有的。

那一天，李世民就差点吃了他的亏。

九月二十一日，李世民带五百名骑兵到战区周边巡视。这是他打仗时的习惯，不管是巡逻还是侦查，他都喜欢亲力亲为，有时还会单骑冲击对方的军阵。

　　这一次，他不知不觉就到了魏宣武帝的陵墓。

　　战场上难得有闲暇的时间，魏宣武帝又是一代英主，他在位期间曾占领了萧梁的巴蜀之地，又北击柔然解除了北方隐患。李世民内心喜欢这位英雄，忍不住和大家去陵墓上走走看看。

　　就在这时候，王世充亲率的一万大军突然杀到了，他们像是早就得知了情报似的，动作非常迅速，一拥而上把李世民围在了中央。

　　为首的骁将正是单雄信。他本人武艺高强、勇冠三军，而且非常麻烦的是，他很明显已经认出了李世民。长长的马槊操在他手里，拍马直冲过去。

　　虽然李世民武功也不错，但比起单雄信这种职业选手还是有一定差距的，平时还要学点文化知识，读点兵书兵法，不是靠这个混饭吃，两人对阵就好比拳击爱好者遇到了职业拳王，几乎没有胜算。更何况，李世民手下只有五百人，而单雄信身后却有足足一万。

　　如果不出预料的话，李世民的性命就要交待在这儿了，当然也可能被生擒。

　　即使侥幸杀出重围，也免不了伤筋动骨、缺胳膊少腿。而到那时，就将对讨伐郑国战役的全局产生致命影响。后果实在不堪设想。

　　马槊的利刃闪闪发亮，几乎就要触及李世民的面前，就在这时，一声巨雷般的吼声突然从单雄信身后响起。

　　吼声尚未停歇，一员黑将已挺槊跃马而来。

　　一道黑影闪过，单雄信从马上消失了。

　　郑军将士们立刻焦急地搜寻他的踪迹，却猛然在地上发现了他。他已被刺落下马，身上中了一槊，几乎无法起身。而击落他的就是刚才那员黑将。

　　大为恐慌的郑军将士赶紧上去营救，这才稍稍退却了一点。

　　李世民就借着这个机会，和赶来的部众奋力反击，才得以突出重围。

然后，他又和这员黑将重整队伍，率军反击。也正在这时，老将屈突通刚巧带领大军赶到了。两支队伍合兵一处，共同投入了战斗。这样一来，失败就只能毫无悬念地属于郑军了，他们很快被打得落花流水，一败涂地，到了最后，连王世充本人都仅以身免。

而这员护驾有功、反击再立功的黑将就是大名鼎鼎的门神爷尉迟敬德。

他的功夫也实在猛得可以，居然比单雄信还要厉害。我也不得不感叹一句"将军真天人也"！

不过，尽管我们都看到尉迟敬德立了功、出了名，但是不久前发生的一个意外，却差点就让他失去这次机会。

此前，和尉迟敬德一起归附唐朝的寻相在战前突然逃跑了，考虑到这位仁兄是他的好哥们，一些唐军将领害怕再生变故。比如老将屈突通，他一直看尉迟敬德不太顺眼，就自作主张把他抓了起来，并力劝李世民杀掉他。寻相都跑了，这家伙迟早也会跑，这种降将肯定是靠不住的。

然而李世民却只是用淡定的语气反问大家，如果尉迟敬德想跑的话，他怎会落在寻相的后面？

此话一出，众位将领都陷入了沉默。如果他真的想跑，为什么不一起跑？如果他真想跑，就凭我们难道能拦得住他吗？

看到大家的反应，李世民慢慢走到尉迟敬德面前，为他松绑，然后请到了自己的卧室："大丈夫以意气相投，我绝不会因为这点小事怀疑你。但是如果你真的想走，或者觉得今天受到了侮辱的话，我也不会勉强。"

说完，他走到床边，掀开了被子，底下亮出许多金银财宝。

"你若不嫌弃，就把这些东西带上，权当路费吧。"

尉迟敬德没有看些金银财宝，而是抬起头看到了李世民的目光。那目光真诚、坦率，就如同一片宽广的海洋。那一刻，他被这种目光征服了。他知道，这个人就是自己的真命天子。他愿意为这个人赴汤蹈火，在所不辞。

最终，他放弃了那一大堆金银财宝，原谅了那些要杀他的人，他选择了留下。而且让人意想不到的是，他居然这么快就立了功。

为此，李世民大笑着拍着他的肩膀说：

"公何相报之速也。"

尉迟敬德没有说话，只是憨笑着挠了挠头。

既然讲到这里了，我们就再聊聊尉迟敬德的武功吧。作为隋唐之际唯一一个和秦二爷齐名的人，在武功这点上他是值得大书特书的。

尉迟敬德打仗很猛，这是常识。

不过除此之外，他还有两项独门秘技：一是擅长避槊，二是擅长夺槊。

这两项技能意味着他并不是只会杀人，同时还能保证自己不会被人杀。其实杀人并没有什么牛的，杀了人自己还毫发无伤那才是真的牛。而尉迟敬德就是这么牛，自出道以来，他大大小小打了几十仗，但在万军之中从来都是如入无人之境，从没有一个人能伤得了他。脱下衣服看看，除了可能是蚊子咬起的包，身上连一块疤都没有。

但李元吉却打死也不信这个邪。

李元吉是齐王，唐朝的三皇子，唐军的二把手，时年十八岁，正处于令人闻之侧目的青春中二叛逆期，也是初生牛犊不怕虎的年纪。他平日就喜欢舞刀弄枪，并且以擅用马槊自居。现在，看到尉迟敬德刚刚轻松搞定了单雄信，骁勇的名声急速传播，感到很不服气，就毅然向他发起了挑战。

他一脸严肃地商量道：

"喂，我们都把马槊上的刃去掉，比试一下如何？"

尉迟敬德微微一笑。

"我把刃去掉就行，大王您就不必了。"

尉迟敬德这话或许是说者无心，甚至是担心伤到尊贵的齐王。但他并没有意识到，此举却已经深深触伤了李元吉的自尊，因为这意味着他根本就没把李元吉视为平等的对手。而这样的冒犯是这位心高气傲的年轻人从来没有经历过，也绝对无法接受的。

好，那我就不去刃了。李元吉没有再说话，气呼呼地跨上了马。

听说齐王要和尉迟敬德比武，唐军将士都来围观。

李元吉狠狠咽了口唾沫，抓起马槊，往尉迟敬德的身上刺去，他的速度快得如同一道闪电，他已经使出了全力，更是以必杀之心。

　　可奇怪的是，这一槊却离奇地刺空了。尉迟敬德只是身体轻轻一动，就闪过了这一击。李元吉急了，反手又是一槊，却依然没有刺中。再一槊，还是刺空……

　　尉迟敬德的身材高大魁梧，按说是应该不太灵活的，但神奇的是只要他沾到了马背，身体就滑得像一条泥鳅，任李元吉使出了浑身解数，硬是不能伤他半根毫毛。

　　李元吉杀得红了眼，累得气喘吁吁。

　　尉迟敬德却依然面不红心不跳，从容地端坐马上。

　　在旁观战的众将士都看得兴起。

　　此时，李世民突然想起了一件事——久闻尉迟敬德擅长夺槊。既然如此，今天何不借此机会开一开眼，于是急忙叫停了二人，对着尉迟敬德喊道：

　　"听说你擅长夺槊，夺槊和避槊哪个更难？"

　　"当然是夺槊难。"

　　"那你不妨再试试？"

　　于是，尉迟敬德扔掉了本就没带刃的武器，赤手空拳看着李元吉，仍然面带微笑。

　　李元吉被刺激得更加愤怒了，他已经出离了愤怒。他操起马槊冲过去，恨不能在这个黑家伙身上捅上一百个窟窿。但可惜的是，一出手，马槊就被夺走了。拿回来再刺，还是被夺走，只用了片刻工夫，他的马槊就被夺掉三次。

　　经此一比试，李元吉才算服了，事实摆在面前他不得不服，但内心里却深以为耻（元吉虽面相叹异，内甚耻之）。

　　以后，李世民对尉迟敬德恩宠日隆，倍加亲爱，他也逐渐成了李世民最倚重的武将之一。综合之后历史的发展来看，把这个"之一"去掉也不为过。

尉迟敬德狠狠地表现了一下，罗士信也迎来了发泄怒火的机会。

十月十五日，罗士信挥军攻占了郑国的硖石堡，然后又进围附近的千金堡。

堡中的军民想必对这位变态杀人狂的事迹早有耳闻，站在城墙上对他破口大骂。

听着城内不堪入耳的辱骂，罗士信却一点也没有生气，而是咧开嘴笑了，只是那笑意看起竟是那么狰狞。

当天晚上，他派了一百多人怀抱婴儿来到了千金堡下，婴儿大声啼哭，吵醒了堡里的梦中人。

这时，这群人大声向堡内高喊"我们是从东都来投奔罗总管的"。说完之后，却似乎马上意识到了错误，赶忙改口"不对不对，这是千金堡，罗总管不在这里。"然后赶紧离开。

这群人的话里话外已经传递出了这样的信息——他们是从东都逃出来的，他们准备投奔罗士信（唐军）。而按照郑国的律法，这样做是要严令处死的。

对这样投敌变节的行为，千金堡的守军当然不能不管，赶紧调派人马出来追赶。但令他们猝不及防的是，千金堡的大门一开，就猛然杀入了一支唐军伏兵。这是罗士信在门口设下的埋伏，那一百多个怀抱婴儿的人只是他的诱饵。

一番激战下来，罗士信占领了这里，然后从容下了一道军令——堡中之人，格杀勿论。

还骂不骂了？罗士信还是那样笑着。

两位猛将都在比赛似地立功拔寨，在这种情况下，唐军的第三统帅李勣也不甘寂寞了。

他开动脑筋，大施"阴谋诡计"，几乎将郑国的东部搅成了一锅粥。而他做到这一切，竟然只不过是写了几封信而已。

我数了数，一共三封。

情况是这样的，作为东部战场的最高指挥官，李勣曾写信劝郑国的荥州刺史魏陆投降（第一封）。

魏陆收到信后，权衡再三，答应了。无论怎么说，跟着唐朝混还是更有前途一点，这笔账有点脑子的都能算清楚。

正在此时，郑国太子王玄应派大将张志到所辖州县征兵，张志不知道魏陆投降的事情，冒冒失失带人来到了荥州，结果立刻被他活捉，然后当成了见面礼送给了李勣。

一封信招降了一员大将，又白送一个，按说也算买一赠一，赚大了。可李勣看到张志以后，却突然灵光一现，感到可以再深入挖掘一下他的潜力。因为李勣了解到，张志是王玄应的心腹，常年跟随左右，对他的行文习惯和笔迹都非常熟悉。而且幸运的是，王玄应和郑军内部都不知道他被抓的消息。

于是在李勣的逼迫下，张志也写了一封信（第二封）。这封信送到了郑国东路军将领张慈宝的手里。

张慈宝拿到这封信后，看到里面命令自己即刻停止前进，马上带兵返回汴州，落款还是王玄应，不敢怠慢，马上照办了。可当他回到城内的时候，汴州的最高长官——刺史于要汉却当场把他拿下，以逗留不进的罪名把他杀掉了。

王要汉杀张慈宝的理由很简单，因为他也收到了一封信，信中说的就是张慈宝无故停止前进，莫名其妙退回汴州，已经犯了军法，让他赶快处置。不用说，这封信也是李勣让张志写的了（第三封）。

一时间，郑国这几员大将不是被杀，就是投降，可算被李勣坑惨了，可是还不止这么惨。

很快，王要汉就发现自己中了反间计，除了震惊和懊悔，他更感到的是害怕，怕别人以为自己是和唐军串通好的，怕王玄应追究责任砍自己的脑袋。既然如此，也就顾不了那么多了，于是把心一横，也带着手下投降了。

经过这几位大将的投降、退兵、自相残杀之后，郑国东部的州县算是被搞得人心惶惶，彻底陷入了混乱。他们无论如何也想不通，到底是王玄应要杀人，还是唐军要杀人。

见此情形，王玄应也犯了糊涂，他同样无论如何也想不通，是自己哪里做得不够好，还是将士们蓄谋已久发动了叛乱。

于是，他丢下了地势险要的虎牢关，惊恐地逃回了洛阳。

十二月初三，郑国境内的许、亳等十一个州又投降了唐朝，"送白菜"活动仍在继续……

王世充到底有多少州县我没有统计过，但是我知道这样送下去，他是很快就会完蛋的。

事实的确如此，几个月之后，王世充的领土除了一个洛阳城，几乎都已落入了唐军之手。现在的王世充已经不能说是一个国君了，而是一个城主——洛阳城城主。

李渊也得知了王世充近来的处境，知道这家伙已经时日不多了，于是让手下给李世民带去了一道命令——攻取洛阳。不破洛阳，绝不收兵。

有了父亲的支持，李世民的决心更加坚定。

二月十三日，为了有所突破，他把军营重新转移到了青城宫——这个曾与王世充隔河对话的地方。

可是，还未等他转移完毕，就发现河面前来了一支敌军，为首的正是王世充。他带领两万人马急速杀到，抢占了有利位置，只等发动进攻。

自开战以来，王世充就很少出城野战，因此一旦出城就表明他已经做了充分的准备。而此时的唐军，却因为转移仓促，连营垒和防御设施都没有修好。

该怎么办？或者说，该怎么逃？人家以逸待劳，我们没有准备，不逃还能如何？

可李世民观察了片刻之后，却告诉大家，我们要打，而不是要逃。

"敌人现在倾巢而出，不过就是想乘侥幸打个胜仗罢了。其实他们的处境早就不行了。只要我们顶住，他们的图谋就不会得逞。"

"都给我狠狠地打，打到他再也不敢出战为止！"

说完之后，李世民即令屈突通率五千步兵渡河进击，自己则带领玄甲军到邙山列阵。临走之前，他反复告诫屈突通。

"军队一经交锋，立即施放烟火。"

烟火是李世民交待的信号，待烟火升起的时刻，就是他的骑兵冲锋之时。

李世民很快到达了邙山，等了片刻，看到山下升起了烟火。他知道屈突通已经和郑军交战了，于是策马向山下冲去，紧随其后的是秦叔宝、程知节、尉迟敬德和段志玄，他们的身后，则是令人望而生畏的唐军特种部队——玄甲军。

黑色的军团居高临下、势不可挡，就像天兵下凡一样冲入了敌阵，很快和屈突通的部队会合。

两支军队合兵一处，并肩作战，杀得郑军纷纷退却，胜利眼看又要到来了。

但李世民好像忘记了上次被单雄信突袭的教训，他又带着区区几十名精锐骑兵冲入了敌阵，去查看郑军的兵力分布情况。可由于杀得太过凶猛，他们竟然从敌人前方一直杀到了背后。

这时，李世民才猛然发现，自己已经和其他将士走散了。

更可怕的是，他还发现自己被挡住了。这一次挡住他的并不是单雄信或是哪位骁将，而是郑军的防御长堤。可怕之处在于，敌人是可以被打跑的，长堤却不会自己跑开。

战场上的形势瞬息万变，刚才还生龙活虎，转眼就成了光杆司令。

几名郑军骑兵见状之后，胆子也大了起来。单挑不行，围殴还打不过你吗？就势追了上来，操着弓箭像雨点一样奔他射去，连他的坐骑都中箭倒毙。

李世民的处境比上次还要危险。

在这个危急关头，不远处的丘行恭突然爆发了，立即调转马头，过来救驾。还记得平阳公主起兵前招降过一个叫丘师利的土匪吗？丘行恭就是他的弟弟。这位土匪弟弟是一个勇毅绝伦、擅长骑射的人，甚至有过生吃人心肝的记录。如此凶残的人上了战场，简直就像蚊子见了血，光是能免费杀人就能让他兴奋。

果不其然，丘行恭连杀数人，赶到了李世民马前。然后拉开强弓，射杀追兵，敌人因此吓得不敢向前。

　　随后，他把坐骑让给了李世民，自己下马步行，双手挥舞长刀开路，刀锋所及之处，无不命中敌军，李世民则在马上左突右击，与他互为掩护。

　　经过一番苦战，两人总算是杀开一条血路，冲出了郑军的包围圈，返回了唐军的大部队。

　　每到危急时刻，李世民不是有人救驾，就是有人开路，总是能化险为夷，实在让人感觉有主角光环护体。估计电影电视这么拍，观众也得骂导演没有创意，但是没办法，这就是历史，这个叫历史的导演就是这么没有创意。

　　不过，虽然李世民安全返回了，这场战斗并没有结束。

　　这一战里他打得很玩命，王世充也杀红了眼。事实上王世充无比珍视这次有望翻盘的机会，他知道再不打个胜仗自己就只能坐在城里等死了。于是以非同往日的决心展开了殊死战斗，军队三番五次被打散，又重新集结起来。这场战斗从早上的辰时一直打到中午，胜败仍未见分晓。

　　但是，郑军的战斗力终归还是差点，相持几个时辰以后，他们已经渐渐顶不住了，王世充也终于认识到自己是不可能胜利的，于是指挥陆续撤退。

　　李世民则抓住这次机会趁热打铁、乘胜追击，俘虏歼灭了七千多人，并进而包围了洛阳城。

　　此战之后，王世充是彻底被打怕了，从此以后，他再也不敢出城野战，只能闭城自守。

　　枯燥乏味的攻城战终于开始了。

　　王世充缩进洛阳城之后，唐军开始在李世民的督促下大举攻城，这是一种全天候、立体式、不间断的围攻，最紧张的时候，一连十多个昼夜都不停息。我甚至有种感觉，唐军将士一定都是每天排好了班儿。谁要是不按时到岗，准得被通报批评。

　　但是这围攻好像并没有达到预计的效果。因为郑军退回城内之后就似乎没那么好欺负了，洛阳高高的城墙赋予了他们勇气，遇到来攻城的都会殊死还击。除了利用丰富的守城经验布防以外，他们还使用了大规模杀伤性武器——大炮和弩箭。这里的大炮是一种抛石机，抛射的石头最重可达五十斤，能够飞出二百步，所及之处无不化为齑粉。弩箭也特别厉害，其中有一种带有八个弓的强弩，箭杆像车辐条一样长，箭镞像斧头那么大，拨动弩机发射，可以射出五百步以外，如果射中了人，估计就直接穿成串儿了。

唐军的攻击还像之前那样英勇，却得不到之前那样的战果了。

洛阳城内的王世充本来已是一只瓮中之鳖，但是现在，这只鳖的外壳上却好像长出了刺，成了一只让人无法下手的刺猬。这只刺猬可能不会主动攻击你，但你若胆敢触碰他，就会被刺得鲜血淋漓。

时间一天一天过去，唐军将士渐渐感到疲惫。他们或许相信自己终会取得胜利，但他们却无法预知胜利究竟什么时候才会到来。不可预知的事情总是让人疲惫。既然这样，还是先回关中老家休整一下吧。大家已经出来半年多了，也都想念家里的老婆孩子了。

第一个了解到将士们心情的人是刘弘基，我们有理由相信，他也一定是个特别顾家的人。还是像追击宋金刚时那样，他直接找到了李世民，劝说道。

"大王，回家吧。将士们都累了。"

这建议听起来在情理之中，先回家休整一下，改日再来，反正唐军将士有打败王世充的能力，也不在乎这一朝一夕。但李世民突然瞪住了他。

"刘弘基！"

听到这严厉的喝问，刘弘基心头一震，愣愣地看着他。

"我军大举而来，正当一劳永逸消灭敌人。现在河南州县多半都已归附了，就剩洛阳一座孤城死守，怎么可以前功尽弃？这不是临阵退缩吗！"

"大王……"

"你不要再说了！洛阳不破，决不回军。"

"我……"

"敢言班师者，斩！"

李世民转过身，不再看他。

听到主帅这番杀气腾腾的回话，刘弘基向后退了两步，沮丧地退出了大营。他已经跟随李世民多年，也从来不是一个临阵退缩的人，他之所以提这个要求，其实有体谅将士们的良苦用心，而不是为了自己啊。

但刘弘基或许没有明白，比起李世民他还少了一样东西，一样战争中最重要的东西——决心。

在所有的战术、谋略、勇气都已用到极限的时候，胜利的因素就只剩下了一个——决心。你想让将士们回家休整，王世充就不会休整吗？等你休整完再回来，王世充就不会做好准备？既然这样，为什么不一鼓作气，下定决心，就在此刻消灭他？在双方都身心俱疲，都快要支撑不下去的情况下，胜利终将属于那个能坚持下来的人！

王世充的洛阳城是一只刺猬，但李世民已经下定决心消灭这个刺猬，他要用自己的双手，把这只刺猬身上的刺一根根拔起。

得知刘弘基的遭遇之后，将士们都明白了李世民的用意，再也没有人敢提撤兵的事。

但话说回来，李世民做事还是非常人性化的，对大家身心疲惫的状态，他其实是体谅并且理解的。因此，对那些归心似箭的将士们，他并没有一味用军法恫吓，而是转而使用了安抚的手段。

他下令暂停攻势，放了几天假，让将士们稍作休息。

然后，他给王世充写了一封信，晓以祸福利害，劝他出城投降。

如果王世充肯答应，这也无疑是个胜利的好消息。大家都省得再麻烦了。

然而王世充没有回复。

王世充当然不会回复，因为他并不想轻易屈服。他的郑国，他的皇位，都是经过无数阴谋诡计、尔虞我诈、腥风血雨才得来的，他怎么可以轻易屈服。一旦屈服，这大半辈子岂不都白忙活了！

此时此刻，他正一边在城里硬撑，一边偷偷找了个帮手，这个帮手其实早已经答应了他，只是家里有些事情没有处理完，还没顾得上过来。但是王世充无比确信，只要这个人忙完了，就一定会过来的！因为对这个人来说，救王世充也是在救他自己。

这个人就是窦建德。

大救星窦建德

作为隋唐之际举足轻重的人物，其实窦建德已经出场很久了，但是因为他戏份不多，所以一直没来得及介绍他，实在非常抱歉。现在，他都开始主动抢戏了，我也到了该介绍他的时候了。

窦建德，河北漳南人（今河北故城），是一位老资格的农民"起义家"，从大业七年就走上了武装反抗隋王朝的道路，比李渊、李密等人可要早多了。

遍历隋唐之际大大小小的割据政权，除了李密之外，窦建德是公认的最有资格和唐朝争夺天下的人物。

他家里世代务农，从来没有学过什么四书五经、诗书礼易，所以知书达理这个词与他无缘。但他却无师自通，非常讲究礼节，为人宽厚侠义（少尚气侠，胆力过人），比那些读书人不知道要好到哪里去了。后来，他当了一名乡镇基层干部（里长）。和那些鱼肉乡里的土皇帝不一样，他从来都把自己的胆力用在为人民服务上，而且坚持原则，不拿群众一分一毫。

有次，村里一个年轻人父母双亡，却没钱安葬，只能在自己那片小小的田地上，自顾自地唉声叹气，自己怎么就如此不幸。但既然他的事迹上了史书，我们就可以肯定，他的运气不会太坏。事实的确如此，他的事被正在旁边干农活的窦建德听到了，窦建德二话没说，撂下锄头就回了家。几天之后，年轻人家里收到了门类齐全、款式新颖的丧葬用品，一同前来的还有一支送葬队伍，说要把他的父母好好安葬，年轻人当时就被惊得目瞪口呆、喜极而泣。

这一切自然都是窦建德一手操办的。那天回家后，他没顾得上歇口气，就打开家里的保险柜，拿出了钱财，和有关人员多方联络，为年轻人家料理了后事。

类似这样做好事不留姓名的事迹还有很多很多。

所以窦建德的人缘非常好，好到他父亲去世时有一千多人来送葬。

隋唐时期一百户为一里，五里为一乡，按一户五口人来算，即便每家每户全员出动，一千多人至少也需要两个整里。我们据此估计，当时十里八乡的人可能全都过来了。一个普通的乡镇干部能混到这份上，夫复何求？

窦建德起义之后，前来归附的人很多，其中就有大批对他仰慕已久的粉丝。靠着这些铁杆粉丝的支持，当然也有自己的辛勤努力，他打出了一片天地，至少在河北南部成了说一不二的人物。

武德元年（618 年）冬至那天，窦建德在乐寿（今河北献县）称王，建国号为夏，他登基那天，天空出现了罕见的祥瑞之兆，有五只大鸟降落在宫城上，后面还有几万只鸟雀跟着飞来，整整过了一天才飞走。

因此窦建德为这一年取年号为"五凤"。

不过令人奇怪的是，窦建德虽然反抗隋朝，自己也称了王，却始终把自己当成隋朝的子民。

他在称这个王的时候，专门去找皇泰主杨侗汇报，请求人家批准，同时他也特别不待见宇文化及，还公开打出替杨广报仇的旗号，攻打他们。

我们前面说过，窦建德把宇文化及一伙打败了，不仅砍了他们的头，还缴获了他们从隋朝宫廷带来的无数金银财宝，传国玉玺，以及后宫佳丽。传国玉玺窦建德自然笑纳了并妥善保管，但奇怪的是，窦建德对其他的东西却一无所取，金银财宝全部分给手下，后宫美女则全部遣散回家。考虑到窦建德的身份是夏王，吃喝不愁，平时根本用不到钱，不要金银财宝还或多或少可以理解，但不好美色就有点违反"人之常情"了。

一千多年前，孔老夫子看着卫灵公和南子亲昵的背影，发出了一句低低的怒吼："吾未见好德如好色者也！"但如果让他穿越到隋末唐初，那他一定会考虑考虑是不是把这句话收回。

因为窦建德就是连美色都不好的那个人，隋朝宫廷里那些姑娘都是杨广在江南千挑万选的美女，个顶个的花容月貌，姿色过人。现在她们都属于他了，作为掌握她们命运生死的人，窦建德尽可以把她们纳入后宫，当作妃嫔宠幸，这对一个称王的人来说实在正常得很，君不见李渊、李世民也都是后宫佳丽成群嘛，但这丝毫没有损害他们在历史中的正面形象。可没想到的是，窦建德居然对她们看都不看一眼，全部拜拜，遣散回家。

要知道，窦建德是一个正常男人，他还是有妻妾的（数量不多，只有几个）。身为一个正常男人，却能克制自己的欲望，弱水三千只取一瓢饮，真的很让人佩服。

他的生活习惯也非常艰苦朴素，日常饭食只有蔬菜、粟米，连肉都很少吃，妻妾也从不穿丝绸衣服。没有条件讲究的时候不讲究，这一条好做到，有条件讲究的时候不讲究，这一条难做到。而窦建德就是做到了难做到的事。

身为一位帝王，自我约束到这个程度，实在是历朝历代所罕见。

如果我们划两道数轴，用横轴表示品德，纵轴表示义气，那么窦建德一定是在第一象限的右上角，而王世充一定会在第三象限的左下角。也就是说，他们是个性完全相反的两个人。王世充阴险狡诈、反复无常，而窦建德则宅心仁厚，侠肝义胆。

虽然个性不同，但窦建德对王世充完全没有"异性相吸"的感觉，反而想起他来就觉得恶心。尤其是王世充称帝以后，窦建德更加无法容忍，一个人怎么可以弑君自立呢，这已经超出了他能够认知的道德底线。当然了，更深层的原因也可能是"当皇帝，你也配"这个念头很可能与李渊不谋而合。

但就是这样两个完全不同的人，却即将慢慢走到一起。

实在没办法，都是唐军给逼的，唇亡齿寒并不是一个很难理解的道理。你要是完了，我还能蹦跶几天？不过，窦建德也不傻。他知道即便郑国的实力远远逊色于唐朝，凭借东都那百年不遇的坚固城防，抵抗一阵子也是没问题的，如果自己出兵太早，就容易成为王世充的挡箭牌，从而变成唐朝的重点打击对象。而王世充一旦恢复了元气，成了气候，同样会成为自己不小的威胁。

所以，他出兵不能太早。

当然，出兵也不能太晚，太晚了王世充被彻底打残了也不行，到那时自己面对的将是一个整合了关西和中原的超级强权巨无霸，单凭夏国的一隅之地也是完全没有力量抗衡的，那出兵也就失去了意义。

因此，兵是可以出的，但一定要把握好时机。

古代打仗的最高境界是不战而屈人之兵。因此在出兵之前，他还是要先试一下和平的手段。

在李世民合围洛阳之前，他曾派出过一个高规格使团，让自己的外交部副部长（礼部侍郎）李大师（原名如此，不是外号）去唐军指挥部谈判。

大师是一个非常博学的人，他熟悉古代历史，长于评论时事，文采飞扬，能言善辩，是个不可多得的政史复合型人才。

李世民也是个文史爱好者，所以他和大师算得上是一见如故。

那天，他热情接待了以大师为团长的夏国代表团，高度评价了窦建德为中原和平所做出的杰出贡献，他指出，唐朝政府对洛阳伪郑国的立场是明确的、一贯的，希望夏国重视与唐国深化合作，保持冷静克制，加强交流对话，发展友好关系。

……

半天过去了，李世民只字未提撤兵的事。

第二天，连同大师在内的整个使团都被"热情"地挽留在了唐朝军营，从此，再也没能返回夏国。

窦建德就这么被明目张胆地挖了一回墙脚，而且我们能看出来，大师也有不灵的时候。

但无论如何，这样的结果是让他非常恼火的。自古两国交战不斩来使，嗯，你们倒是没斩，却扣下来改造成了自己人。这……这还不如斩了呢？

好吧，既然你们把我的好心当成驴肝肺，那就别怪我动粗了。

窦建德摩拳擦掌，准备动手。

但他惊讶地发现，先动手的却不是自己，而是唐朝。确切地说，这个人并不是真正的唐军，而是唐朝的爪牙。

这个人叫李艺。

他还有一个大家都知道的名字——罗艺。

我不让你走：罗艺

我们前面已经说过了，罗艺既不是罗成的爸爸，也不是罗士信的爹，但他真的是北平王，或者我们可以用一个更正式的称号来称呼他——燕王。

这个王可不是他自立的，也不是别人起的外号，而是大唐王朝正经八百册封的，含金量非常之高。不仅如此，唐朝廷在册封他当燕王的时候，还赐他姓了李。

在现代很多人的认知里，赐姓这种行为很别扭。我自己又不是没有姓，干嘛要你赐呀？跟你姓了，我的祖宗怎么办？给人感觉就像得了传染病的领导拿筷子给你夹菜一样，虽然是一片好心，搁到碗里却总是有点难以下咽。

其实，古代皇帝赐姓是非常高规格的赏赐，比送你一百斤金子都值钱。这说法一点也不夸张。我们想想，皇帝都乐得让你跟他姓了，那岂不是把你当成了自家人？如果年龄大点，就成了皇帝的嫡系小弟；如果年龄小点，那基本等同于皇帝认你当了干儿子。享受这样待遇的我们掰指头数数，一个朝代都出不了几个，大多数有功之臣挤破头都抢不到，属于一种可遇而不可求的殊荣。

至于自己本来姓氏的问题，你都随皇帝姓了还在乎原先那个姓吗？再说了，但凡皇帝赐姓的哪个不是青史留名，别说自己了，就是老祖宗知道了也该含笑九泉了。看看后世郑成功的影响就明白了，大家一提他连名字都没必要叫，直接用国姓爷尊称。可见赐姓荣耀之高，绝不是我信口雌黄。

所以，受到唐朝如此的厚爱，罗艺干活特别卖力，为唐朝极大地牵制了河北群雄的力量。

不过话说回来，罗艺为什么要投唐呢？为什么要为了唐朝去跟河北群雄结怨？这说起来还有一段故事。

罗艺是隋朝的军二代，曾当过幽州地区的军事长官。后来眼看天下行将大乱，就利用职务之便占据了幽州一带，成了隋末一支重要的割据势力。

虽然占了一块不算小的地盘，但罗艺却并不是一个只看眼前的人。他明白，幽州这地方再大也只是河北的一隅，再怎么折腾也只能是帝国的外围势力，自守马马虎虎，称霸是绝无希望的。换句话说，就是上升的空间已经没有了。

可天下总归是要一统的，只要当了军阀就是踏上了不归路，他们往往只有两种选择，要么灭掉所有人，要么被人灭掉。

鉴于第一种选择难度系数太高，他已经不可能完成了。为了将来的打算，他就必须尽快找一个强大的靠山，一个有能力一统天下的老大，然后去干点力所能及的工作，这样至少还能混一个开国元勋的身份，于国于家也就该知足了。

当时宇文化及、窦建德、高开道等人都知道罗艺想转让幽州公司，于是卯足了劲儿去并购，天天往他家里派说客，络绎不绝、门庭若市，就像中原大战时张学良的少帅府一样。但是，这些人当中，却没有一个能配得上罗艺心中的真命天子的称号。因为真正的天子，他早就心有所属。

不久之后，他当着全体手下和各位来宾的面表明了自己的态度。

"窦建德、高开道就是一帮土匪！宇文化及也是个无能之辈。我听说唐公已经平定关中，天下归心，这才是我真正的主公啊。"

罗艺长长地赞叹了一声，然后严肃地沉下了脸，斩钉截铁地说道。

"我已经打算归附唐朝了，有敢阻止的，斩！"

他最终准确判断了形势，投向了李唐的怀抱。

隋唐之际，很多人都以窦融自比，李密、李轨莫不如此，但说实在的，他们这些人要么是自己打败仗混不下去了，要么是力量弱小根本没有还价的余地。只有人家罗艺真的是在事业上升期的时候，义无反顾、心悦诚服地归顺了大唐。

所以我以为，罗艺才是最实至名归的唐朝版窦融。

罗艺归唐后，幽州就成为了唐朝在北方的一块飞地①，也成了唐朝牵制河北群雄的一个战略支点。

给我一个支点，我能撬起地球。

当然也正是缘于此，罗艺成了河北群雄的眼中钉、肉中刺。他就像一个群雄中的叛徒、义军里的白眼狼，窦建德、高开道、刘武周等都恨不得人人得而诛之。

不过窦建德虽然势大，毕竟距离远一些，还不至于对罗艺造成致命的威胁。真正算得上罗艺心腹大患的反倒是另一个人——高开道。

高开道这个人知名度并不高，知道的人恐怕没几个。

隋唐之际，大大小小的群雄多如牛毛，我在写的时候也是有取舍的，要么写好人中的好人，要么写坏人中的坏人，要么写英雄中的英雄，要么就写与众不同的人。

之所以说高开道，就是因为他是个特别与众不同的人。

高开道是渔阳地区的反贼，这地方在今天天津的蓟州，距离罗艺的幽州不远。两人一个天津户口，一个北京户口，彼此之间很有点天津泰达和北京国安惺惺相惜、情不自禁的感觉。

高开道曾经在打仗的时候中了一箭，那支箭非常不幸地射中了他的脸。尽管他马上拔出了箭杆儿，但这支箭的做工可能差了点，最后箭头还是留在了里面。

我们不用想就知道这有多难受。

于是他请了一位医生。医生诊断之后说，箭头太深，没法拔呀。高开道一怒之下，就把这医生杀了。

然后他又找来一位医生，这位医生说要拔箭头也行，就是恐怕会很疼。

---

① 飞地：一种特殊的人文地理现象，指隶属于某一行政区管辖但不与本区毗连的土地。通俗地讲，如果某一行政主体拥有一块飞地，那么它无法取道自己的行政区域到达该地，只能"飞"过其他行政主体的属地，才能到达自己的飞地。

高开道一生气，又把这位医生杀了。

说真的，我不知道高开道到底是怎么想的。人家都说能拔了，你怎么还杀人呢？你到底是怕疼呢，还是觉得这医生说你是个怕疼的人瞧不起你呢？不过这都不重要了，反正人都已经死了。

再之后，高开道又找来了一位医生。这位医生在来高开道家之前，想必已经对这位不要钱只要命的职业"医闹"做过了充分的了解和思想准备。他忙不迭地说可以拔。

这下高开道终于不杀人了，只是若无其事地伸过脸去。

于是，这位医生拿出凿子，凿开了他的面颊骨，再抡起锤头往里钉楔子，终于在骨头上开了一寸多的缝，然后再用刀和铁钳往里挖，最后终于满头大汗地把箭头挖了出来。

而手术进行的时候，高开道就像平时一样，一边看着歌舞，一边喝酒吃饭，直到结束。

我们都知道关羽刮骨疗毒的故事。演义中说关二爷是一边下棋一边手术，史书记载中他是"割炙饮酒，言笑自若"，两种说法不太一样，一个下着棋风雅一点，一个喝酒吃肉豪迈一点，但是都表达了一个意思：关公意志坚强，不怕疼痛，无愧于他盖世神将的美名！

我们且不说高开道的道德人品，单就意志坚强不怕疼这一点，他甚至比关公还更胜一筹。

胳膊中了一箭，其实还好过一点。因为胳膊上的神经末梢不是太密集，痛觉没那么强烈，至少对一个人生活的影响要小一点。而高开道是脸上中了一箭，不仅疼痛呈几何倍数级的提高，心理上的创伤也更加严重。

胳膊上做手术，把脸一扭还能当看不见，而高开道不仅没闭眼，还饶有兴致地一边看乐舞一边大吃大喝，这耐受能力已经远远超过了人类的极限，简直让我怀疑他要么是感觉神经末梢坏死，要么就是一个外星生物。

要不是通鉴里详细记载了这件事，我是绝对不会相信的。

距离罗艺最近的邻居就是一个这样的狠角色。而且，高开道也确实打过他的主意。

那一天，"泰达队"高开道带领骑士数人来到了"国安队"罗艺的府邸。名义上是来拜访做客，实际上就是要对他下手。先来个斩首战术，把他做了，再吞并他的地盘。

对高开道的来意，罗艺心知肚明，但他还是客客气气地设下了酒宴，和高开道畅饮尽欢。

酒宴当中，高开道一直在眯着眼睛观察罗艺的动静，准备伺机杀掉他。但罗艺却不慌不忙，镇定自若，自始至终没有露出一点破绽，而且散发出一种凛然不可侵犯的气场。

最终，高开道没有找到下手的机会，也明白这个人不好对付，平静地离开了"国安主场"。

送走高开道之后，罗艺惊出一身冷汗，从此对他严防死守。高开道也就没有打过他的主意。

两人这才算是相安无事。

在强敌环伺的河北，罗艺的生存环境可谓极端恶劣。但既然投靠了唐朝，他就不能当一个只拿钱不干活的角色。窦建德是不得不打的，这不仅是唐王朝的战略要求，也是罗艺为了自保和立功不得不做出的选择。

两人的武装冲突由来已久，结下了不小的仇怨。

之前的暂且不提，单说罗艺投靠唐朝以后，就在衡水打了窦建德一家伙，并且胜了（李艺破窦建德于衡水）。

半年以后，窦建德带了十万大军去幽州报复，又被斩首五千余级（艺袭击，大破之，斩首五千级）。这是一个惊人的数据。古代军队当中，后勤兵的比例往往能接近半数。窦建德说是来了十万军队，战斗兵力可能就只有五万，那么斩首五千，就意味着被杀死的将士占了十分之一，有生力量的损失是十分巨大的。

这次惨重的损失想必让窦建德记恨了很久，一年多以后，他又来到了幽州。这一次，他下了前所未有的决心，把兵力翻了一倍——二十万，好像要誓死拔掉这根刺头。但这次战斗的结果又如大家所料，窦建德再一次被打败了（大破之，建德逐北）。

窦建德这么响当当的人物，怎么就奈何不了罗艺呢？我说这话不是瞧不起罗艺，而是从实力对比来看，窦建德明显是占优的一方啊。

答案是千军易得，一将难求。而罗艺的手下还不止一个，薛万均、薛万彻这两个当世一流的猛将兄弟都在他麾下效命。虽然猛将不是在战争中取胜的唯一因素，但我们都得承认，有了猛将指挥，打个把胜仗实在要容易许多。

窦建德第一次围攻幽州的时候，罗艺就是在两兄弟的建议下打了伏击战（万均请精骑百人伏于城侧……大破之）。

窦建德第二次围攻幽州的时候，罗艺又在两兄弟的建议下打了地道战（万均与万彻率敢死士百人从地道而出，直掩贼背击之，贼遂溃走）。

如果窦建德还敢来幽州第三次的话，谁知道他俩会不会琢磨琢磨打个地雷战。

所以，有两位猛将助阵的罗艺一直让窦建德颇为忌惮，而罗艺对窦建德也不是那么惧怕。像我们前面说的，就在窦建德决定出征救援王世充的那一刻，罗艺还冷不防在笼火城悄悄打了他一记黑拳（李艺又击窦建德军于笼火城，破之）。

被罗艺三番五次骚扰的窦建德非常愤怒，也在犹豫要不要去找他算账，但仔细想了想之后，窦建德发现自己除了愤怒也没有别的办法了。

因为他还要去救王世充啊。

"姓罗的，等我回来再收拾你。"

也只能这样了。

窦建德的决心 VS 李世民的决策

"世充，我来啦！"

话一落音，窦建德带着人马杀到了山东。

不对吧？王世充不是在河南吗？窦建德怎么往山东跑了？

窦建德去的是山东没错，他答应去救王世充也没错，并且他也确实出兵了。但是，他从来没说过现在就去，因为在出兵之前，他还要下一盘大棋，料理一个邻居——孟海公。

还真是个慢性子啊。

孟海公是山东的割据势力，地盘大概在今天菏泽一带。虽然他和窦建德没有闹过什么不愉快，但也算是在人家眼皮子底下，窦建德想吞并他已经很久了。于是，接下来的两个月，窦建德一直都在山东和孟海公作战，直到最后把他俘虏。

如果王世充知道了，不知会不会感慨窦建德的援救如此"及时"？

其实，窦建德先打孟海公、后救王世充的策略是对的。王世充他是要救的，但这并不是他的根本目的。他的根本目的是要让李世民和王世充鹬蚌相争，然后自己渔翁得利。

这个利或许是三足鼎立，或许是席卷中原，或许还是击败唐朝一统天下呢。没关系，窦建德不挑，这三种结果他都可以接受。

但是，怎样才能更好地得利呢？窦建德也有自己的考虑。

一方面是要拿捏好双方相争的时机。比如不能放任李世民把王世充彻底消火了，那时候再去救也就失去了意义。当然也不能在王世充未受重创的时候就去，那样的话，救了他反倒给自己家门口再添一个强敌，到头来也不划算。最好的情况就是两人都打到筋疲力尽的时候，突然出击，这样才可以确保利益最大化。

另一方面就是要扩充自己的力量了。李世民和王世充相持的时候，也是中原难得清闲的时候，而此时山东的孟海公恰好就在眼前，那么既然如此，为何不趁势去收服他？他的地盘、人马，对自己壮大实力都是很有必要的补充，而且等收服他之后，李世民和王世充就该消耗得差不多了，时间应该还来得及。

于是，窦建德就这么做了，他悠闲地看着李世民和王世充在擂台上打得你死我活，自己则在场下伸伸腿、拉拉筋，做做准备活动。等王世充即将趴下但还没有趴下，李世民的体力也得到最大消耗，自己的准备活动也做完的那一刻，他就会跳上擂台。

现在好了，孟海公本人被俘虏，部众也被兼并。

此时，王世充也快要趴下了。洛阳城内已经到了无比窘迫的境地，草根树皮都被吃光，甚至出现了人相食的惨象。有些人不想吃人，就只能吃泥水和糠麸做成的饼子，直吃到身体肿胀、腿脚发软，最后死在路上。受苦的不只是老百姓，连一些郑国官员都得不到维持活命的口粮，活活饿死在山沟里……

李世民呢？李世民也累了，他近来的措施就是在洛阳城外深挖壕沟，搞长期围困，连城都不大攻了。

窦建德期待已久的良机终于到了。是时候跳上擂台了。

观众朋友们，久等了！李世民，久等了！所有记得我的名字的人们，你们都久等了！

我要让你们看看，我大夏国铁拳的厉害！

窦建德出兵了！他拉出了大夏国的全部人马，以及刚刚收服的孟海公余众，沿着黄河一路朝西，水陆并进，溯河而上。

王世充得知消息，赶紧派弟弟王世辨带兵接应，两军合兵一处，兵力达到十多万人，号称三十万，浩浩荡荡杀向了洛阳。

与此同时，王世充本人也强行打起了精神，调集残余势力在洛阳城内修缮武备，企图与窦建德的大军遥相呼应。

这一天是武德四年（621 年）三月二十四日，距唐军讨伐王世充已经过去了九个月。

在窦建德的大军向西突进，王世充与他遥相呼应的时候。

李世民正端坐在中军大营里，召开了一次唐军干部扩大会议，他面前坐着大大小小的各级将士。

围绕着如何应对窦建德的问题，大家七嘴八舌提出了各自的意见。

许多人都以为，唐军应该撤退。理由是夏军来势汹汹、声势浩大，如果耗在这里继续打就会腹背受敌，这样可太危险了。因此不如先把军队撤回去，来日再图进取。

这种意见无疑是稳妥谨慎的，充分考虑了唐军目前将士疲惫的客观情况，也得到了屈突通、封德彝、萧瑀等多数人的支持，他们的身份大多都是老将、老臣。

在很多时候，少数服从多数和论资排辈是解决复杂问题最简单的方法，既然这么多人都想撤，而且想撤的人资历还比较老，那么……

李世民的眉头紧锁着，没有说话，他不想撤。

可是还未等他开口，青年军官郭孝恪就以一种非常自信，甚至是狂妄的语气打乱了会场的气氛。

"王世充就快完蛋了，窦建德又来送死，这是上天要让他俩一块灭亡啊，你们为什么要撤退？"

会场安静了，屈突通等人听得一愣，眼神齐刷刷地看向了他。他们都觉得，这个年轻人真是太狂妄、太自大了，你知道窦建德的大军有多少人吗？知道他们现在士气正旺吗？你知道我军将士都很累，很多人早都想家了吗？你居然还说窦建德是来送死，还问我们为什么要撤退，你没病吧？

但郭孝恪没有理会大家鄙视的眼神，继续说道："大伙，不能撤退啊！如果我们现在撤退，郑夏两军就有了喘息的机会，以后再想一举歼灭就困难了。眼下我们应该抢先固守虎牢关，屯兵汜水，把窦建德顶住，到时候临机应变，一定可以打败他！"

虎牢关是洛阳东边的门户和重要关隘，因周穆王在此牢虎而得名。这里南连嵩山，北临黄河，山岭交错，自成天险。有"一夫当关，万夫莫开"之势，为历代兵家必争之地。如果唐军控制了这里，就是抢得了战争的先机。

虽然郭孝恪这话说得还是很狂妄，但也提出了具体的策略，别人要想反驳，恐怕也不太容易。

可是，还没等别人完成反驳郭孝恪的构思，一位叫薛收的年轻人又站出来支持他的观点。

薛收是隋朝名臣薛道衡的儿子，时任李世民的记室（秘书）。因为他去世比较早，所以知道他的人并不多。但事实上，这是一位非常有才，有才到几乎不亚于房玄龄、杜如晦的人物。他在世的时候，常常被李世民视为心腹知己，去世之后，李世民还经常梦到他。很多年以后，李世民就曾对房玄龄这样说："薛收要是在的话，应该让他做中书令啊"（薛收若在，当以中书令处之）。要知道中书令可是后来唐代的首席宰相啊，可见李世民对他器重之深，也足见薛收的水平之高。

薛收用缓慢而又清晰的语调告诉大家，王世充的军队还是有战斗力的，他们唯一的困难就是缺粮。如果放任他和窦建德会合，军粮得到补充，很快就能恢复元气。到那时，他再和窦建德联合起来，唐朝夺取中原就遥遥无期了。所以千万不能撤军，而是应该留下兵力看住王世充，同时挑选精锐占据成皋（虎牢关所在地），防守窦建德的大军。守到他师老兵疲之后，再发动攻击，一定可以得胜。得胜不出二十天，王世充就会彻底败亡！

薛收这番话不仅支持了郭孝恪的意见，而且说得更加深入、细致，有理、有据，足以将许多无话可说的人争取到自己这边。知己就是知己啊，李世民听了他的话也很激动，站起来，想要说些什么。可是又被屈突通打断了，老爷子用沙哑的声音说，还是退守新安（今河南洛阳西部）更为妥当。

然而李世民已经完全倒向郭孝恪和薛收了，两个年轻人的支持让他底气大增，他看了一眼屈突通，大声说道：

"退守新安就不必了。王世充已经兵折粮尽、上下离心，不用再费多少时日就可以攻下。窦建德刚刚击破了孟海公，将骄兵惰，一定会轻敌冒进，古人云'骄兵必败'，这都没什么可怕的。"

"只要占据了虎牢关，就是扼住了窦建德的咽喉。如果他冒险和我们争锋，我们就和他战斗；如果他迟疑不战，等我们消灭了王世充，再回过头来收拾他，也完全来得及。"

"这一仗打好了，能一下消灭两股敌人，岂不是天赐良机！这是一举两得的好事嘛！"

李世民一口气说完了，热辣辣地看了一眼郭孝恪和薛收，目光中充满了赞赏和感激。屈突通等人看到主帅心意已决，也就没再反驳。

最终，李世民拍板做出了迎击窦建德的决定。

考虑到屈突通喜欢稳妥不想冒险，于是安排他协助齐王李元吉留守大营，继续带兵围困东都。李世民本人则带领玄甲军和李勣所部前去虎牢关，跟窦建德的夏军战斗！

李世民的动作非常迅速，等窦建德大军开到成皋县的时候，唐军已经抢先进驻了虎牢关（多亏李勣的信吓跑了王玄应）。

这个关口的确易守难攻，窦建德踌躇满志地到了这里，却发现自己的大军根本无法挺进，只好就地筑起营垒，并在板渚（黄河古渡口，与虎牢关隔河对望）建造宫殿，和唐军对峙。

很快，两支天底下最强大的军队展开了第一次交锋。

三月二十六日，李世民准备去探一下夏军的实力。他挑选了五百名精锐骑兵，一起奔夏军大营而去。走出几里路之后，他让李勣、秦叔宝、程知节等人就地设下埋伏。自己则与尉迟敬德带上两个随从，亲自上阵诱敌。

"敬德，我执弓矢，你执马槊，虽百万之众能乃我何？"

"嗯。"尉迟敬德答应着。

"前方就是夏军大营，我们过去看看。"

"好。"

几个人一边走一边聊，聊着聊着就到了距离夏军大营三里左右的地方。这时，前方出现了一支夏军的游骑。一个恶作剧似的冒险念头在李世民心头闪过，他轻轻从马鞍上拿起弓箭，瞄准了敌人，突然大喊一声。

"我秦王也！"

敌人听到这话，回头一愣，李世民的箭早已飞来，射死了一个人。

这一举动让夏军游骑非常惊恐，这个射死我们战友的人居然是秦王？秦王李世民！但同时又非常惊喜。因为他们发现，这位大名鼎鼎的秦王居然只带了三个人。只有三个人啊！如果能抓到他，岂不是一次天大的立功机会？

于是，这支敌军一边拍马过来追击，一边派人回去报告。很快，夏军五千多人马就集体出动了。

敌人蜂拥而来，后方烟尘滚滚，两个随从都吓得变了脸色，李世民却一点也没有惊慌，反而还有些兴奋。

"你们先回去吧，我与敬德为你们殿后。"

说罢，李世民微笑着看了尉迟敬德一眼，很是一副胸有成竹的样子。两个随从渐渐跑远了，李世民和尉迟敬德依然慢悠悠地驱马前行，但他脑后却长着一双眼睛，这双眼睛一直在估算着追兵与自己的距离。

追兵越来越近了，差不多已到了射程之内。这时，李世民突然勒住缰绳，回身一箭，射死了一个敌人。追兵害怕了，停下了追击，但过了一会儿还是忍不住再追。这时，尉迟敬德也回身一箭，同样射死一个敌人。追兵又害怕了，但过了一会儿还是忍不住想追……如是往复再三，追追停停，李世民和尉迟敬德总共射杀了十几个人，这支追军也就慢慢被引到了唐军早已设好的伏击圈里。

等待已久的李勣、秦叔宝和程知节听到动静，突然带领骑兵杀出，向这支追兵发动了攻击。虽然他们的兵力只有敌人的十分之一，但我们也要看看领兵的是谁。再加上伏击的突然性和唐军精骑的战斗力，一番激战下来，居然斩首了夏军三百多级，还活捉了两员大将，余下的全部逃跑。

初战不利，窦建德被唐军的战斗力吃了一惊。他只当唐军作战多日已经疲乏，却没想到还有如此强的战斗力，实在不好对付。但无论如何，仗是不能不打的，此后他发动了数次攻击。可是因为唐军占据着虎牢关，到底也没能前进一步。

李世民虽然初战胜利，但也明白夏军人多势众，仅凭一两次伏击战是起不到决定性作用的，眼下最应该做的是保存实力，之后也没再主动攻击。

双方在这种形势下陷入了相持状态。

这一相持就过去了两个月。

在唐军和夏军相持的过程中，王世充的心思活跃起来了。

看见来了窦建德的救兵，他给自己壮起了胆，打算出其不意，来个里应外合。于是搜罗了一批残兵败将，让单雄信带领他们出战，争取打破唐军的包围。

但是，单雄信没能干掉李家的老二，也同样斗不过李家的老三。在洛阳城外，他中了李元吉的埋伏，当场阵亡八百多人，还有一千多人被俘。

我们不得不说，李元吉这小伙子还是很能打的，只不过后世很多人都有意无意地忘了这一点。

王世充那点可怜的兵力本就已经不多，经此一战，又损失了接近两千人，可谓雪上加霜。从此，他彻底失去了出城的勇气，只能龟缩在洛阳城里，等着窦建德的消息。

老窦，全靠你了。

但是，窦建德又能给他带去什么好消息呢？他的日子也越来越不好过了。两个多月以来，夏军不仅毫无战果，士气受挫，而且粮食也即将吃完。更要命的是，就在这节骨眼上，夏军的运粮车队还遭到了袭击，连押送粮车的大将张青特都被活捉。

消息传来，夏军大骇，人心思归。

饭都没得吃了，这仗还怎么扛？

窦建德也开始焦虑起来，对下一步的打算，这个盖世英雄的脑海中也是一片迷茫。继续在这儿耗着吧，好像也没什么突破。撤退回家，又等于前功尽弃。他当初想的可是击败唐军，成三足鼎立之势啊，可如今……

这时，夏国一位著名的谋士给他出了个主意。

"大王，要不咱们不打了。"

窦建德听完一愣。

"不打了，难道你要我逃跑？"

谋士将了将自己的两撇胡子。

"非也非也，我说不打并不代表我们要逃。而是我们不在这里打了，换个地方继续打。"

这个谋士的名字叫凌敬，堪称是夏军中最有战略眼光的人。接下来他将要说出自己的想法，这个想法让我们知道夏军中还是不乏超一流的战略人才的，只不过遗憾的是，窦建德并没有认识到他的才能。

凌敬是这样谋划的：

让窦建德带领全部兵力北渡黄河，攻取河阳，留下重兵把守。之后进行战略迂回，向西北方越过太行山占领上党，再留兵力驻守，然后占领山西河东的大片土地。

这样行动有三个好处，一是大军北上，可以进入唐军疏于防备的地区，不会损失太多兵力；二是能拓展河东的领土，收拢兵员钱粮；三是如此一来，唐朝的后院就会着火，为了将这把火灭掉，他们当然会立刻回援，郑国之围当然也会不攻自解。

我们可以形象地打个比方，窦建德跳上擂台给李世民和王世充拉架，却挨了李世民一记重拳。凌敬看情况不妙，于是说咱别打了，咱走，直接去李世民家里给他放把火，他自然就会放开王世充了。这样一来我们不仅能省点力气，还能顺便抢点东西。至于王世充，反正他活下来就行，被揍到什么程度，下半辈子生活还能不能自理，那就和我们没关系了。

我们不得不说，这是一个非常高明的主意。兵法有言"避实击虚，攻则必下，攻其不守也"，围魏救赵就是这一策略最完美的体现，而凌敬的建议则更加稳妥，几乎相当于围魏救赵的升级版。如果战略能够顺利实施的话，可收一石二鸟之效，甚至实现唐、夏、郑三国鼎立之势都不是没有可能。

窦建德非常激动、非常动心，但他到底却没有采纳。

只因为有人不同意他这么做，而且这个人还有办法阻止。

为了面子

王世充很着急，他的洛阳城已经危在旦夕了，实在是容不得窦建德下这样一盘大棋。我都火烧眉毛了，你们还要玩这些花样儿，等你们打下河东来，我的脑袋都要被李世民拿去当球踢了。

不行！坚决不行！一定不能让你们走！

于是，狡猾的王世充耍起了那套混官场的手腕，一面让使者接连不断地赶往窦建德大营，在他面前声泪俱下地诉苦，吵得他心烦意乱，举棋不定。一面又给使者拿上许多金银财宝，使出浑身解数来贿赂窦建德的左右，让他们劝说窦建德不要听凌敬的话。

在糖衣炮弹面前，夏军将领纷纷沦陷了，他们倒向了王世充一边，转而开始劝谏窦建德。

"凌敬一介书生，哪里懂得打仗的事！"

"就在这打吧，不要劳师远征了。"

"再坚持几天，唐军会退兵的，我们大夏国的军队有这个实力！"

窦建德并没有察觉到将士们的异样，他一个大侠一样的人物哪料到王世充背后使了这些手段。只是看到大家都不同意绕弯子，士气还很旺盛，主意随之有点动摇。再加上他对自己能力也有一定的自信，于是最终决定留在这里。

"凌敬，你讲得很有道理。可我却不能因为你一个人寒了众将士的心啊。你不想打，人家还想立功呐。咱们哪儿也不去了，就在这打吧。"

然而，真理往往是掌握在少数人手里的，这一回更是如此。凌敬深知继续耗下去就等于慢性自杀，因此表现得也极其倔强，言辞激烈，据理力争，一定要让窦建德出兵河东。

"不听我的，你就等着后悔吧！"

可窦建德毕竟是夏王，大王总是有点脾气的。看到凌敬如此不通人情，大庭广众之下和领导抬杠，他也发怒了，直接让卫士把凌敬架出了门外（建德怒，命扶出）。

工作进展得不痛快，窦建德闷闷不乐地回到家里，想安静地待一会儿。可没想到，王后曹氏居然也跟他说起了凌敬的事，并认为凌敬说得有道理。

其实，窦建德平时对曹氏还是不错的，但可能是因为正在气头上的关系，他此刻已变得异常固执，不仅不能容忍下级唱反调，更不能容忍一个女人左右自己的决策。于是他生气地向曹氏吼道：

"你一个女人懂什么！"（此非女子所知）

"现在郑国危在旦夕，我如果舍之而去，岂不是显得我言而无信，胆小怕事？你不要多嘴，就这么定了！"

促使窦建德做出决策的并不是理智，而是面子。

为了那虚无缥缈的尊严，他选择继续和强大的李世民正面对抗。

五月初一，李世民收到了唐军间谍发来的一条情报：建德伺唐军刍尽，牧马于河北，将袭武牢。

这消息是什么意思呢？就是唐军在河边放马的时候被窦建德知道了，他因此判断是唐军的草料没了，于是准备乘机进攻虎牢关。

其实，唐军在河边放马并不是因为缺少草料，唐朝财大气粗什么时候缺过这个呀，还不许人家战马换换口味了？但无论如何，窦建德已经这样认为了，而且很快就会来进攻。

李世民不敢掉以轻心，立刻带上一队骑兵，渡过黄河，爬上了邙山，从高处侦察夏军的动向。

看着远处连绵起伏的夏军大营，李世民沉思了一会儿，布下了一个诱饵。

这个诱饵并不是人或者钱，而是一千多匹战马。李世民下令，将这些马全部赶到河边放牧。这就坐实了唐军草料将尽的消息。如果说本来窦建德对攻击虎牢关还只是一个构思，没有下定决心的话，那么看到这样的场景，他就必定会来的。只要一来，唐军就可以守株待兔，狠狠地打击他。

这天晚上，李世民回到大营，安心地睡了一个好觉，等待着来日鱼儿上钩。

第二天，窦建德果然带兵来了。然而，他带来的军队却似乎太多了，多到完全超出了李世民的预想。他这次是全军出动。夏国大军从板渚一直排列到牛口渚（注意这个地方），北靠黄河，西临汜水，南连鹊山，旌旗蔽日，擂着战鼓徐徐前进，连绵不绝达二十余里，气势十分骇人。

唐军诸将看到夏军的阵势之后，全都惊慌得变了脸色。李世民的眉头也皱了起来。他原本预想的只是吸引夏军一部过来，好加以歼灭，可没想到窦建德的决心下得如此之大，居然会全军出动。全军出动就意味着要决战，对于决战，自己虽然早就期待着这一天，但也没想到是在今天啊。

夏王果然不是吓大的，而是专门吓别人的。

李世民自信满满地要钓一条鱼，没想到却钓来一条鲸鱼。

但李世民就是李世民，片刻之后，他还是深吸一口气，稳定了自己的情绪。鲸鱼的个头虽大，却不代表没有破绽。只要能找到它的要害，胜利也不是不可能的。于是，他带上几名将领，走出大营，登上了高处，再次观察这支规模庞大的军队。

敌军离得越来越近了，气势也越来越可怕。可看着看着，李世民的脸上却渐渐露出了笑意。这时候还能笑得出来？

没什么笑不出来的，因为他已经找到了敌人的破绽。

他发现此时的夏军虽然气势凶猛，军容浩大，士兵们却非常喧哗，吵吵嚷嚷的就像赶集一样。列阵的时候，也不找个安全的地方，反而净往唐军的城池边儿上凑……是的，这就是李世民发现的夏军的破绽——骄傲轻敌、没有纪律。一支军队人数再多，装备再精良，但只要骄傲轻敌、没有纪律，就只能是一群乌合之众，是打不得硬仗的。历史已经无数次证明了，这是一条颠扑不破的真理。

于是他清了清嗓子，以和平日一样自信的语气对身边诸将说道：

"敌人身涉险境还如此喧哗，说明他们没有纪律。靠近城池列阵，有轻视我们的意思。只要我们按兵不动，他们的士气就会衰竭。列阵时间一长，就会饥渴，饥渴难耐就不得不撤退，只要一撤退我们就立刻发动攻击。我向各位保证，一过正午，肯定能打败他们！"

李世民的话说完了，神采飞扬地扫视一圈，想看一下众人的反应。

但将士们却只是呆呆地看着他，没有什么反应。他们实在想不到，夏军这支威武雄壮之师，到了秦王嘴里怎么就变得如此不堪一击呢。为了鼓舞士气还真是什么话都敢说呀，他以前可不是这样的。

不过，话虽如此，他们一时倒也想不出反驳的理由，只能继续半信半疑地看着李世民，等着他排兵布阵。

事实将会证明，李世民一点都没有吹牛，他所说的每一句话都是凭借超凡的军事天才和丰富战斗经验做出的准确判断。

他已经身经百战了，见得多了！

李世民一边排兵布阵，一边赶紧派人把那当诱饵的一千多匹马赶了回来。

正在这时，夏军大营里出来了一队骑兵，这支军队只有三百人，看起来像是夏军的精锐。他们在离唐军大营一里开外的地方停了下来，报上了窦建德的口信。

"请贵军挑选几百精兵，与他们比试比试。"（请选锐士数百与之剧）

李世民笑了，他只知道窦建德轻视唐军，但没想到会轻视到这种程度。骄兵必败、骄兵必败呀，窦建德如此骄傲自大，他已经时日无多。

从前有很多人轻视过唐军，后来他们都死了。

窦建德的口信无疑是严重的挑衅行为，而对挑衅的回应与否则关乎唐军的尊严，在这种问题上，李世民从来不会退缩，也没必要退缩。他相信自己的直觉，也相信自己的将士，面对这群骄横的乌合之众，不管是决战还是比试，唐军都有把握击退他们。

李世民派出的人是王君廓，此人乃是土匪强盗出身，作战凶狠狡猾、不讲规则，敌军遇到他向来都颇为忌惮，让他出战实在再合适不过了。

但令人惊讶的是，面对夏军凶悍的骑兵，王君廓竟然只带出了二百名长枪兵。

一直以来，骑兵面对步兵都有很大的优势，只要骑上快速奔跑的战马，矮小的骑兵也可以在瞬间发出巨大的冲击力，给步兵造成巨大杀伤，以步制骑也因之成为了一个世界性的难题。不过，在不断的摸索实践中，还是有人最先找到了解决方法，这个人就是亚历山大大帝，他的马其顿方阵足以让任何国家、任何民族的骑兵为之颤抖。而方阵的主要力量就是长枪兵。

当然了，长枪兵虽然厉害，但在实战中也是不太灵活的，除非是正面决战，否则在机动如风的骑兵面前也会劳而无功。人家不和你打有什么办法，难道人的腿还能跑得过马？

但是今天情况有所不同了，夏军的骑兵是要来比试的，这就意味着他非但不会逃跑，而且一定会过来攻击。于是长枪兵就这样派上了用场。虽然他们只有二百人，对阵三百骑兵却一点也不落下风（相与交战，乍进乍退）。

最后，王君廓和夏军打了个平手，各自返回了营地。

就在这时，一员小将出现在了窦建德军中，这个人引起了李世民的注意。

尽管他一看就不是什么猛将大将，却穿着一身漂亮的铠甲，十分招摇。不过，最引人注目的还是他胯下那匹马，颜色略微发青，身材高大健壮，看上去是一匹难得的宝马。的确如此，这匹马正是杨广当年骑过的青骢马，现在骑着它的小将叫王琬，是王世充的亲侄子。

自古英雄爱好马，李世民对这匹好马很感兴趣，忍不住夸赞了一句。

"真是一匹好马呀！"

话音刚落，有人应声回答。

"主公要是喜欢，俺这就去抢过来！"

说这话的是尉迟敬德。

李世民意识到自己失言了，连忙制止。

"不用不用，我就是说说而已了，怎么能为了一匹马让你去冒险？"

但是不等他说完，尉迟敬德就已经冲出去了，带着两个助手，策马消失在了敌阵当中，只剩下他在后面急得直跺脚。

然而，只过了一会儿，尉迟敬德就毫发无伤地回来了。他不仅带回了那匹青骢马，还带回来了被捆成一团的王琬，而令人惊讶的是，夏军中那么多人竟没有一个能阻拦。

从王琬被大老黑夺马并且俘虏的故事中，我们可见做人还是不要太招摇的好，有了宝马名车更要低调，因为你喜欢的东西别人也喜欢，说不定哪天就被抢走了。

这几件事都是紧张的战事中有意思的小插曲，唐夏两军都在试图通过一些小冲突来瓦解对方的士气，但从根本上说，这都无关战役的全局。

因为真正的大战尚未开始，唐军的主力还迟迟没有出动。

决　战

五月初二，中午，仍然在这一天。

虎牢关。

夏军早已列好了阵势，他们迫不及待地要和唐军决一死战。但是从早晨等到中午，除了双方派几百个人互殴一架，以及被尉迟敬德抢了一匹马之外，连个唐军的影子都没看到。

太阳越来越晒，天气越来越热，大家又饥又渴又疲劳，就地坐了下来，有的忙着做饭，有的争着去河边取水，队形一下子变得混乱。

这个时候，窦建德心里也很焦急，都等了大半天了，李世民也不过来打个招呼，这决战到底什么时候才能打？李世民，到底怎样你才会出来？他没去管那些士兵们，而是召集了各位大臣，商量如何进行下一步计划。

然而夏军的表现却被李世民看在了眼里。他敏锐地意识到，这是一个稍纵即逝的战机，立即命令宇文士及带三百骑兵出动，去往夏军大营的西边，自北向南穿过。这一次，宇文士及充当的角色还是诱饵。

李世民反复告诫他："敌人如果不动，你就带兵返回。敌人若动，你就领兵东进。"

宇文士及按计划行动，他的骑兵飞快地从夏军大营西侧掠过，惊起了一阵骚动。片刻之后，宇文士及驻马回头，看到了前来追赶的大队夏兵。

夏军一追赶，侧翼就暴露在了唐军枪口之下。侧翼一暴露，就露出了致命的要害。

见此情景，李世民当机立断，率轻骑出动，大军紧随其后，从侧翼空档直扑窦建德的中军大营。他的兵力不多，却非常精锐，就像一把锋利的钢刀，穿过骨头间的缝隙直插敌人的心脏。夏军抵挡不住，只能由着唐军纵横驰骋。

突然之间，窦建德听到了帐外的喊杀声，而且这声音越来越近，似乎正是奔自己来的。

久经战阵的他凭着自己的直觉做出了最不愿意做出的判断，他明白唐军可能要杀来了。早不来晚不来，偏偏这个时候来，实在措手不及。可敌人过来了总是要反抗的，万幸他还保留着最原始的攻击本能。在这个十分短暂的时间里，他已经在迅速召集骑兵。他要组织反击，要把唐军击退。

但始料未及的是，未等反击的兵力到来，上朝的大臣们就一窝蜂一样向他的坐榻围了过来。没办法，大王身边好歹有几个保镖，跟着他抱团总归要安全一点，而且跑过来也可以美其名曰"护驾"，既好看又好听，还可以保命。

这样一来可害苦了窦建德。被堵在坐榻上的他已然进退不得。此刻他急于要做的是到营外组织反击，但此刻他和外界的联系却硬生生被这帮大臣切断了。

指挥系统在瞬间失灵，窦建德心急如焚，连连挥手，把这些成事不足败事有余的家伙撵出去。过了好一会儿，他才逃出了包围圈，但就在这进退之间，他已经错过了最佳的反击时机，而动作神速的唐军已经冲到了营前。

窦建德的处境变得非常尴尬，慌乱之中，他只能跨上一匹马，就近带上一支军队，退到了大营东侧的山坡。

夏军大部队失去了窦建德的消息，不知该如何调遣，要么自发做着没有组织的抵抗，要么干脆逃跑，就像无头苍蝇一样乱作一团。

军内已是一片混乱。

窦建德的思绪也变得很乱，他千里迢迢从夏国赶来，带上自己的全部精锐，为的就是击败唐军。可没想到，自出兵以来却连连受挫，从没有过一场像样的胜利。今天好不容易要决战了，却又遭到如此措手不及的打击。难道天命真的不在我这边吗？

然而他并没有来得及想太多，没有大军保护的他已经成了一块肥肉，引得好几拨唐军前来攻打，毕竟擒获夏王的机遇千载难逢，一旦成功就可飞黄腾达啊。

当然像窦建德这样的乱世英雄是注定不会轻易束手就擒的，面对围攻的唐军，他手持武器，发起了凶猛的反击，他的军队也在他的感召下和唐军展开了殊死搏斗。

李世民的舅舅窦抗亲自带兵冲杀过来，交战不利，只能退回。

以勇武著称的淮阳王李道玄挺身陷阵，铠甲上中箭成了刺猬，连战马都被射死，也没有沾到窦建德一根毫毛。

这时，李世民率领秦叔宝、程知节和史大奈（突厥人，隋唐猛将，不是大肚子天王）过来了。他把李道玄喊到身后，让他骑上自己备用的战马，然后让人高高举起了唐军的战旗。

战旗随风猎猎飘扬，战场上的尘土遮天蔽日，李世民带头向窦建德发起了冲锋。

老国舅和小王爷来了，窦建德和他的军队尚可勉强顶住，李世民、秦叔宝、程知节和史大奈过来了，那就只能被神挡杀神、佛挡杀佛了。

还是想想怎么逃命吧，窦建德的军队被迅速击溃，四散奔逃。

李世民所向披靡，追出三十余里，斩首三千多人。

窦建德本人也被马槊刺中，狼狈逃走，一直逃到了牛口渚。

这里离刚才交战的地方已经很远了，该歇歇脚喘口气了。

可就在这时，另一支唐军也加入到了追赶他的行列。

这支唐军是从别处赶来的，人数并不多，也不认识窦建德，但是却看出来他已经负了伤，而且从外表和穿着打扮上看，这个受伤的家伙很可能是夏军的大官，而抓住大官可是会重重有赏的。

重赏之下必有勇夫，这支唐军向窦建德展开了轮番冲击。窦建德虽然勇猛，但毕竟已经战斗太久了，这时体力也透支到了极限，打着打着，终于失足摔下了马。

抓活的自然是极好的，但为了稳妥起见，斩一具首级也不是不可以。这支唐军齐刷刷举起了马槊，几乎就要一起刺下来。

倒在地上的窦建德急忙抬起右手，高声大叫：

"不要杀我！我是夏王！我能让你们富贵！"

将士们又齐刷刷地收住了马槊，当时那堆兵刃离窦建德的喉咙似乎只有 0.01 公分。他们带着惊异的表情下了马，控制住这个自称夏王的人，然后开始四处找人，验明他的正身。结果让他们大喜过望，这家伙居然真的就是窦建德。

将士们高兴得都要飞了，立刻把他捆起来，用马驮着返回军营，见到了李世民。

窦建德被俘的地方叫牛口渚，这个地名对他来说很不吉利，因为窦和豆同音，而牛则是吃豆子的，这似乎预示着他这个豆子到了这里就会被牛一口吃掉。巧合的是，不久之前夏军里也曾流传开了一句不知哪里听来的谣言——豆入牛口，势不得久。

窦建德当初听到这话，十分厌恶，如今退到这里，果然当了俘虏。难道真是命吗？

李世民见到窦建德之后，心中的惊喜是无法用语言形容的。

这个骄傲自大的河北豪杰落在自己手里，既让他感到非常解气，也感受到了一种前所未有的征服欲望的满足。但为了显示自己师出正义、运筹帷幄，他还是掩饰住了内心的狂喜，拿出一副义正辞严的口气，斥责起了窦建德。

"我军讨伐郑国，关你何事？大老远地跑来与我们交战，意欲何为？"

在李世民的逼问下，窦建德感受到了一种恍如梦中的无奈之感，不久前他还是威风八面的夏王，怎么此刻就成了一个低头挨训的俘虏呢？这个场面真的太过"超现实"了。但他看到了身上绳子的勒痕，正隐隐作痛，看到了眼前的李世民，正在责问自己。他又不得不承认，这就是现实。或许，这一切都是命吧。我的夏国，我的大军，都结束了。

他茫然失落地叹了口气。

不过，即使在落魄之时，他也依然保留着一位一国之君的风度和乡中豪侠的幽默感，面对李世民的责问，从容回应道："我要是不来，不还得麻烦你再过去吗？"（今不自来，恐烦远取）

不知道李世民听到这句话有没有笑，反正我是笑了。

名震一时的夏王窦建德，就这样成了一名俘虏。

他的军队也已经彻底崩溃，能跑的早都逃走，跑不及的都投了降。夏军在这一战里除去被杀的、跑掉的不算，光投降的就有五万余人。

曾雄霸河北的夏国军团在瞬间土崩瓦解、灰飞烟灭，成了一个历史名词，这节奏实在太快了。

窦建德被抓到以后，李世民很快就遣散了俘虏。别掺和打仗的事儿了，都回老家去吧，该干嘛干嘛。

遣散俘虏这事情做得很麻利，却也很草率。因为这些俘虏都是上过战场、杀过人的人，一朝回到家里，如果没有找到合适的工作，就会成为失业青年。失业青年大家都了解吧，没事儿闲得无聊，就容易成为社会不稳定因素。如果再碰巧来个野心家、阴谋家煽风点火，后果就严重了。

但是，此时的李世民和唐军将领都已沉浸在胜利的喜悦中了，至于遣散战俘后会发生什么，却是谁也没有工夫考虑的。

六天以后，李世民大张旗鼓地押解着窦建德、王琬（王世充的侄子）等人来到了洛阳城下。

这一切很快被王世充看到了。

但李世民就是要让他看到，就是要以此来击溃他最后的心理防线。

从窦建德出兵开始，王世充就期待着和这位大救星见面。在无数个难眠的夜晚，他总能在梦里见到窦建德和蔼可亲的面容。没想到左等右盼，到头来却是在这样的场合，见到了这幅景象。自己的围困没解除也就罢了，还把救星也搭了进来。

王世充站在洛阳的城墙上，眼泪扑簌簌流了下来。老窦，你怎么就打输了呢？是我害了你啊！窦建德远远看到了王世充，也禁不住涕泪横流。老王，我输了，我救不了你了。早知如此我就……唉。两个天涯沦落人隔着护城河接话，可是越说心里却越凄凉。他们都知道，已经无力回天了。

心理攻势奏效了。

见此情形，李世民马上派人进城，劝降王世充，并开出了最重要的条件——保他不死。

然而，王世充虽然已接近绝望，却还不甘心这样草草收场，他一辈子坑蒙拐骗、苦心经营得来的权位哪能这么轻易就交出去啊？他召集了诸将商议突围，打算成功之后南奔襄阳，在那里躲一阵子，然后东山再起。

但众将领的回答让他感受到了众叛亲离的滋味。

"主公，本来我们唯一的希望就是夏王，现在夏王都被俘虏了，我们就是突围出去又有什么意义呢？早晚还不是死路一条呀。"

王世充沉默了，这个一肚子鬼点子的人此刻已想不出一个点子，他没有再说一句话。

那一晚，王世充一夜未眠。

回望这一生，他不知道自己得到了什么，也不知道自己失去了什么。黄粱一梦，他从一个西域胡人的孩子，混成了称帝洛阳的皇帝。为了权位，他杀害了很多人，这其中有元文都、裴仁基这样的大臣，有杨侗这样的小皇帝，还有许许多多无辜的百姓。其实，王世充并不是一个天生杀人狂，他不停地杀人只是为了权位。然而在实力强大的唐军面前，他不得不承认，他的杀戮和挣扎是没有意义的。他是不得人心的，没有人再愿意帮助他。

该结束了，一个声音告诉他。

就投降吧，他告诉自己。

五月初九，清晨，东都洛阳的城门缓缓打开了。王世充身穿白衣，低眉顺眼地走了出来，经过整个夜晚的思想斗争，他终于选择了屈服。打下去也是死，不打还能活呢，就这样卑微地活下去吧。跟随在他身后的是太子王玄应，以及宗室、文武官员等二千多人。他们浩浩荡荡来到了唐军大营。

郑国也宣告完蛋了。

李世民非常礼貌地招待了王世充，狡猾的狐狸终于落到了猎人手里，事情到此就算圆满了。然后，他带领唐军进入了向往已久的洛阳城，这座雄伟的大城没有向杨玄感敞开，没有向李密敞开，没有向任何群雄中的任何一支敞开。现在它却向李世民敞开了，它终于迎来了命中的主人。

在洛阳城里，李世民下令禁止骚扰抢劫，安顿了秩序。然后封存仓库，没收金钱布帛赏赐给将士们。那些无罪被王世充关押的人们，一律释放。无辜被杀的，作祭文祭奠。

然后，李世民又下令逮捕了十几名罪大恶极的王世充同党，宣布将他们在洛水岸边斩首。

这其中，段达、单雄信的名字都赫然在列。

段达是王世充的老搭档，替他干了不少伤天害理的事情，他出卖过元文都，害死了杨侗等，论罪死不足惜，这里就不多说了。我们还是来看看单雄信。

一直以来，李勣和单雄信的关系非常要好，他们意气相投，同甘共苦，并慷慨结为了兄弟，两人的友情历经血与火的考验，变得历久弥坚，他们发誓不求同年同月同日生，但求同年同月同日死。

洛阳平定之际，李勣预感到了可能到来的危险，赶紧找到李世民求情。单雄信骁勇善战，是个不可多得的人才，城破之后，请务必留他一命。

但是，李勣并没有意识到，单雄信或许早已失去了被留下的理由。

他的声望已经大不如前了，翟让被杀时他下跪请罪，李密失败后又叛变投敌，轻于去就的毛病已经在天下传开，大家都知道这个人不忠诚，没信义。更要命的是，他还在两军阵前冒犯过李世民，让这位以勇敢善战自居的主公出了糗，杀一个让自己出糗的人可能不太好听，但杀一个口碑很差的人就无关紧要了。当然，以上只是我这种俗人的恶意揣测，李世民的心胸或许不至于狭隘到这种程度。

最可能的原因，或许是单雄信已经没有用武之地了，唐军的主要敌人窦建德、王世充已被消灭，接下来的战争也不会太多，他就是再骁勇、再厉害又能有多少用处呢？而没有用处的人，最好的归宿就是坟墓。

于是，李世民拒绝了他的求情。

李勣仍然不死心。他拉下了那张坚毅、冷峻、从不委屈求人的脸，再三请求，刀下留人。为了救下单雄信的性命，他甚至表示，宁愿放弃自己的全部官职和爵位。

然而，李世民的心也变得像铁石一样顽固，任凭这个兄弟如何哀求，就是不肯批准。

李勣别无他法，只好大哭着退下了。

哥哥，我救不了你了。

临刑之前，单雄信满眼失望地对李勣说："我早就知道你办不成事。"

李勣强压着内心的悲痛，向他解释。

"我本来不惜余生，和哥哥一同去死。但既然我的生命已经献给了朝廷，事情就无法两全。况且我死了以后，谁来照顾你的妻儿呢？"

单雄信沉默了。多少年的风雨过来，他何尝不知道李勣是一个怎样的人。他其实并没有责怪他。只是到了告别人世的时刻，他并不知道如何表达自己失落的情感。

李勣突然从袖中掏出了一把刀，插入了自己的大腿。他反手一刀，割下了一大块血淋淋的肉，递了过去。

单雄信看着他的举动，大吃一惊。

李勣望着单雄信的眼睛，一字一顿地说：

"请哥哥吃下这块肉吧。让这块肉随哥哥化为尘土，或许可以不负当年的誓言！"（生死永诀，此肉同归于土矣，庶几犹不负昔誓也。）

单雄信的眼泪落到了肉上。就在这天，两个铁骨铮铮的男人阴阳两隔。

单雄信的死是很可惜的，这位号称"飞将"的英雄人物，不是马革裹尸，死于沙场，而是被当作王世充的死党斩首，实在有损他一世威名。但无论如何，他在人品上的瑕疵也让人无法去责备杀他的李世民。对他的死，我只是感到可惜，却无法同情。

后来，单雄信的子女被李勣收养了，他亲自抚养他们，直到长大成人，他的儿子单道真还当上了唐朝的官员。

李勣果然没有辜负当初的誓言。单雄信泉下有知，也会感到宽慰吧。

凯　旋

七月初九，正值盛夏，天气闷热得让人昏昏欲睡。长安城里却非常热闹，锣鼓喧天、鞭炮齐鸣、红旗招展、人山人海。

这一天，李世民凯旋归来。

这一天，距离他出征已过去了一年零八天。

这一天，是李唐王朝自开创以来最盛大的节日。

太极宫前的门楼上，李渊正带领文武百官观看一场盛大的入城典礼。

太极宫门前的朱雀大街上，迎面走来的是秦王李世民的战车（戎辂），此刻他正身披黄金甲，气宇轩昂地坐在上面，在他身后的则是李元吉、李勣，他们同样身着黄金甲，热情地向围观群众招手。在刚刚结束的大战当中，这是三个地位最高、功劳最大的人。战车缓缓前进，紧随其后的是屈突通、尉迟敬德、秦叔宝、程知节等二十多员大将，他们分作数队排开，威风凛凛地跨在战马上，这些人是在刚刚结束的战争里立下赫赫战功的英雄。再后面，则是军容威严的唐军士兵，一万铁骑，三万甲士，踏着整齐划一的步伐，浩浩荡荡向前迈进。

自发走上街头的市民们，正夹道欢呼这些胜利归来的英雄们。队伍前后也都奏乐鼓吹，山呼万岁，响彻了整个长安城。

与此同时，市民们也对另外两个人的到来表示了热烈欢迎——王世充和窦建德。此刻，两人正垂头丧气地走在队伍的最末尾，是被士兵们牵着的"战利品"。很快他们就将被押到太庙，献俘告捷。

平定了王世充和窦建德，就相当于解放军打完了三大战役，天下大局已定，统一只是时间问题。

我们尽可以想象，大家的心情有多激动。真是一个难忘的胜利日啊。

典礼结束之后，李渊亲自审问了王世充，对于这种僭称尊号、与大唐为敌的人，他免不了要斥责一番。"我早就听说你残暴不仁，杀了不少想投奔大唐的忠臣。不把你就地正法，怎能告慰他们的在天之灵？"

王世充吓得面如土色，但还是打着哆嗦，为自己辩解。

"我，我是罪该万死，可是秦王曾答应不杀我！"

李渊一时语塞，转头看向了旁边的李世民。

李世民点点头，表示肯定。

很长时间以来，李渊就想着有朝一日能杀掉这个声名狼藉的家伙，但既然儿子答应了人家，就不好再反悔了。身为一国之君，出尔反尔的口实是万万不能留给世人的。于是下令，留他一命。

王世充磕头如捣蒜，千恩万谢，随后被卫士押了下去。总算是保住命了，他一定在暗自庆幸。但是，他并没有读懂李渊脸上那深不可测的表情。

第二天，王世充和他的家人被朝廷发配蜀州，对亡国之君来说，这已经是一个很好的结果了。

但是，仅仅过了三天，王世充还没来得及上路，就在住处"意外"被仇人杀死了。杀他的人叫独孤修德，他的父亲独孤机早年曾和王世充一起给越王杨侗打工，王世充篡位称帝后，独孤机密谋逃往唐朝，结果事泄被杀。独孤修德此时未在东都，一直记着要为父报仇。

王世充这辈子杀人无数，现在这笔账总算还清了。

可是，擅自杀人也是犯法的，哪怕是报杀父之仇，哪怕被杀者是朝廷要犯。更何况，唐朝已经答应饶王世充不死，你这样岂不是让朝廷很难做吗？于是李渊马上给了独孤修德严厉的处罚——没收官爵。

完毕。

如果有人觉得这个处罚太轻了，那他一定不知道独孤修德后来又官复原职了，而且历任同州刺史、宗正卿，此后一直做到从三品的朝廷大员，仕途还颇为顺利。

而且，王世充死后不久，他的家人也在发配蜀州的途中被杀掉了，罪名据说是图谋造反。

我们不知道王世充的家人是不是真的想造反，也不知道这样的罪犯造反能有多少胜算，但事实就是，他们死在了这样的罪名上。虽然王世充恶贯满盈，一家人人品也都不怎么样，但我也不得不用一句名言来替他们说句话："欲加之罪，其无辞乎。"

狠辣果决，这是李渊做事的一贯风格。

王世充的遭遇是比较惨，不过和他比起来，亲密伙伴窦建德的结局其实更惨。他死得比王世充还利索，连个过渡期都没给，直接被李渊下令在东市问斩。

这看起来似乎没什么，毕竟窦建德是被俘虏的，不是主动投降的，和李世民也没有约定，杀他也不算不讲信用。

不过，窦建德的死还是有些可惜了。

因为他生前是一个非常仁义、很得人心的人。除了虎牢关一战，和唐朝也没什么恩怨，就是俘虏了李神通、同安公主后，也都好吃好喝地伺候着，窦建德兵败之后，他们都毫发无损地回到了唐朝。如果按照礼尚往来的原则，给他留条命应该不算过分。

但李渊却没这么做。因此，不仅后世对他的做法大多评价不高，在当时也诱发了非常恶劣的影响，在不久的将来，他将会为此付出沉重的代价。

不过，我们换个角度想想，或许正是因为窦建德仁义宽厚，李渊才必须要对他痛下杀手。不仁义反倒还好办了，那些名声臭大街的就是想干点啥，别人也不会帮你，反之这种仁义礼智信的人，你不用吭声也会有人来投奔你，一旦得了人心，对皇权的威胁就更大。

归根结底，还是那句老话：成王败寇。

就是要杀你，又能怎样呢？

王世充和窦建德的地盘都被占领了，生命也都被解决掉了，李渊的心里如释重负，应该出去旅个游、休个假，好好放松放松了。

但事实并非如此，因为一个非常头疼的问题已经摆在了眼前——封赏问题。对居功至伟的二儿子李世民，他实在不知道该拿什么来封赏了。

李渊称帝之后，李世民位列秦王，在王爵里已经到了顶；平定薛仁杲后，李世民当上了宰相中权力最大的尚书令，这在人臣中也已经到了顶；平定刘武周后，李渊又给李世民封了三公里排第一的太尉，在荣誉地位上也同样到了顶。

现在，李渊苦恼地发现，他对李世民已经是封无可封、赏无可赏了。

"总不能把皇位让给他吧？"（不用，我自己会来拿的——李世民）

为了封赏问题，李渊绞尽脑汁、苦思冥想，愁得黑头发都要白了。但最终，他还是充分发扬我国古代劳动人民（谁说皇帝不劳动）的智慧，本着与时俱进的精神，琢磨出了一个新名词——天策上将。意思就是老天封的上将军。这个将军有自置官属的权力，同时还负责朝廷对内对外的军事作战。可想而知，这个将军在军界的地位也到顶了。

李渊给自己儿子造了这么一个官位，实在非常有意思。

不过，看到李世民立了这么大的功劳，又封了这么大的官儿，有个人却坐不住了，想必大家一定知道这个人是谁，但是现在我们先不去管他。

等到忍无可忍的那一天，他自然就会出来的。

第十一章　走向统一

死灰复燃

天下初定，还是先看看内政吧。两个大患消灭了，头疼的封赏问题也搞完了。李渊也要抽空处理一下内政了，自隋末以来，天下就四分五裂，战乱连年，老百姓的日子越过越困难。毕竟打天下难，守天下更不容易。何况他还没统一呢，更不能在内政上丢了分。

他最先注意到的那件东西叫——货币。

国民经济是一个完整的体系，这个体系中有很多组成部分，但毫无疑问，货币是其中最重要的、牵一发可动全身的部分。自货币诞生以来，它就成了商品交换的媒介，也是商品经济最重要的驱动力和润滑剂。货币制度得法可以让一个王朝兴旺发达，货币制度紊乱，则可能让一个朝代顷刻覆亡。大家都知道王莽，他之所以失败，就和货币政策搞砸有很大关系。他在位期间，前后改革了四次币制，铸造了许多新钱，但因为政策不得法，结果搞得大地主大商人资产缩水，中小地主中小商人血本无归，从贵族到平民没有一个人对他满意，最终爆发了席卷天下的绿林、赤眉大起义，落了一个身死国灭的下场。

王莽的故事实在值得后人吸取教训，而当时的货币制度也到了非改不可的程度。

往远了说，从魏晋南北朝开始，中原大地上就政权更迭频繁，历朝历代发行的货币形式各异，质量、做工、样式参差不齐。后来隋朝虽然统一，但这些周、齐、宋、齐、梁、陈等的货币也还没退出历史舞台，经商做买卖的时候仍然杂相混用，就好比你掏出美元，人家找你日元，完了之后打个折再用人民币，换算起来十分不方便。到隋末就更了不得了，杨广这家伙荒废朝政，铸造的钱币更是质量低劣、成色不足。你去菜市场买菜，掏出个真钱来，人家都以为是假的。

如果仅仅是货币质量差就罢了，更麻烦的是，在某些偏远地区，货币还极度缺乏，但是偏远地区的商品也要流通呀，小商小贩也要吃饭呀，有些人就不得不剪堆树皮或者糊张纸来当钱使。

经济本来就凋敝得不行，货币又乱到这程度，那日子真是没法过了。物价飞涨、市场紊乱，不仅老百姓苦不堪言，也给社会正常的生产生活造成极大困扰。

有感于此，李渊打算着手解决这个问题，经过充分的调研和听取意见之后，他下令民部（后来的户部）铸造了一种新钱。这种钱大小合适、质量过硬、成色很足，做工还很精美，流通起来十分顺畅。再加上唐朝政府币制设计合理，发行控制得当，很快就促进了经济的平稳运行。

这个新钱就是著名的"开元通宝"，此后它便一直流通了下去，它流通的日子实在是有点长，一共沿用了两百九十多年，直到唐朝灭亡。

顺便说一句，"开元通宝"钱币上的四个字也很美观，写得横平竖直、苍劲有力，还带有险峻瘦硬、铁画银钩的名家风格，看起来非常漂亮。这自然不是普通人能写出来的，也不是皇帝李渊亲自书写，而是出自一位窦建德降臣的手笔。

这位降臣就是被后人称为楷书四大家、唐人楷书第一人的欧阳询。

他独创的"欧体"，至今还是书法练习者们最喜欢的字体之一。我们当代非常有名的书法家，曾任硬笔书法协会会长的田英章写的就是一手漂亮的欧体字。你们练过吗？

我们前边说，李渊父子打完了唐朝版的三大战役，天下大局基本已定，统一只是时间问题。而且因为实行了行之有效的货币政策，经济也在平稳运行，一片欣欣向荣、生产力恢复发展的景象。但大家不要忘了，此时的唐朝毕竟还没有真正统一，而没有统一就意味着还有麻烦。

这些麻烦可能不如王世充、窦建德来得大，但却依然难缠得很。

具体来说，就是唐朝对夏国余部的处置失当了。

自窦建德在虎牢关大战失败之后，夏国的统治就开始瓦解了。不过，这瓦解并不彻底，因为夏军只是在军事上败给了唐军（就一次），夏国旧境内的统治基础还没有被摧毁。被李世民遣散回家的那批人就不说了，许多夏国体制内人士也抓住机会捞取大笔国有财产，藏匿到了乡里。

客观地说，这其中有些人还是渴望天下安定的，夏国没了就没了吧，原先的官儿不做就不做吧，整点小钱儿，舒舒服服度过下半生就可以了。但与此同时，也有很多人不喜欢这样的安定。他们对夏国还有很深的感情，自然不甘心它的灭亡，自然也对唐朝十分不服，期待着找个机会再练练。

而且，许多人早年纵横沙场也都习惯了，回到老家之后，还是改不掉那一身行伍习气，一闲下来就喜欢惹事儿，时不时还要违个法、乱个纪。

这样一来，就让唐朝的官员抓到了把柄。他们本来就对这些敌国余部十分讨厌，现在又有人不服管束，怎么可能放过这个修理他们的机会？于是马上展开了大规模并迅速扩大化的搜捕运动。往往抓住了还要狠揍一顿，羞辱一番（唐官吏以法绳之，或加捶挞），无辜被牵连的也不在少数。

与此同时，唐朝官员和当地百姓的关系也有些隔阂。他们多数是从西北来的，而夏国这里则是河北，隔着如此遥远的距离，不要说风俗习惯、风土人情了，连彼此口音都听不懂，干群关系怎么可能好得了？而且，因为他们是胜利者、征服者，对这些被征服的敌国百姓，也不可能像对老家的父老乡亲那么友善，而是经常肆无忌惮地欺凌压迫、敲诈勒索。

此时的夏国故地就像一堆埋着火种的草灰，只要一有人煽风点火，随时可能死灰复燃。

就在这时，朝廷又下了一道命令，宣布征召一批夏国旧将入朝。其中高雅贤、范愿、董康买、曹湛、王小胡等人都在名单之上。

朝廷为什么要征召他们入朝？是真的要给他们官儿做，还是要借机斩尽杀绝？从唐朝中央到地方的所作所为来看，毫无疑问是后者。因为血淋淋的现实就摆在眼前。王世充投降了，死了。窦建德被俘了，死了。段达、单雄信等人被抓了，也死了。至于地方官是怎么对待夏国旧将的，就更不用说了。

朝廷的征召明显只是一个圈套，去了肯定是死路一条。

高雅贤等人怎么能坐以待毙？他们毕竟曾是名震天下的夏王部将，纵横河北的豪杰，他们十年前就敢拿起武器跨上马反抗不可一世的大隋帝国，现在又为何不敢反抗如日中天的大唐王朝！

武德四年（621年）七月十八日，距窦建德之死仅仅过去了七天。

高雅贤和战友王小胡逃到了贝州（今河北清河），在一间破旧简陋的小屋里，他俩召集了许多从前的战友范愿、董康买、曹湛等，一起商量如何造反。

范愿慷慨陈词道：

"王世充都已经投降了，段达、单雄信却全部被杀。我们去了长安，一定不会幸免的。况且，夏王对淮安王那么好，而唐朝抓到夏王就杀掉了。不为夏王报仇，我们的良心怎安？"

范愿停顿了一下，发现在座的各位将士都在目不转睛地看着自己。

他们一起说道：

"吾属自十年以来，身经百战，当死久矣，今何惜馀生，不以之立事。"

这句话已经彻底表达出了所有人的心声。这些人不过是战场上的幸存者罢了，早就是该死的人了，多活一天就赚一天，现在又何须在乎余生呢！舍得一身剐，敢把皇帝拉下马！

干吧，干死那帮唐朝的官员！

但在干活之前，还是要确定一个带头人。不管什么工作，这都是一个最重要的、必须要履行的程序。只有排好了座次，有了名分，做起事来才会顺手。

鉴于当时的人才选拔机制还不是很完善，高雅贤等人也不懂什么科学知识，他们只能采用一种最古老、最神秘的办法来推举带头人——大家一起算了一卦。

卦辞上说"以刘氏为主吉"。

可是在座的各位却没有姓刘的，那我们是没人能带头了，就出去找吧。于是众人按照上天的意思，来到了一位德高望重的刘姓将领家里。这位刘姓将领是夏国的老将，跟随窦建德多年，性格沉稳，做事稳健，年龄也长于众人，实在是一个很好的带头大哥人选。

但他却拒绝了。

"天下刚刚安定，我要待在家里种田，不想再起兵了！"（天下适安定，吾将老于耕桑，不愿复起兵！）

众人大怒，窦建德英明一世怎么就带出了你这个软骨头！平时人模狗样的，到了关键时刻居然贪生怕死！

你既不想加入我们，我们也很为难呀。于是他们杀掉了他。

这个被杀的人叫做刘雅，他就在史书上以如此简短的方式留下了自己的名字。

第二个姓刘的

好在刘姓是个大姓，一个人不肯干，还有别的人。

众人又马不停蹄地赶向了河北漳南另一位姓刘的家里。和刚刚被杀掉的刘雅相比，这位刘姓将领就差点意思了。此人一向凶狠狡诈、诡计多端，而且早年是乡中无赖，喜欢酗酒赌博，五毒俱全。在夏军之中，虽然他打仗很厉害，早年还和窦建德是朋友，但资历却很浅。他曾投靠过好几支叛军（义军），正式加入夏国阵营还不到两年，是一个如假包换的新人。

但他却有一个我们都很感兴趣的名字——刘黑闼（tà）。

众人来到刘黑闼家里的时候，刘黑闼正挽着裤腿在院子里种菜。

看着那一片辛勤浇灌出来的绿油油的菜地，还有刘黑闼那不同昔日的超凡脱俗的笑容，高雅贤等人的心里顿时凉了半截。打败仗回家才过了几天呀，就优哉游哉过上田园生活了。看样子，这是准备安度晚年了。得了，这个刘某人更没戏。

高雅贤暗自摸了摸怀里揣着的那把尖刀，准备一旦遭到拒绝就杀死他。但直觉告诉他，还是要把正事说完。至少，这样能让他死得明白一点，也让自己杀得更有底气。

"喂，那个，我们想起兵反抗唐朝。不知你意下如何？"

情况出乎了所有人意料，他的话尚未落音，刘黑闼就把锄头高高抛出了墙外。他欣喜若狂地跑过来，拉住高雅贤的手，当场表示同意（以告其意，黑闼大悦）。甚至，为了表达能够再度造反的喜悦之情，他还非常豪爽地杀掉了家里唯一的一头牛，用来招待大伙。

在我国古代，牛是农民家里最重要的生产资料，下地能耕田，出门能拉货，牛粪能肥田，还可以当燃料，牛皮可以做鞋、炼胶、没事儿还可以吹一吹，……总之浑身是宝。不仅老百姓舍不得杀，就连法律都禁止杀，如果确实不得不杀，也得是杀那种年老体衰干不了活的，而且还得提前向官府报告，否则就要受到严惩。

可现在刘黑闼却把自己家的牛杀了，并且很明显没有报告官府，那就表明他铁了心要造反，不是说着玩的。

同样是姓刘，差距咋就这么大！

夏日的七月，众人在刘黑闼的家里坐着，汗流浃背地分吃着香喷喷的牛肉，那感觉真是痛快、过瘾。

酒足肉饱之后，刘黑闼马上开始动手，率领这帮老战友和闻风前来的百十个同伙，一战攻陷了漳南县城。

几天之后，刘黑闼又攻陷了鄃（shū）县（今山东夏津）。邻近的魏州、贝州刺史赶紧率兵前来救援，结果全部兵败身死。刘黑闼兼并了这一批部众，占据了全部器械和物资。夏国旧将们得知刘黑闼胜利的消息，纷纷赶来投奔，兵力很快达到两千多人。有些没赶来的，也在河北各地杀掉唐朝官员响应。

八月十二日，刘黑闼在漳南造起了一座祭坛，告慰了窦建德的在天之灵，宣布了自己起兵的决定，并自封为大将军，公开向唐朝发起了挑战。

与此同时，远在山东的徐圆朗也借势背叛了唐朝，与刘黑闼遥相呼应，并自封为鲁王。

本已归顺的地区突然反水，河北、山东的形势急转直下。

刘黑闼作乱的消息传到了长安，李渊并没有太过惊慌。

薛举、刘武周的大风大浪都见识过了，王世充、窦建德都死在自己手下，还怕这个名不见经传的小毛贼嘛，他甚至连这个家伙的名字都没有听说过。何况这个家伙远在河北，离长安腹心之地还远着呢。

不过事已至此，总是要应对一下。

兵来将挡水来土掩，李渊开始从容不迫地调兵遣将。

他首先下令搭起了山东道行台。那时候，唐朝把所辖地域划分成了很多个道。这时的道还不像后来那样是监察区或是行政区，而是相当于一个战区，办公机构叫行台，最高长官叫大总管，拥有辖区内的军政全权。因为大总管权力太大，所以有事就设立，无事就裁撤。现在刘黑闼叛乱了，地点正好位于原先山东道的辖区，于是山东道行台就复设了。

行台搭起来了，该选谁去好呢？

李渊心中早已想到了一个人——李神通。

李神通虽然狗屁不通，在上次的山东战场上打得一败涂地，甚至做了俘虏，给唐朝丢尽了脸面。但毕竟天高皇帝远，李渊并不清楚太多细节。而且李渊这个人虽然对敌人非常残酷，但对家人还是很爱护的。他本身就是贵族，家大业大，家族里有本事的人也多，所以从来都不吝惜给宗室、亲戚们提供扬名立功的机会，比如柴绍、窦抗、李孝恭等，都成了大唐朝独当一面的人物。

虽然李神通曾经打过败仗，但也不能一棍子打死啊。二郎一战薛举的时候不也失败了嘛，那时我并没有怪罪，而是给了他戴罪立功的机会，第二次打薛仁杲不就赢了？李神通是我的堂弟，他身体里也流着李家的血，相信他也一定可以的。

李神通，哪里跌倒就在哪里爬起来！不要让我失望。

但是下达了李神通的任职命令之后，李渊心里仍闪过了一丝忐忑，对这个不省心的族弟，他还是没有完全放心，于是又给他安排了一个帮手——罗艺。

罗艺这个人还是有两把刷子的，窦建德那么厉害都没把他怎么样，更别说他的小跟班刘黑闼了。

李渊对自己的安排非常满意。

"罗艺干活，神通立功，可保万无一失。"

在堂兄的殷切嘱托下，李神通很快带着关内的精兵上路了。罗艺也奉命与他会合。朝廷又下令征调了邢、洺、相、魏、恒、赵六州的兵力前来支援，几支军队合并一处，共计五万余人，意图把刘黑闼一举荡平。

武德四年（621年）九月三十日，两军在河北饶阳的会战即将开始。这天的天气有点反常，十月未至，就刮起了寒风下起了雪。

冒着凛冽的风雪，李神通指挥唐军列开了阵势，五万多人的队伍连绵达十多里，军容十分壮观。而且幸运的是，唐军正好处在上风向。

与之相比，刘黑闼的军队就显得有点可笑，甚至有些寒酸了。他们穿得破破烂烂，像叫花子一样——毕竟刚放下锄头就赶过来了。而且兵力也少得可怜，经过三个月的艰苦努力，也不过拼凑了一万人，连唐军一半的一半都不到，连一个像样的阵势都摆不齐，只能稀稀落落地靠着河堤排了一行。而且非常不幸的是，他们正处在下风向。

双方的兵力对比十分悬殊，唐军又占尽了天时，李神通可以说稳操胜券。一切部署妥当以后，他下令发起了进攻。在顺风的帮助下，唐军的进攻十分凶猛，刘黑闼军本来就势单力薄，现在又被逆风吹得睁不开眼，怎么可能抵挡得住唐军？

李神通，加油吧！你要在这里一雪前耻了！

但是，就在他一鼓作气，即将一举击溃敌人的时候，风向却突然来了一个一百八十度大转弯。这阵风比之前刮得更为猛烈，一边吹还一边夹杂着冰冷坚硬的雪花。

在狂风怒雪的袭击之下，李神通和将士们瞬间摸不着北，停下了凶猛的攻势，都忙着抱头遮眼，躲开大风。这个时候，刘黑闼却睁大了眼睛，把唐军的动向看得清清楚楚，他们借助这阵神风，发起了反攻……

在刘黑闼和大风的联合绞杀下，李神通彻底失败了，兵马和物资损失了三分之二，是一场谁都意想不到的惨败。

李神通欲哭无泪，只能带着残兵败将慌忙撤退。

人生最痛苦的事不是打仗打输了，而是差一点就赢了。李神通，这一次真的不怪你，要怪就怪那该死的风吧！

李神通的大军在失败逃跑的时候，罗艺正在西线和高雅贤部战斗，他打得非常漂亮，将敌人一举击溃，还追奔了好几里地。可是，李神通的主力都失败了，他这支偏师再胜又有什么意义呢？罗艺得知消息，急忙丢下高雅贤，退守到了藁城（今河北藁城）。

刘黑闼马上追过来，发起了攻击。

按说罗艺这人还是很厉害的，打败过人多势众的窦建德，吓退过好勇斗狠的高开道。但在藁城一战，他却轻易被刘黑闼打败了。

不仅他败了，连他最倚重的两位一流名将——薛万均、薛万彻兄弟都被抓了俘虏。

对这两员名将的处置，刘黑闼做得很有意思，既没杀掉也没劝降，而是剃光头发，当成奴隶使唤。古人云"身体发肤，受之父母，不可毁伤"，古人又云"士可杀不可辱"。两兄弟不仅被毁了头发，还被当成了奴仆，可谓既对不起父母，又受到了奇耻大辱。

不过话说回来，受辱总归还是比死了要好一点的。后来，两兄弟偷偷跑回来了，于是罗艺赶紧带上他们退保幽州。

自此以后，刘黑闼兵势大振，在河北南部已无敌手。唐朝君臣，终于因为对夏国旧部不恰当的处置政策，尝到了恶果。

期待已久的礼物

刘黑闼击败唐军的消息传到了长安，大家都知道了。那天的早朝上，文武百官战战兢兢地来到朝堂之上，忐忑不安地等待着皇帝陛下大发雷霆。

其实，李渊并不是一个苛刻、喜怒无常的老板，他出身名门贵族、风度翩翩，对群臣从不滥发淫威。但是在今天，却是谁也不敢保证他不会雷霆震怒。因为唐军在河北战场上的表现实在太难看了，在占据压倒性优势的情况下，居然遭到如此惨败，身为他们的主公，李渊怎么能不发怒呢？

可是，朝堂之上，群臣悄悄抬起眼睛偷看李渊的时候，却发现他的表情非常淡定、非常镇静，他的面容上不仅像往常一样和蔼，现在似乎还带有了一点喜悦的神色。

这就奇怪了。都已经过去这么多天了，难道陛下还不知道李神通战败的消息？不可能。陛下的消息再怎么延迟，也不可能迟到这种程度。难道他大发慈悲原谅了那些败军之将？也不可能。陛下虽然宽宏大量，但也一向赏罚分明，对那些严重的失职、渎职行为，他决不会睁一只眼闭一只眼。

那他为什么没有发怒呢？

原因只有一个，那就是唐军还有别的好消息，从而抵消了他的愤怒。是的，大家猜对了。

李渊的确收到了好消息，带来这个好消息的不是别人，正是李渊曾经差点杀掉的那个吃里扒外的老下属——李靖。这一天，李靖为李渊送上了一份特殊的礼物——萧铣。

李渊等待这个人已经很久了。

萧铣是一位帝室贵胄，乃是梁朝（南朝）之后，西梁宣帝萧察的曾孙，细细算起来，杨广的萧皇后还是他的远房姑姑。

借着南朝梁氏后人身份的号召力，以及隋末大乱的形势，萧铣在江陵称帝，建国号为"梁"，完成了梁朝（南朝）的重建和复兴。

在这些割据政权里，萧铣的实力可能不是最强的，兵将可能不是最精的，但地盘却是最大的。唐朝虽然号称占据了半壁江山，但领土基本局限于北方，和称雄南方的萧梁比起来，其实差不了太多。当时东至九江，西至三峡，南至交趾（越南），北至汉水的广大地域基本都在萧梁政权的掌控之下。

当然了，隋唐之际的南方尚未开发成熟，远算不上是繁华富庶之地，萧铣在这里称孤道寡，看起来也没什么了不起。但是萧梁广大的国土面积决定了他们有广阔的战略纵深，他可能不敢来打你，但你要去打他，也绝不是那么容易成功的。何况他还拥有精兵四十万，萧氏在南方又是民心所向，实在不是一个可以小觑的对手。

李渊已经觊觎萧梁很久了，只不过南方一直不是唐朝的战略重心，所以并没有急于攻打，只是派了一支偏师去不断蚕食，偏师的主帅叫李孝恭，是他的堂侄。他打得很不错，一直在将唐朝的国境线向东拓展，收获了不少战果。

但是随着唐朝统一战争进程的加快，李渊对打击萧梁的要求也变得越来越高，李孝恭的进攻速度已经不能令他满意，于是他抽调了李靖去协助。

这家伙名气不小，我差点被他告黑状，对他印象很深，就是不知道本事怎么样？但是其他的将领也都没打过水战，不如就让他去试试运气吧。

就在李神通迎战刘黑闼的时候，李渊也下诏尽发巴蜀之地士兵，任命李孝恭、李靖为统领，自夔州顺流东下，力图一举歼灭萧铣。

武德四年九月三十日（621年），李孝恭、李靖的大军在夔州待命。此时的南方连日下起了雨，江水大涨，从岸边望下去，只见乱石穿空、惊涛拍岸，场面十分吓人。

这种场面，很多北方将领，甚至不少南方将领都没有遇见过，他们强烈要求等水势小一点再进军。

这个要求很合理，也很妥当。

但是李靖却一口回绝了。

"兵贵神速。我们兵力刚刚召集，萧铣还不知道消息。正该趁着水涨船高突袭江陵（萧梁首都），出其不意、掩其不备，一定能活捉他。机不可失呀，弟兄们。"

这句话听起来很有道理，又好像不太合乎实际，简单来说就是有点像纸上谈兵。三百多年前，面对魏国的虎狼之师，马谡却坚持到没有水源的山上扎营，并说了一句话"置之死地而后生"，这话看起来也很有道理，但事实证明他确实到了死地，却没有了后生，而且成了千古笑柄。

而此时江水涨得正高，李靖说走就走。要知道这可是长江啊，波涛汹涌、水流湍急，万一船队遇上个磕碰冲撞，大军出了变故，这个责任他能负得起吗？

英雄与狗熊看起来只有一步之遥，实际上却差之千里。时过境迁，我们今人读历史的时候只能看到书中冷冰冰的记录，却不能再现他们当时所处的环境和决策过程，能够证明他们是军事家还是书呆子的别无他物——只有战果。

李靖的建议被李孝恭采纳了，两千多艘战舰没有片刻停顿，沿着长江浩浩荡荡东下，萧铣的军队也正如李靖所料，果然没有防备。唐军一路进展顺利，势如破竹，攻克了许多重镇，并且乘胜逼近了夷陵（今湖北宜昌）。

夷陵是首都江陵的门户，距离不过三百多里，沿着长江顺流而下，很快就可到达。

萧铣最依赖的大将文士弘急忙率领精兵数万阻击，却被轻易击溃。唐军缴获了战舰三百余艘，杀死了梁军一万多人。文士弘收兵复战，又被打败，只能狼狈逃跑。

沿途的州县听说之后，纷纷归附。

文士弘失败的消息传来之时，萧铣正在梁国的宫殿里来回踱着步，心急如焚。

他急的并不只是唐军来攻打自己，还因为此时他的兵力已经不够用了——只有几千人。

萧铣不是号称拥众四十万大军吗？按说是兵多将广啊，怎么就剩这点人了？

说实在的，四十万这说法确实不假，但却已经是过去时了。因为不久之前，萧铣刚刚作了一个大死——罢兵营农（遣散将士回家务农）。当时国内好几位大将在争权，为了稳定皇位，他不得不杀掉了这几个人，然后以罢兵营农的方式来消除他们的残余势力，留在身边的只有少量的宿卫兵。

在那时看来，萧铣罢兵营农稳住了皇位，但没想到唐军推进得这样快，到头来也一样要危及皇位。但是，无论如何，不能搞不抵抗政策呀。萧铣召集众位大臣商量过后，下达了勤王的命令，要梁国各地的军队全部前往江陵，抵抗唐军。

不过，梁国这个国家毕竟太大了，南方又多水多山，当时也没有高铁、轮船，交通很不方便，要等到士兵们从四面八方赶来，恐怕江陵早就被攻陷了。因此，萧铣也没有把赌注全部押到救兵身上，他在下令勤王的同时，也在火速收拢江陵附近的兵力，准备趁唐军立足未稳之际，发起反击。

唐军很快抵达了江陵城外，在扎好的唐军大营里，李靖冷静地分析了目前的形势。

这些军队是救败之师，仓促之间召集起来，一定没有周密的作战计划。只要我们按兵不动，他们就会分一部分兵力回去，只要一分兵，实力就会削弱，一削弱我们就可以发起进攻，一进攻当然就能胜利了。

但是，连日大胜的李孝恭却轻敌了，他并不觉得这些江陵兵和之前的手下败军有什么不同，坚持要出战，并命令李靖看守大营。

李靖是一个很会察言观色的人，他从来不对上司的决定做无谓的抗争，懂得给他们留够面子。同时他也十分清楚自己的位置，他李靖不过是一个打工仔（还被老板记了黑账），而李孝恭却是皇族（李渊的族侄），人家老板的家人做决定，你也要横挑鼻子竖挑眼吗？

所以李靖没有争辩，只是默默地退下了，然后开始部署守营的队伍。

江陵这个地方是春秋时期楚国的核心地区，我们都了解，当年的楚国大军是何等剽悍。一千多年过去了，现在的梁国兵虽然是临时拼凑的，但是他们仍然继承了楚国士兵凶猛剽悍的秉性，打起仗来十分玩命。

李孝恭甫一出战，就遭到了梁国劲卒的迎头痛击，失败得没有一点悬念，只能带着残兵败将狼狈地撤往大营。

可是，当李孝恭快到营门口的时候，却迎面看到了李靖，他正带着精神抖擞的士兵往外冲。

我们都失败了，你还敢去冒险？

李孝恭想下令制止，却看见李靖向他神秘地会心一笑，于是硬生生把话吞了回去。可能他还有什么锦囊妙计吧，这小子平时总是神秘兮兮地。我也不管了，让他去吧。

于是，李靖在李孝恭满是狐疑的目光中远去了，他率军冲向了敌阵。

原来唐军逃跑的时候，丢下了很多武器装备，梁军士兵打胜了，于是争相抢夺，一个个大包小包，就像是要赶着回家过年一样，战场在一瞬间变成了菜市场，场面十分混乱。

这一切都被李靖看在了眼里。

他早已料到唐军会失败，也已经和手下待命多时了。见此情景，他当机立断，带着那些本该守营的士兵迅速出动，给了这些剽悍的楚兵传人当头一击。

梁国士兵纵然剽悍勇猛，但刚刚打完一仗体力也消耗得差不多了，身上大包小包也已超负荷负重，遇到这些"蓄谋已久"、以逸待劳的唐军，自然不是对手。

战场形势马上逆转，他们纷纷丢下缴获的战利品，狼狈地逃了回去，还白白留下了许多尸体。

李靖打败敌人之后，趁势追击，又攻下了江陵外城，还一鼓作气，攻克了梁军的一座重要城池——水城。

这运气真是出奇地好。

水城并不是一座普通意义上的城，按现在的话来说，它有点像一个码头，或者说是一座军港，梁国大大小小的舰船全都停泊在那里。梁国是一个南方的大国，水网密布、河流交错，所需的船只很多很多，唐军攻打梁国带来了两千多艘舰船，但比起水城的船来也只能说差得远。将士们来到水城后，看着那一望无际的船队，眼睛都放出了光，不由得发出了一阵阵惊叹。

"这下真的赚大了！"

这一场胜利让他们很受鼓舞，李孝恭自然也不例外。

但李靖却提出了一个荒谬的建议——统统扔掉。

奇谋定萧梁

这下轮到李孝恭傻眼了，唐军将领也全都傻眼了。他们就像看精神病人一样看着李靖，因为他们实在不明白，这个之前一直打胜仗的人怎么突然之间就神经错乱了，要不怎么会要扔掉这些船呢？他们竭力搜寻李靖身上有什么不对劲儿的地方，却看到他气色甚好、满面红光，而且双眼炯炯有神，目光坚定自信，完全不像是突发疾病的样子。

众将的脑子已经完全绕不过弯儿来了，也不知道是自己智商不够，还是李靖的葫芦里真有什么灵丹妙药。

李靖看出了大家的疑惑，微笑着低下头，咳嗽了两声。

弟兄们，萧铣的地盘太大了，南至岭表，东到洞庭都在他的掌控之下。而我们却孤军深入、敌众我寡，如果江陵城久攻不下，对方的援军又赶到，我们就会腹背受敌。即便有这么多舰船，又有什么用呢？

如果我们把这些舰船丢掉，顺流直下，援兵见到了，一定以为江陵已经被攻破，就会迟疑不决，等到他们下定决心救援的时候，十天半个月的工夫也过去了，而到那时我们也一定就打下江陵城了。

众将们听完之后，都似懂非懂地点了点头。

只有李孝恭表现出了恍然大悟的表情，通过吸取之前的经验教训，他坚定支持了李靖的意见。

情况一如李靖所料。萧铣的援兵见到顺流直下的残舟败舰之后，果然大吃一惊，他们想象不出战况惨烈到何种程度，以及萧铣这个皇帝还有没有必要再救，以致危在旦夕的江陵城在十几天之内，都没有等来救援的一兵一卒。

而萧铣在交州（两广、越南）任命的地方官，听说萧铣连战连败之后，居然连个救援的姿态都没做，全都来找李孝恭投降。其中一个就是长孙无忌的舅舅，当然也是长孙皇后和李世民的舅舅。这个舅舅不是一般的舅舅，因为长孙无忌兄妹很早就失去了父亲，二人都是被他一手带大的，他们的感情非常深厚，可谓情同父女、父子。这位舅舅的名字叫做高士廉。

梁国各地在分崩离析，江陵也已陷入了唐军的包围，形势日渐窘迫的萧铣崩溃了。他并不是一个意志坚强的人，只是借着隋末大乱的机会，依靠帝室贵胄的身份谋得了一份吃喝不愁的工作。在内外隔绝、久无援兵的情况下，他已经丧失了抵抗的意志。于是不得不向自己的大臣请教，到底该如何决断。

"不如投降。"岑文本淡淡地说道。

岑文本是萧铣最亲信的大臣之一，他这句话与其说是劝降，不如说是帮萧铣打气，因为他知道，萧铣早有这个想法。

果然，萧铣沉默了半晌之后，同意了岑文本的意见。然后召集群臣，宣布了出城投降的决定。他的理由非常冠冕堂皇，但我们应该相信这是他的真实想法。

"上天已经不保佑梁国了，我们也不要再硬撑了。如果一定打个你死我活，遭灾的只是老百姓。因为我一个人让百姓受苦，那又何必呢？"

说完之后，萧铣回到宫里换上了白色的衣服（投降的标准制服），带领群臣来到了唐军大营，见到了李孝恭。

"该死的只有我一个，百姓是无罪的，我唯一的要求就是请贵军不要杀掠。"（当死者唯铣耳，百姓无罪，愿不杀掠。）

李孝恭愉快地接受了他的投降，却不打算兑现承诺。他还要做一件事，一件萧铣最不愿意看到的事——杀掠。

烧杀抢掠这行为虽然不好听，却是古代军队激励士气最简单的手段。士兵们打仗不就是为了抢钱抢女人嘛，只要抢到了钱和女人，他们就会觉得仗没有白打，血没有白流。那么以后再作战的时候，自然也会继续卖力、卖命。只要继续卖力卖命，就又可以抢更多的钱财和女人。这就是战争中最简单的逻辑，也是很多将领所能采取的最好办法。

满足他们。这正是李孝恭当时的想法。

但是刚刚归降的岑文本劝住了他。

岑文本是一个博学多才、做事周密的人，他以后还做过贞观朝的宰相，乃是一代名臣。但在此时，身为一个降臣，在不明底细的情况下，就敢冒着触怒主帅的危险劝谏，为的就是保全江陵的百姓，他以实际言行证明了自己绝非浪得虚名。

"江南的老百姓，自隋末以来就苦于暴政，现在活下来的都是劫后的幸存者，他们都翘首以明君，抱着很大的希望归顺。若是将军纵兵抢掠，恐怕梁国的百姓都要失去归顺之心了！"

听了岑文本的劝谏后，李孝恭意识到了自己的错误不住地点头称善，立即打消了纵兵抢掠的念头，并传令下去，严守纪律，禁止抢劫，稳住了江陵城的民心。可见他真不愧是唐朝宗室中的出类拔萃者。

他的禁止抢掠也真的收到了回报。

几天以后，梁国前来勤王的援兵到了，数量达十余万。看到江陵的情况之后，他们马上军容整齐、秩序井然地奔向唐军大营报道——投降了。南方的州县听说之后，也望风款附，萧梁政权就此平定。

平定萧梁政权最大的功臣当属李靖，他运筹帷幄，出奇制胜，为唐朝立下了汗马功劳。李孝恭虽然主要依靠李靖出谋划策，但事实已经证明他是一个卓越的、善于听取意见的统帅，没有他善于用人、虚怀若谷，平定萧铣也不会如此顺利。

在唐朝的功劳簿上，注定要为李孝恭、李靖重重地记上一笔。

收获萧铣这份大礼以后，李渊非常高兴。刘黑闼作乱，他只不过失去了本不属于自己的东西；萧铣平定，他却拿到了别人的东西。两下一相比较，其实还是赚了，他即使有怒火，那怒火也早已烟消云散。

见此情形之后，朝臣们都长长地松了一口气。

随后，李渊本着他一贯的斩草除根、不留后患的做事风格，下令将萧铣在闹市处斩。

处斩之前，李渊斥责了他。说你为什么不早投降，还等我打你，等等。

可没想到这个清秀柔弱的南方贵族是个硬骨头，面对李渊的斥责，他竟然一点也没有嘴软，更没有摇尾乞怜，而是高傲地昂起了头。

"隋失其鹿，天下共逐之。我萧铣没有当天子的命，所以至此，如果这也算罪名的话，我无话可说！"（铣无天命，故至此；若以为罪，无所逃死！）

萧铣的一席话保全了他作为萧梁后人最后的尊严。

李渊杀死了他，却没有征服他。无论什么时候，有骨气的人都是值得尊重的。

第十二章　建成的野望

谁来打刘黑闼

萧铣就这样死了，梁国就这样亡了，但这一切和刘黑闼无关。就在李渊到太庙祭天告捷的时候，刘黑闼的铁蹄依旧在河北纵横肆虐。

李神通被击败后，不得已又到了黎阳依靠李勣，但还是那句话，兵熊熊一个将熊熊一窝，李神通这个猪队友一来，李勣也像中了魔咒一样有力使不出了。很快他们又被刘黑闼一举击溃，斩杀步卒五千多人，李勣仅以身免。

本来已归顺了唐朝的高开道，这时也已经和刘黑闼勾结，互为犄角。

此时的刘黑闼不仅已经收复了夏国的全部旧境，范围还超出了许多，如果考虑到高开道、徐圆朗都已和他联合，唐朝在河北的处境甚至连窦建德时期都比不上了。

李渊终于认识到刘黑闼的可怕了，以前的时候，他只当这家伙是个不值得大动干戈的小毛贼。可谁知他却打败了李神通，打败了罗艺，如今又打败了李勣。李渊不敢小看这个人了，他明白这个家伙不是普通人能对付的，既然如此，"老二、老三，看来还得麻烦你们一下了。"

形势危急之下，李渊只能派出自己的杀手锏，毕竟看起来只有轻车熟路的亲儿子才能挽救河北了。

然而此时李世民正在干什么呢？搞文艺。

这段时间以来，他在宫里开了一个文学馆，招聘了很多文人名士。他把这些人分成三班，每天轮班倒，并且包吃包住，待遇优厚。

文学馆里最有才华的当数十八个人，号称"十八学士"。如果把其中的人物列举一下，相信很多人一定会发出惊叹。杜如晦、房玄龄（房谋杜断，不解释）、虞世南（大书法家）、褚亮（他有一个儿子褚遂良）、颜相时（颜之推的孙子，颜真卿曾祖的哥哥）、孔颖达（孔子之后，经学大师）、盖文达（贞观十一年太宗选妃，盖文达选了一名美女入宫，这位美女的名字叫武媚娘）、许敬宗（奸臣不代表没文化）……李世民曾让一个人把这十八个学士的相貌画了下来，这个作画的人就是阎立本（大画家）。

每天一下班，李世民总是来到馆里和大家谈古论今、吟诗作对，有时候要到三更半夜才回家。在这些顶级文人学士的熏陶下，他变得风雅起来，张口之乎者也，闭口孔孟之道。他已经告别了南征北讨的生活，放下了马刀，捧起了书本，看起来只想当一个安静的文艺美男子。

当然，李世民搞文艺也并非完全是因为兴趣，事实上这乃是他韬光养晦的手段。

他知道，自古以来，大臣功高会震主，儿子也不例外。而他自平定王世充、窦建德之后，就已经红得发紫、紫得发亮、亮得带黑了。他的功劳实在太大了，大到父亲都不知道怎么封赏他，不得不搞出了一个"天策上将"的名堂来应付一下。所以刘黑闼作乱时，父亲想派上阵的人不再是自己，而是李神通。而他发现父亲的用意之后，也非常懂事地摆出了一副解甲归文的姿态。

从这一点上来说，李世民可算深得乃父真传。

但是，出征刘黑闼的紧急命令把他从文艺的海洋里拉回了现实。他知道，父亲终究还是用得着自己的。他不敢怠慢，即刻收拾行装，与三弟领兵出发。

让李世民和李元吉同时出征是李渊精心的安排，两个儿子都有军功，力量就不会呈现一边倒的情况，彼此之间就可以保持微妙的平衡，他这个皇位就可以坐得安稳一些。

尽管事实终将证明这只是他的一厢情愿，但此时此刻，他实在已经没有更好的办法了。

武德五年（622年）正月，那是一个冬天。

李世民尚在行军的路上，刘黑闼已自称汉东王，并在洺州（今河北永年）建立了国都。他把高雅贤、范愿、董康买等夏国旧将全部官复原职，几乎完成了大夏国的重建。这个重建的新国家，政治法律制度和旧夏国一模一样，但是打仗之勇猛果敢却比那时候还要厉害。（其设法行政，悉师建德，而攻战勇决过之。）

我们从这里就可以看出，李世民虽然在虎牢关打败了窦建德，但充其量只是斩首战术，并没有摧毁夏国的基本盘，他们在河北依然有完好的政治军事基础，否则刘黑闼绝不会发展得如此之快。因此我们可以这样说，窦建德的死并不代表夏国的毁灭，他们的残余势力依然强大，唐朝要想真正控制河北的广大地区，与他们就迟早还有一战。

只不过，点燃这根引线的恰好是刘黑闼罢了。

而且，唐军之前干的活儿也确实糙了点，对降兵降将和当地百姓的处置都犯了很多错误，李渊父子很可能都已认识到了这一点。

上次的教训已经够深刻了，这次，李世民绝不会给他们翻盘的机会。

正月十四日，李世民的大军进抵河北，刘黑闼闻讯放弃了相州，退保洺州（首都）。李世民随即占领相州，进逼到洺水边扎营，与刘黑闼隔河对峙。

与此同时，尚在河北的唐军将领也发起了辅助进攻，程名振在鼓城击败刘黑闼的大军，杀死八千人。罗艺也从幽州出兵，带领数万人与李世民会合。

十七日，李世民收复了邢州（今河北邢台）。邢州这地方位于洺州的北面，占领这里就意味着唐军已经对洺州形成了南北夹攻之势。

在李世民大军的进逼下，刘黑闼的进攻势头戛然而止，陷入了仅能防守的局面，受到了重大打击。自起兵以来，他还从没有受过如此重大的打击。他终于痛苦地领教到了，到底哪支军队才是真正的唐军，但事实证明，他学习的道路才刚刚开始。

正月三十日，洺水城的守将向唐军投降了。

洺州城和洺水城的关系，大概相当于现在的市区和县城。两座城中间隔着一道自西向东流去的洺水。洺州城在河北岸，洺水城则在河的南岸偏东一点。

拿下洺水城就可以将唐军的脚步稳稳向东推进，从而对刘黑闼军进行南、北、东三个方向的包围。而且，洺水城还是一个四面环水的城池，周边围绕着宽达五十多米的护城河，城防坚固，易守难攻，战略位置十分重要。

李世民深知洺水县的战略价值，立刻令悍将王君廓带兵接应，并顺利入城。

但是，明白洺水战略价值的并不止李世民一人。主场作战的刘黑闼也不是傻子，相反他还很狡猾，他当然知道失去洺水城对自己意味着什么，于是急忙回师，企图趁着唐军立足未稳之际把他们一举赶跑。

但他没有成功。

我们也不能就此认定刘黑闼已经黔驴技穷，或者说是一个无能之辈。因为李世民也派了人来截击他，截击他的不是别人，正是我们大家非常熟悉的大英雄秦叔宝。

打仗遇上了二爷还有什么好说的，能活下来就算是一种胜利了。

尽管刘黑闼输给了秦叔宝，但他还是在不久之后找回了场子。而且这一次，他给秦叔宝和唐军的感情都造成了很大伤害。

洺水城争夺战

秦叔宝得胜走后，刘黑闼又卷土重来了。他已经下定决心拔掉洺水这根钉子。此城不克，誓不为人！

洺水城四周都是水，很不好打。但这难不倒刘黑闼，因为他已想出了一个妙计——修筑甬道。

所谓甬道，就是用砖石铺成的路。刘黑闼准备填水造路，开辟出一条通往洺水城的康庄大道。而且他还发扬一不做二不休，加盖双层保险的工匠精神，同时修筑了两条。他相信，两条甬道一定可以成为他打开洺水城的钥匙。

看到刘黑闼日夜开工，加班加点抢修甬道，李世民心急如焚，他明白甬道修成之日就是城破之时，于是派兵进攻。但刘黑闼也是蛤蟆吃秤砣，铁了心，誓死坚守施工现场，任唐军三番五次攻击硬是不能制止。

眼看甬道修得越来越长，李世民的希望渐渐变成了绝望，连足智多谋的李勣也在旁边叹息"若甬道达城下，城必不守。"但一个人告诉他，虽然我们不一定能阻止刘黑闼施工，但洺水城却可以守住。

"如果让我进城的话。"

五年前，就是这个人的一句话，让张须陀的部队安然撤退，剿灭了卢明月的十万大军。现在他又站了出来，准备以自己无与伦比的勇气保住这座城池。

这个人就是罗士信。

听完罗士信的话，李世民久久没有回答。他不是不想要这座洺水城，但他又何尝不爱惜这员虎将，他怎么能眼睁睁看着这个跟随自己多年的年轻人去冒险、去送死？他的脸庞甚至都还没有脱去少年的稚气啊。

但是他看见了罗士信的眼睛，那眼神中没有恐惧，没有退缩，甚至没有普通人所有的那种仁慈、柔和的情感，有的只是坚毅、无畏、冷漠，就如同一只在草原上独行的苍狼。

没有什么能吓到罗士信，也没有什么能难倒罗士信。罗士信的字典里没有"害怕"两个字。

李世民目送他出去了，一直目送到看不见他为止。

罗士信只带了二百人。

二月十八日夜晚，李世民登上了洺水城南的高冢，用旗语指挥王君廓突围，罗士信乘机进入了城内。

进城后，罗士信遭到了刘黑闼疯狂的攻击，刘黑闼实在不敢相信，在这个人人都想弃城逃跑的时刻，居然还有人一头扎了进来，这是对他赤裸裸的挑衅，他要进攻、进攻、再进攻，让这个敢于轻视他的人付出代价。

天公也很作美，在初春时节飘起了鹅毛大雪，一时把城内外变成了银装素裹。

雪可以让一个人更冷静、更沉着，却也让唐军的作战更困难。本来罗士信只要在城内坚守几天，就可以等来会合的唐军，内外夹击刘黑闼，并一举歼灭。但是因为大雪的关系，大军却无法及时赶来了。

罗士信没有畏惧，仍顽强地在城内组织防御。可二百人纵然都是金刚不坏之身，他们也需要吃饭、喝水、取暖、休息。他们等不来大军，就只能以这支孤军抗击刘黑闼优势兵力的轮番攻击。

八天后，甬道修好了，洺水城陷落，罗士信落到了刘黑闼手里。

看着这个长着一张娃娃脸的小将，刘黑闼简直不敢相信自己的眼睛，这个娃娃脸的年轻人身上居然充满了如此大的勇气？他那狡黠的目光后也不由得生出一丝爱意，对这个年轻人惺惺相惜。

"投降吧，我不杀你。"

罗士信高傲地仰着头，仿佛没听见他的话一样。

刘黑闼怕他没听清楚，重复说道：

"我不仅不杀你，还要重用你。"

罗士信冷冷地望着他，嘴角浮现出了一丝轻蔑的笑意。

"绝无可能。"

当天，罗士信被刘黑闼杀害，年仅二十岁。

史书记载，他死前"词色不屈"。

罗士信这辈子杀了很多人，其中有恶贯满盈的绿林强盗，也有只想混口饭活下去的饥民。有时候，他是在战场上英勇杀敌，他杀那些人只是为了胜利。有时候，他是在战场外杀人，他杀那些人仅仅是为了撒气。只是由于他所处的野蛮乱世，对他的行为我们可以或多或少地理解，当然，这不代表我们应该替他遮掩。

他的优点和缺点都一目了然。

我们可以说，他是一个真实的人，一个还不太懂得克制自己情绪的人，但谁都不能否认，他是一个勇敢的人，是一个不怕牺牲的人。

罗士信死后，李世民非常悲伤。

但李世民的悲伤并不能挽回罗士信的生命，他只能以重金赎回罗士信的遗体，并按照他的夙愿，在战后葬到了裴仁基的墓旁。裴仁基是罗士信生前的良师益友，罗士信终于可以安心去陪他了。

若干年以后，罗士信的谥号被定为"勇"，对一个武将来说，这是至高的殊荣，他已向世人证明了他完全配得上这一殊荣。

五天以后，雪停了，李世民终于能组织反击了，他指挥唐军夺下了洺水城。然后，他一边继续在洺水南岸扎营，一边给罗艺分兵到洺水北岸，牵制刘黑闼的力量。

此后，刘黑闼数次派兵挑战，李世民始终坚壁不出，只是按照惯用的套路，派奇兵切断了他的粮道。

三月十一日，刘黑闼的军营中举行了盛大的宴会。

他们当然不是庆祝自己的粮道被切断，而是庆祝高雅贤升官。这一天，高雅贤被任命为了左仆射，在隋末唐初，这个官职意味着宰相。大家都喝得非常高兴，高雅贤自然是最高兴的那个人，于是，他喝醉了。

但是，就在军中推杯换盏的时候，不远处却有一双眼睛正注视着他们。

李勣偷袭了他们的大营。

军中的气氛顿时变得混乱，正在兴头上的高雅贤也变得异常愤怒，我们确实应该理解他的愤怒，因为人在兴头上的时候是最烦别人打搅的，尤其来的还是李勣这样一个讨厌的家伙。

其实，生气也不要紧，只要把李勣赶跑了，气自然就消了。喝醉也不要紧，因为酒只伤胃不伤性命。可是高雅贤却因醉发起了酒疯，执意要亲自出战。

事实证明这实在不是一个明智的决定，但当时的众将们却无法劝阻，只好任由他披挂上马冲出了大营。

高雅贤喝得太醉了，马又跑得太快，冲动之下，他竟然单枪匹马去追赶李勣，把身边跟随的护卫都甩在了身后。没追多远，高雅贤就被人一枪刺下了马（不知道是不是李勣干的）。闻讯赶来的部将拼死把他救了起来。可还没等回到大营，他就咽了气。

发酒疯的后果非常严重。

高雅贤就这样任性地死了，这个粗鲁直爽的河北汉子人缘一向很好，跟谁都是大大咧咧的，从来不摆架子，他的死是汉东政权的巨大损失。刘黑闼很伤心，众将也都很伤心。

但是有一个人的伤心，却是所有人的百倍千倍，因为这个人很早就失去了父亲，而高雅贤则是他最亲爱的义父。

这个人的名字叫做苏定方。此时他还是一个不太起眼的年轻人，还会继续沉寂很长的一段时间。但是若干年以后，他的再度出现，将为我们演绎一场精彩夺目的故事。

李世民失去了罗士信，刘黑闼失去了高雅贤，两下算是扯平了。

可刘黑闼接下来却是祸不单行，几天之后，他运粮的车队、船队也被焚毁了（程名振以千余人邀之，沉其舟，焚其车），大军只能发扬艰苦朴素的传统美德，勒起裤腰带，非常节约地吃着有限的存粮。

但这存粮也是吃一口少一口，六十多天之后，刘黑闼连有限的存粮也快要吃完了。为了避免饿死以后再被鞭尸，他需要在饿死之前打一仗。

与此同时，隔着奔流不息的洺水，一向精通数学的李世民掐指一算，也料定了他会来决战。

决战当然要选一个战场。为了让这个战场更加舒服一点，李世民悄悄派兵来到了洺水的上游，这些士兵放下了长枪和长刀，拿起了锄头和铁锹，连夜筑起了一座堤坝。李世民让人修这座堤坝当然不是为了搞水利工程，而是在悄悄设下一个口袋。他要用这个口袋把桀骜不驯的洺水拦住，好让刘黑闼能够渡河，而等到刘黑闼的军队真的来到河上的时候……

三月二十六日，早上，看到洺水那滔滔不绝的水势一夜之间变成了涓涓细流，刘黑闼欣喜若狂。他实在不知道是一种什么样的力量改变了洺水，或许真的是老天开眼吧，让他在粮食即将吃尽的时候，还能够轻松渡过河去，与那些讨厌的唐军决一死战。

刘黑闼一点也没有犹豫，立即率领两万多人的步骑混合兵团南渡洺水，直扑唐军大营。

李世民当然早有准备，马上派出一部分骑兵阻击。唐军骑兵非常精锐，毋庸赘言。他们很快就击败了刘黑闼的骑兵，然后，又乘胜攻击敌人的步兵。

于是，接下来的战场上出现了一幕非常残忍的场景：唐军乘胜蹂其步兵。意思就是唐军骑兵乘胜践踏刘黑闼的步兵。

许多人都知道骑兵对步兵有着天然的优势。但许多人都不知道的是，骑兵还有另外一个武器——马蹄子。这是一种非常危险的武器。

马是善于奔跑的动物，腿部肌肉非常发达。在一望无际的非洲大草原上，狮子和鬣狗捕猎斑马都要竭力避开他们的蹄子，因为它们都明白这个武器的危险，笔者就曾不止一次看过猎豹、鬣狗被斑马踢死的新闻。野兽尚且如此，人就更别说了，高大健壮的战马轮起蹄子往人身上招呼，我们可以想象那是个什么样的景象。

刘黑闼的军队就这样被唐军骑兵杀戮、踩踏，死死钉在了河床上。

一天就要过去了，他们都没能前进半步，渐渐感到疲劳。刘黑闼望着前线的部队，心情也很沮丧。

但就在这个时候，他们突然听见身后传来了震耳欲聋的声音，那声音像是雷声却比雷声来得更近，像是万马嘶鸣却比马的叫声更响。他们回过头，发现那既不是雷声，也不是马声，而是水声，洪水的吼声。

唐军决开了大坝。

蓄积了数天的洪水卷起滔天白浪，怒吼着冲向了几近干涸的河床，涌向两边的河堤，形成一道白色的水墙。这道水墙夺路而下，吞噬着挡在它前面的一切。

刘黑闼的士兵们想逃跑，却已经来不及了，没有人的双腿能跑得赢洪水。他们想前进，却更不能前进，唐军的马槊和刺刀就在他们面前明晃晃地闪耀着。

就在这一刹那，几千名叛军被洪水埋葬了，还有一万多没被埋葬的，则被唐军杀死。刘黑闼和范愿只带着两百多人逃出战场，投靠了他们的友好邻邦——突厥。

"我们还会回来的。"刘黑闼恨恨地说出了这句话。

刘黑闼败走之后，李世民收拾好了行装，打算一鼓作气率军追击，却收到了父亲班师回朝的诏令，于是把军队交给李元吉指挥，自己只身回到了长安。

等待他的将是另一场战争，一场没有硝烟的战争。

谁是太子

长安城的东宫里，李建成正坐在一张胡床上，满面愁容。作为唐初的第一男配角，他已经很久没露面了。这实在不能怪他，当然也不能怪我，要怪就怪他的戏份实在太少了，尽管他的角色很重要。

李建成着急了，他真的着急了，虽然他是太子，但是整个王朝的人们似乎都忘记了这一点。

在唐朝开国后一系列开疆拓土的战争里，大家都没看到他的影子。大家看到的只是李世民，听到的只是李世民，谈论的还是李世民。大家会说李世民平定薛举了，大家会说李世民又灭掉了刘武周，大家又说，李世民又俘虏了王世充和窦建德啦，大家还说李世民现在又击败了刘黑闼。而李建成呢？自从成为唐王世子之后，他就不再带兵打仗了。后来当了太子，从此更不能轻易离京。他所做的，好像就是在宫里陪皇帝聊天解闷儿，顺便处理一下公文。嗯，也就这样了。

可是，李建成为什么就得这样呢？他怎么就不能像李世民那样呢？

这缘由说起来有点好笑——因为他是太子。

因为太子是下一任皇帝的接班人，所以不能有闪失，安全第一当然就不能外出打仗。战场上可是刀剑无眼啊。

又因为太子是下一任皇帝的接班人，所以要学着如何做皇帝，学着如何做皇帝，当然就得待在深宫里，陪在皇帝身边，听爸爸的话。

还因为太子是下一任皇帝的接班人，本来就位高权重，所以更不能让他和带兵的将领交往，这样也是为了整个王朝的稳定着想。

"君之嗣嫡，不可以帅师。"这句话出自《左传》，是一句古老的训辞，也是许多王朝的祖制和惯例。

这样的祖制和惯例，能最大限度地稳定皇位，也能最大限度地保护太子。但如果处在乱世，却也容易把太子娇惯成温室里的花朵，经不起外面的风吹雨打。而太子以外的皇子由于得到在外征战的机会，往往就能积累下丰厚的军功和人脉，从而生出对皇位的非分之想，夺嫡之变往往随之产生。

就说距离最近的隋朝吧。杨勇何尝不是一个宽厚温和、个性率真的太子？但他的位子却被二弟杨广抢走了。而杨广之所以能成功，除了谄媚讨好父亲和母亲之外，另一个很重要的原因就是在灭陈战争中立下了大功，笼络了一批军事贵族，取得了他们的支持。

而现在，秦王李世民在唐朝立国的战争中南征北讨，同样立下了汗马功劳，也同样网罗了一大批英雄豪杰，其声势甚至比早年的杨广有过之而无不及。

他的风头早已盖过了李建成，大有争夺太子之位进而谋取帝位之势。

杨广登基的时候，李建成已经十六岁，已经是明白事理并走向成熟的年纪。作为这个时代的亲历者，我们有理由相信，他肯定知道这个故事和故事背后的种种。以前，那只是个故事，可到了今天，他甚至可能已生出兔死狐悲之感了。

太子之位本是他的，帝位在不久的将来也是他的，这一切本来都是那么的顺理成章。可事到如今，一切却又似乎遥不可及了。

而这一切，都是因为李世民。

李建成并不是一个逆来顺受的人。家中长子的身份练就了他宽厚大度的性格，这一点甚至胜过了他的父亲，对待弟弟们他向来谦和忍让，极力做好一个合格的兄长。

但是这一次，他却不打算再忍，因为如果连这都忍了，他就会陷入万劫不复的深渊。他不仅会失去自己的太子之位，还会失去身家性命，甚至在万世流传的青史里面，他也会被抹黑成一个一无是处、道德败坏的小人。

不能做这样的人，绝不！

万幸的是，要扭转这种局面为时未晚。虽然李世民战功赫赫，羽翼众多，但李建成也有自己独特的优势——就在皇帝身边。

一切的一切，都要经过皇帝最终的裁决。

皇帝说你行，不行也行；皇帝说你不行，行也不行。

只要李渊还信任他，太子之位就会牢牢地抓在自己手里，而如何取信于父亲，对他来说实在容易得很。

他不仅更进一步读书学习，还努力协助父亲处理好政务，不让自己出现差错。举止文明不骂人那是必需的，加班加点不要加班费也是正常的，团结群臣乐于助人更是要做的。

除此之外，他还利用能够接近后宫的机会，倾心结交了李渊宠幸的妃子——张婕妤、尹德妃。

而李世民自然是没有这个机会的，他常年在外打仗，怎么会有这个机会？他的妻子长孙氏倒是在长安，人品不错、贤惠孝顺，和后宫嫔妃打交道从来都忍让三分，但那多半只是例行公事，更深一步的接触是很难的。

有意思的是，李世民从战场归来之后，还偏偏得罪上了这两个妃子。

李神通虽然总打败仗，总帮倒忙，但他也是立过功的。怎么立的功呢？就是他不打仗的时候。巴特尔在马刺坐了一年板凳都能混个金戒指，李神通跟着李世民上了好几趟战场，怎么可能蹭不上一个战功。

所以，李世民为了表彰他的战功，非常大方地赏了他几十顷田地。

不过，就在同时，这片田地也恰好被另一个人看上了——张婕妤的父亲。张婕妤虽然只是一个婕妤，却是李渊身边最宠幸的妃子之一。她很快就给李渊吹了枕头风，李渊随手下了一道命令，把田地赐给了她父亲。

　　于是，这一块地就有了两个主人。

　　麻烦来了。

　　但是李神通不买账，我先得的地凭什么给你？你有皇帝的敕令，我还有秦王的命令呢。你是外戚我还是宗室呢？谁怕谁呀。

　　结合李神通在处理这件事中表现出的低下情商来看，他总打败仗、总帮倒忙绝不是偶然的。

　　张婕妤的父亲碰了一鼻子灰，很快让女儿添油加醋，哭诉到了李渊跟前。"陛下赐给我爹的田地，被秦王夺去给了李神通。"

　　好家伙，真是火上浇油。这段时间以来，李渊早就听说过一些李世民的风言风语了，说他拥兵自重，喜欢专权。没想到又发生这样的事情，自然格外生气，于是把他召来，劈头盖脸骂了一顿。骂就骂吧，爹骂儿子也算平常，可让李世民意想不到的是，李渊竟然在责骂中用了这样一句话来结尾：

　　"我手敕不如汝教邪？"

　　我的手敕还不如你的命令好使吗？这大唐天下，是你说了算还是我说了算！二郎，你的眼里还有没有我这个父亲？

　　李世民听后，大惊失色，急忙跪下道歉。他知道，父亲对自己不满了，非常不满。他不敢争辩。

　　但是，发完火的李渊并没有消气，而是找来了好友裴寂，愤愤不平地吐槽起来。

　　"这孩子在外带兵时间长了，被读书人教坏了，翅膀也硬了，不是我从前那个乖儿子了！"（此儿典兵既久，在外专制，为读书汉所教，非复我昔日子也。）

　　如果李世民知道这句吐槽，不知他又会作何感想。

　　然而他的厄运还没有完。

他竟然又不幸得罪了尹德妃。

尹德妃本人可能对李世民没什么成见，但她父亲尹阿鼠却是一个不好惹的主，做事一向比较高调、蛮横。这其实也正常，连皇帝都是他女婿，还有什么人能被他放在眼里？

刚好有一次，杜如晦骑马路过了他的家门，却没有下马。

路过后妃的家门不下马或许不太礼貌，但人家杜如晦也未必是故意的嘛，可是这位尹阿鼠表现得却凶狠了点。直接呼来家奴，把杜如晦从马上扯了下来，拳打脚踢，一顿胖揍，还打折了他一根手指头。

虽然杜如晦此时还不是什么朝廷高官，挨顿揍也不能把尹阿鼠怎么样，但他毕竟是秦王的幕僚啊，秦王也不是吃素的呀，尹阿鼠撒完气之后，善后工作还是要做的。

为了先发制人，他把这件事情精心包装了一番，告诉了女儿尹德妃。

于是，尹德妃也添油加醋地向李渊哭诉去了。絮絮叨叨一通哭诉之后，来了一句"秦王的手下竟然欺负俺爹"。

李渊听后，又一次气得火冒三丈，也又一次叫来了李世民，当然也又是一顿痛骂。

"我妃子的家里都被你欺负成这样，那些小老百姓还不得被你逼死？"（尔之左右，欺我妃嫔之家一至于此，况凡人百姓乎？）

李世民听后，又急又气又怕，当场跪下，对父亲做出了深刻的反思和检查，并极力争辩是杜如晦被欺凌在先。但是，李渊最终也没有相信他。

李渊和李世民的父子关系，渐渐出现了难以愈合的裂痕。我不清楚背后有没有李建成的影子，但总而言之，这一切都给了他无限的机会。

李渊的抉择

"太子，太子殿下！"

一声呼唤将李建成从回忆的思绪中拉回了现实。

东宫门外走进来两个人，脚步轻快、清脆，隔着很远就能听到。脚步声渐渐走近，李建成甚至听见了他们急促又带着兴奋的呼吸声，像是有什么好消息要急着汇报一样。

一看到这两个人，李建成就像见到了久违的老朋友，面容顿时舒展开了，他快步迎上前去。

"有什么好消息吗？"

"有，刘黑闼又叛乱了。"二人上气不接下气地说道。这个"又"字说得很重。

又叛乱了？他两个月前不是就被平定了吗，难道此刻又来了？李建成的面容又紧绷起来了，很显然，这不是他期待的好消息。

"这也能算好消息？"他失声说道。

但是，二人却仿佛没有看出他的疑惑，只是自顾自地要把话说完，几乎异口同声地说：

"这一次，他来势更加凶猛，还带来了突厥人。"

……

李建成没有再问，他一向很有涵养，做什么事情都不慌不忙，他只是静静地看着二人，等着他们喘一口气再细细说明原因，他们之间早已养成了这种默契。

"太子殿下，秦王之所以咄咄逼人，还不是因为在战场上立了功？如今刘黑闼再次作乱，这可是千载难逢的好机会呀。"

李建成的心里咯噔跳了一下，马上就明白这消息好在哪里了，也马上明白刘黑闼对他的意义了。平定刘黑闼不仅可以让自己树立军功，还可以结纳山东、河北的豪杰，同时还能把秦王的风头压住，可谓一举两得，不，是三得的好机会。这个唐朝的反贼居然成了他巩固太子之位的救星，想来实在有点可笑。

不过，尽管二人出的这个主意有些可笑，政治策略还非常不正确，却真是设身处地为他着想了，想到这里，李建成的心里感到一阵欣慰。这两人虽然是自己的属下，但这么多年过来，他们早已成为了朋友。

这两人中，一个是担任太子中允的王珪，后来入围唐初的四大名相。

另一个，就是我国古代那位最有名的，总是把皇帝气得吹胡子瞪眼，却又总是对他无可奈何的大忠臣、大谏臣——魏征。自打从窦建德那里回到长安之后，他就被李建成的猎头挖来了东宫，他当时的官职是太子洗马。

李建成深情地看着二人，斩钉截铁地说道：

"好，我现在就去禀报陛下！"

李渊对李世民的不满已经不需多言，这个从小聪明懂事的孩子已经渐渐变得难以管束，他常年领兵在外，和那些杀人如麻的武将、足智多谋的文臣混在一起，俨然在朝廷里形成了自己的小圈子。

久经宦海沉浮、政治嗅觉灵敏的李渊明白这不是一个好苗头，因此，当得知刘黑闼二次叛乱的消息之后，他并不想让经验丰富的李世民出征。当然也正因为如此，得知李建成请求领军平叛的时候，他才会尤其喜出望外。

于是，他立即批准了这一请求，任命李建成为山东道行军元帅，河南、河北诸州并受处分，得以便宜从事。

当然了，按照惯例，也同时任命正在河北战场的李元吉做他的副手。

目送长子离开之后，李渊满意地露出了笑容。

但此刻，他还有一件更重要的事情要做。

稳住突厥人。

突厥这个老朋友已经出现很多次了。在中国的领土范围以外，李渊目前还只有这一个老朋友。但在中国的领土范围以内，突厥却有很多老朋友，除了李渊，从前还有刘武周、窦建德、梁师都……现在又多了一个刘黑闼。

只要给这个凶狠的邻居一点好处，享受老朋友待遇实在太容易。

只不过，有时候，这些为数众多的中国朋友也会互相冲突，比如李渊和刘黑闼，眼下就正在打架。这该怎么处理呢？在外人看来，可以说手心手背都是肉，帮哪个都说不过去。

但是在突厥人看来，这个问题再好解决不过了，他们有自己独特的解决方式——谁开的价高就帮谁。

这一次，刘黑闼开的价码显然更高一点。因为他已经什么都没有了，空头支票自然可以随意填写。而且还有最重要的一点，就是突厥已经发现唐朝即将完成统一，而一个统一的唐朝势必会给他们带来巨大的威胁。

当时东突厥的主人就是著名的颉利可汗。

他能当上可汗，说起来还是托了义成公主的福。

我们前面说过，义成公主是启民可汗的可敦（皇后）。启民可汗死后，她嫁给了他的儿子始毕可汗（没有血缘关系）。始毕可汗死后，又嫁给了他的弟弟处罗可汗。处罗可汗死后，留下了一个儿子奥设。算起来，这位奥设还是义成公主的继子，只要她肯支持，估计没人敢反对。

但义成公主却立了处罗的弟弟咄苾，她的理由是奥设长得太丑、脑子太笨、不堪大任，可见她这样做是为了东突厥的前途。

这位接任的咄苾就是我们的颉利可汗，然后，义成公主成了他的妻子，颉利可汗也就成了她生命中的第四任老公。

严肃地说一句，对义成公主的婚姻往事，我是丝毫没有嘲笑和奚落的意思的，反而非常同情。一个弱女子，为了两个国家的和平，孤身一人来到寒冷陌生的异国他乡，这境遇本身已经很可怜。即便她先后嫁给了父子四人，那也是不得已而为之，顺从当地的习俗，她已经尽到了本分。

只不过，她这个本分尽得实在有点可怕。因为在她这个隋朝宗室女儿的眼里，这个取隋朝而代之的唐朝已成为她的头号敌人，而她也经常唆使颉利可汗南侵。

与此同时，颉利可汗眼见唐朝要完成统一也非常着急，原因就如我们所说的，一个统一的中国不符合他们的利益。

而恰好，刘黑闼又来到了东突厥，煽风点火，请求联兵南下。天时、地利、人和都已齐备，颉利可汗找到了一个绝好的机会。

武德五年八月（622 年），他带领东突厥大军侵入了北方边境，与在河北的刘黑闼遥相呼应。李渊本着以斗争求团结则团结存的原则，在边境布置了重兵，严阵以待。

但是，尽管兵力已经部署好了，这却只能是一个姿态，因为眼下刘黑闼正在河北捣乱，王朝的经济也还没有恢复发展，再惹得东突厥和自己全面开战，谁也没有取胜的把握。

于是，李渊一边着手防御，做了最坏的准备，一边也派出了和谈的使者——郑元璹（shú）。

如果唐朝有外交部的话，郑元璹一定是位老资格的外交家，因为他的三寸不烂之舌实在太厉害了，简直能抵得上百万雄兵。

在此之前，郑元璹已经深入东突厥虎穴很多次了，而且每一次都异常凶险，其中有一次尤其点背，去了没多久就赶上处罗可汗去世，居然被人怀疑是下毒的凶手。好在突厥人并没有找出证据，只能把他关起来。而他就在暗无天日的大牢里待着，随时可能被拉出去砍头祭天。

就在如此险恶的处境下，他展现出了一个大国外交家的风范，神色不变，从容自若，该吃吃该喝喝，完全不像一个下毒的犯罪分子，最终打消了突厥人的疑虑。直到八个月后，唐朝的使者又来了，才接上他顺利回到长安。

尽管每·次出使突厥都危机四伏，每一次来到突厥都像是最后一次，但郑元璹知道，这一次的出使行动却更加凶险。因为之前的突厥和唐朝还有相互利用的关系，即便出兵，讹一点钱财宝物也就退兵了，而这一次却抱着撕破脸的打算。

在山西地区，从介州到晋州几百里的战线上，遍布着突厥人十五万强大骑兵，这个阵势是以往任何人都没有见过的。和谈的愿望渐渐变成了唐朝一厢情愿的幻想，郑元璹这次只怕有去无回。但是身负李渊的重托，带着唐朝中央的期望，他又怎能退缩？

他还是毅然上路了。最终他走进了阴森森的突厥大帐，见到了颉利可汗本人。

颉利可汗在贞观年间成了我们的战俘，还光荣地做了朝廷的官员，是唐朝第一个被打得服服帖帖的北方游牧民族领袖，为两国人民的友好交流作出了杰出贡献。但在此刻，他显然还没有预知到后来的结果，他不是来示好的，而是来找茬的，他牛气冲天不可一世，连李渊都不得不对他忍让三分。

但郑元璹却一点面子都没有给他。

他没有表现出丝毫客套和拘束，更没有被凶悍的突厥士兵吓倒，而是毫不见外地就把他数落了一顿。

"说得好好的，我们是友好邻邦嘛，怎么还带大军来了？你们的诚信哪里去了？"

在郑元璹到来之前，颉利可汗脑补过无数个场景，有痛哭流涕求住手的，有战战兢兢打哆嗦的，当然也有低三下四赔笑脸的，就是没想到会有义正辞严来训话的。

颉利可汗措手不及，却一句话也无法争辩，因为他知道自己理亏，只能老老实实挨了一顿训。当然了，他此刻的心情一定是十分不爽的。（元璹见颉利，责以负约，与相辨诘，颉利颇惭。）

但颉利毕竟是堂堂的大可汗，他很快就稳住了阵脚，虽然他不是搞职业外交的，但大可汗至高无上的威严告诉他，要对郑元璹下面的话进行反驳。

给他一个下马威，让他知道我不是好惹的！

然而，郑元璹不愧是一个卓越的外交家，他仿佛看穿了颉利可汗的心思。话锋一变，又开始和颜悦色地科普风俗地理知识了。

"我们唐国和突厥，风俗是大不相同的，你们即便占领了唐国的土地，也不能居住。"

此话一出，颉利可汗发现这实在无法反驳。难道他要说唐朝和突厥风俗一样，得了唐朝的土地能住吗？这说出来也是违背常识啊。有火发不出来的感觉真是难受，他只能答应着。

"是啊，当然了……"

嗯，开始进入外交状态了。

郑元璹没有给他留下思考的机会，赶紧趁热打铁，继续说道：

"可汗您现在兴师动众过来（抢劫），应该能得到不少好东西吧。但是这些东西是不是大部分都到了将士们的口袋里？您自己又能得到多少呢？"

颉利可汗沉默了，这句话不仅仍然让他无法反驳，而且更加戳到了他的痛处。因为突厥部落里还残留着游牧民族的军事民主制，打仗得到战利品，首领不能独吞，而是要和大家一起分的。因此，听完郑元璹的话，他的脸上马上闪过了一丝不平之色。

这就够了。

老谋深算的郑元璹立即捕捉到了他的表情，并准确判断他心里已经出现了动摇。只要再轻轻补上一刀，就可以轻松击溃他的心理防线！

"以我之见，可汗您不如班师回去，和大唐继续结好。回去之后，您也不用再千里迢迢过来了，以后要是缺少什么，只要打个招呼，我们就马上给您送过来。"

他停顿了一下，压低声音，用一种神秘的语气继续说道：

"而且，这些东西是直接送入您私人金库的。比起现在这样劳师远征又得不到什么好处，还和我朝结下大仇。您觉得怎样才更好呢？"（坐受金币，又皆入可汗府库，孰与弃昆弟积年之欢，而结子孙无穷之怨乎！）

短暂的沉默之后，颉利可汗开心地笑了，他笑得是如此灿烂，仿佛从没有像今天这样开心过！因为他知道，以后就不愁钱花了。至于唐朝能否统一，哪比得上自己的开心重要。

眼前利益终于压倒了长远战略。几天之后，突厥骑兵迅速退去了，就好像从没有来过一样。唐朝终于解除了北方的警报，可以集中力量对付刘黑闼了。

郑元璹圆满，且应该是超额完成了领导交办的任务。这一次精彩的外交行动也光荣载入了史册！

多年来，总有人在传播这样一种说法，外交成功与否全要依靠国家实力，所以外交工作是无关紧要的。是的，外交当然是以实力为后盾的，但外交工作绝不是可有可无的，相反还是非常重要的。尤其是在双方实力接近而事情尚有一线挽回生机的时候。外交搞得好，可能就大事化小、小事化了了，而外交搞得不好，可能就会功亏一篑，全面开打。郑元璹面临的就是这种形势。但是他成功了，任你有百万雄师，兵强马壮，我只要三言两语，就可以让你跟我握手言和！

感谢郑元璹，让我们在千年之后还能读到如此精彩而又真实的外交故事！

以德服人

太子李建成出征了，同行的还有魏征。看着一路上的山川景色，听着军营里的鼓角铮鸣，他仿佛又找回了昔日从军打仗的感觉。

掐指算来，那已是五年前的感觉。

在霍邑、在长安、在洛阳、在突厥边境，他曾不止一次地冲锋陷阵、纵横疆场。那时候，他是李家的长子，是军中的统帅，是杀伐果断、言出必行的将领，他杀死过很多敌人，也打下了很多疆土，如今炙手可热的李世民那时只是他的副手。

只是后来他沉寂了，因为那迂腐的祖制，他不得不沉寂，在大好的年纪待在深宫大院里，处理那些枯燥乏味的公文，而拱手把平定天下的不世战功让给了那个一向不服自己的弟弟。

而现在，机会终于来了。

他要向天下人证明自己并不是一个只会写写画画的书生，只要跨上马，他一样可以扫平河朔纵横天下。

我是一个文武双全、经天纬地的命世之主！只有我才配当太子，只有我才能做皇帝！

十二月，不知不觉之间，李建成已经抵达了河北。

虽然他早就听说过河北的局势非常混乱，但真正到了这个地方，还是被眼前的景象惊呆了。

村庄残破、田地荒芜，农民穷困潦倒，千里人烟稀少，这个自古富饶兴盛的地方已经变成了人间地狱，再经寒冷的冬风一吹，更生出了无限的萧瑟荒凉之感。

而这里的老百姓见到唐朝官军之后，不仅没有表现出老乡应有的热情，反而个个透着一股仇恨埋怨的神色，那架势就仿佛想过来踹你两脚。这一点也不奇怪，自平定窦建德以来，唐朝官吏们就以征服者自居，对夏国旧将和当地百姓进行了无休止的敲诈勒索。刘黑闼起兵以后，自然带领当地军民对这些官吏进行了报复，他虽然是唐王朝的反贼，却是河北人民眼里的救星。而刘黑闼被李世民打败以后，唐朝官军当然不会善罢甘休，又对当地人进行了更凶狠的反攻倒算。而现在，他刘黑闼又回来了，河北军民又再次杀掉地方官吏起兵响应。

　　唐朝派驻河北的官员，正面临着前所未有的复仇。

　　这段话写起来实在是有点啰索拗口，却都是明明白白的事实，没有半点夸张。

　　"不能再这样下去了。"李建成心中拿定了主意。

　　但是，眼下还不是解决这些问题的时候。

　　因为此时此刻，刘黑闼正在进攻魏州（今河北大名）。而在进攻魏州之前，他早已连战连捷，再度恢复了夏国的旧境。

　　真是一只打不死的小强呀。

　　因此，李建成的当务之急是要组织军事部署，把刘黑闼击败，等军事上取得胜利之后，才可以顾及其他。于是他和李元吉马不停蹄地行军，很快抵达了昌乐。这里的昌乐不是今天山东省出产蓝宝石的那个昌乐县，而是今天河南省的南乐县，据说是造字圣人仓颉的故乡。

　　刘黑闼闻讯之后，放下魏州，前来昌乐阻击。

　　但令李建成奇怪的是，刘黑闼并没有直接发起进攻，而是好几次阵势都列好了，却没有开打就退走了。这是什么意思呢？似乎是在试探。

　　是的，刘黑闼就是在试探这个素昧平生的对手，这个唐朝的太子兴师动众，来头不小，但他究竟是一个什么水平呢？比那个恐怖的李世民如何呢？应该比不过吧，自我从军以来就没听说他打过仗。可既然如此，李渊为什么会把他派到战场呢？真是让人奇怪。

　　黑闼兄，不要急，你很快就会知道了。

刘黑闼打打停停的时候，李建成就静静看着他的表演。暗中却令老将罗艺出兵，收复了北方的廉州和定州。不久之后，唐朝并州方面军也击败了刘黑闼的大将范愿。与此同时，魏州的防御也正有条不紊地进行。

前线形势一下明朗了很多。

终于可以考虑那件事了。

但是没等李建成开口，魏征就抢先发言了。河北发生的一切都逃脱不了他那炯炯如炬的目光，这让我们明白了，他能成为万世景仰的一代名臣绝非偶然。他提出的是对叛军俘虏处置问题。之前，刘黑闼和唐军作战的时候，他手下的将帅都会被光荣地记上唐朝的黑名单，只要一经逮到就会被处死，家人都得吃牢饭。而李元吉虽然早已发布了赦免刘黑闼同党罪名的命令，却还把许多人关在牢里，搞得老百姓根本就不相信朝廷的承诺。

因此魏征建议：把俘虏和囚犯全部释放，不仅如此，还要给点国家赔偿。如此一来，他们就会失去斗志，而唐军就可以坐视刘黑闼的部众离散败亡了。

高！实在是高！

兵法有言：攻城为下，攻心为上。魏征的这一建议正是攻心的上策。

李建成听了非常高兴，魏征想的分明就是他所想的，两人居然如此默契地不谋而合。魏征，真有你的！

于是立即下令，释放囚犯，从罪赦免。

攻势果然奏效了，才过了几天，刘黑闼的大军就开始逃亡，家人都能团聚了谁还造反呀，有的甚至把自己的领导绑起来投降了唐军。李建成仍然宽大为怀，对这些被绑来的叛将概不问罪，想归顺就留下，不想归顺就回家，给予充分的选择权。

不久之后，河北的老乡们也变得热情了，看到唐军也不仇视了，有时还会友好地打个招呼。吃了没有？到我家坐坐啊。什么，要去打仗？打就打吧，刘黑闼那家伙也是太能惹事了。

后果可想而知，刘黑闼的形势急转直下，在短短时间内就成了光杆司令，到了后来，他甚至连仗都打不下去了，没动一刀一枪就跑出了战场。

李建成和李元吉当然不会放过，率领大军追击，一口气追到了馆陶（今河北馆陶）。

在这里，刘黑闼被一条河拦住了去路。河上虽然有一座桥，却没有完工，从会计学的角度来说，这还属于在建工程，并没有成为固定资产，还无法入账，自然帮不了黑闼公司的大忙。

于是，刘黑闼只能一面让人在河边列阵阻击，一面加班加点建设工程，好让它快点变现。

事实证明，刘黑闼的军队搞基建是很有一套的，在唐军的猛烈进攻下，大桥居然很快完工了。

但刘黑闼坚决表示，为了能够有序撤退，我们必须要和唐军狠狠地打一仗，打到他不敢追我们为止，然后才能顺顺当当地走。

好，王小胡，你平时的表现很不错，这个光荣的任务就交给你了！

王小胡是一个长期跟随刘黑闼的人，得到领导表扬之后，他精神百倍，立即表示会坚决完成这个光荣的任务，然后斗志昂扬地带兵迎击唐军。

但就在他抵达阵前刚要交战的时候，却听见桥上传来了一阵清脆的马蹄声，惊讶的王小胡回头一看，刘黑闼已经跑了。

这可真是"让领导先走"呀，那一刻，王小胡只觉得心头有一万匹某某马呼啸而过，狠狠将武器摔在了地上。剩下的士兵见状，也完全不想再打下去了，为这样狼心狗肺的人卖命图个什么呢？一个个把武器一扔就束手投了降。

唐军就这样兵不血刃地打败了刘黑闼的主力。或者说，是刘黑闼自己打败了自己的主力。

刘黑闼临阵脱逃、拉队友当替死鬼的行为，很快就遭到了现世报。

逃跑之后，李建成并没有放过他，而是一路尾追。

奉命追击他的前锋正是刘弘基，他努力发扬当年追歼宋金刚的大无畏精神，昼夜不停地追赶。"老子当年三天三夜没解甲，现在这次算什么。"

只不过，这场你追我跑的比赛是不对称的。

因为唐军粮多钱多，准备充分，追击时带足了水和干粮，而刘黑闼一伙却在仓促中没有备齐，他们很快就累了、饿了。饿一时半会可以忍，甚至三天三夜也行，都是为了逃命嘛。但是如果饿到快要死的时候，可能就顾不了那么多了，饿也是死，被杀也是死，为什么不在死前做个饱鬼呢。

就在他们到了饶阳（今河北饶阳县）的时候，奇迹出现了。

刘黑闼任命的官员诸葛德威仍在坚守这座城池，而且很显然这里从没有唐军来过。而诸葛德威也好像料定他们会来，早已经恭恭敬敬地在城外等候。

他迎上前来，深情拉住了刘黑闼的手，劝老领导进城歇息一下，吃顿饱饭再走。

刘黑闼已经太饿了，就是来一大盆黑暗料理相信他都能一口气囫囵吞下去，但他还是忍住了。他这个人素来凶狠狡诈、诡计多端，也经常翻脸无情、两肋插刀（此处意为把刀插在兄弟的两肋上），在这个落荒而逃的节骨眼，换位思考一下，就能明白别有用心的人能对自己做出什么。

因此，即便面对着食物的诱惑，甚至是生存的诱惑，他也依然保持着高度警惕。

"我还是不进去了吧。"

他拒绝了。

但也没有立即掉头就走，而是在原地停了下来。

嘴上说不要，身体还是很诚实的嘛。

他还在观察。

诸葛德威这个老部下好像看出了老领导的犹豫和不信任，他的自尊心仿佛受到了成吨的伤害，居然当场大哭起来。他哭得非常伤心，一把鼻涕一把泪，悲痛欲绝，一定要让刘黑闼进城，仿佛刘黑闼不进城他就活不下去了一样。

想不到自己落魄之时，居然还有如此忠心的部下，我如果寒了他的心，岂不是让天下人耻笑。

刘黑闼心软了。

于是一咬牙便下了马，进了城。

休息片刻之后，诸葛德威令人端上了丰盛的、热气腾腾的饭菜。刘黑闼一行人早已饿得眼冒金光，见到饭菜上来，马上风卷残云一般吃了起来。其实，这顿饭并不是什么山珍海味，只是普通的家常菜，只不过分量足了些、油水大了些而已，但此时此刻他们吃起来却是如此的香甜可口。

刘黑闼也顾不了自己的大将风度了，和众人一样抢开膀子饕餮这顿盛宴，他吃得非常专注，痛快淋漓，吃得仿佛世界上只剩下了这一顿饭。

这段绝处逢生的经历该是多么美好啊。

一把刀突然架到了他的脖子上，他抬起头，看到了诸葛德威冰冷的目光，还有身后全副武装的士兵。

想不到浓眉大眼的诸葛德威也叛变了。

刘黑闼的筷子掉在了地上，发出一声绝望又清脆的声响，一口饭还噎在嗓子里没有咽下，就被五花大绑拉出了门外。

然后，刘黑闼一行人被送到了李建成手上，下令处斩。

临州之前，刘黑闼想起了很多事情，想他跟着窦建德的时候是多么能打，想他起兵的时候是多么威风，他还想到了，在家种菜的时候，是多么悠闲。然而一切都过去了，他欲哭无泪，只能仰天长叹。

"我在家种地种得好好的，却被高雅贤害到如此地步。"

唉，死到临头就不要怪别人了，你当初豪爽地杀牛宴客的时候，就没有想过这一天吗。刘黑闼，其实你就是一个唯恐天下不乱的不安定分子，即使高雅贤不来找你，你也会去找他的。

我说的，对么？

刘黑闼死后，山东的徐圆朗也成了秋后的蚂蚱，蹦不了几天了。没多久就弃城而逃，踏上了漫漫逃亡之路。最后，在途中被几个淳朴的农民伯伯干掉，然后邀功请赏。

山东也宣告平定。

这距离李建成出征还不到三个月。

唐朝君臣全都被李建成的效率震惊了，他们终于发现这位皇太子的才能并不亚于那个大出风头的秦王，反而在某些方面还要胜过他。他们看到李建成不光会用兵打仗，政治手腕也玩得十分漂亮，不光会用蛮力，还会使巧劲儿，要不然来势汹汹的刘黑闼怎么会在顷刻之间众叛亲离、土崩瓦解呢？

太子，不愧是太子。你一点也不比秦王差。

李渊看着李建成立下了大功，也打心眼里高兴。想不到他在宫里待了这么多年，一出手还是那么果断。不愧是我的长子，不愧是我的接班人。但在高兴的同时，李渊的心情也随之变得更加焦虑了，因为这个有出息的长子和那个同样有出息的次子已变得势同水火，不能相容了。

自古以来，为了登上那个至高无上的宝座，勾心斗角的不少，手足相残的很多，甚至弑君杀父的都大有人在。李渊不想看到自己家里也发生这样的事，他不希望自己的儿子同室操戈，也希望自己能够安度晚年。

但上天会不会给他这个机会，还真说不准呢。

均衡势力

唐朝初年的时候，政治上还保留着门阀贵族的遗风，除了皇帝有禁卫兵以外，太子、亲王、宗室、贵族都可以养些私兵。因此，那个时候秦王府有兵，齐王府有兵，东宫也有兵，好多贵族家里都有兵，而且他们招募军队都是完全公开、光明正大的事情。

这倒不是皇帝乐意让他们这么干，谁都知道朝廷外的人有私兵会是什么后果。实在因为皇帝本人就是门阀贵族中的一员，他也只是人家捧上台的代理人，根本无法对自己的利益集团开刀。否则那不是挖自己的墙角？所以，为了维持平衡，李渊也只好让兄弟、儿子、侄子等也都养一些兵，毕竟自己的家人还是更可靠一点。

在诸王里面，一直以来都是秦王府的兵一枝独秀，李世民常年在外征战，收纳了许多文臣武将，实力一天天扩张，这也让他挺直了腰杆，有了觊觎太子之位的底气。

但是现在不同了，托刘黑闼的福，李建成在平叛战争中也风光了一把，而且同样网罗了很多英雄豪杰、亡命之徒（很多时候这和英雄豪杰是同义词），并在长安组建了一支两千多人的"长林兵"。甚至连久居幽州的封疆大吏罗艺都投怀送抱，心甘情愿当他的外援，不仅把骁将薛万彻派到东宫效力，还给他调派了三百名幽州突骑。

与此同时，齐王府的势力也迅速膨胀起来，因为李元吉在外带兵的时间也很长。更重要的是，他是站在太子这一边的。齐王的暴躁冲动大家是见识过的，和尉迟敬德比武的故事就不说了，就是前些日子，李渊和李世民一起造访齐王府的时候，他都想借机把李世民干掉，只是这个行动太过冒险，被李建成制止方才作罢。

不过，不管怎么说，有了三弟支持，李建成的太子之位变得更加稳固了。

长安之外，洛阳附近被李世民控制，这是他打下的地方，自然树大根深。但河北已成了太子的势力范围，这里的底子不比洛阳差。

长安城内，秦王府的兵力虽然也还强大，但东宫和齐王府也已追赶上来了，而且人家哥俩是联合的，两个打一个，谁的胜算更大也不用说。

李世民的优势已经渐渐消失了，但对李建成和李元吉来说，这还远远不够。

武德六年（623）七月，突厥入寇朔州，李渊派李建成和李世民进驻并州，率军备战。

这是一个看似平淡无奇的任命，其中却饱含深意。用一句简单直白的话来说，就是在武德后期，李世民已经当不成大战役的最高统帅了，至少在外领兵专制已成为历史，他的军事地位已逐渐被李建成取代分割。

这正如旧唐书中所说，李渊"于太宗恩礼渐薄，废立之心亦以此定，建成、元吉转蒙恩宠"。

一切都取决于李渊这个最高的主宰。他喜欢宽厚仁孝的太子，也喜欢英明神武的秦王。但是现在看来，太子还是没必要换的，他本来就是合法的继承人呀，而且一直在自己身边，也没有出过什么差错。而秦王就不同了，虽然立下大功，却总是聚少离多，总归有点生分，现在倒是回到长安了，可才待了几天呀，就好几次惹自己不高兴。

亡羊补牢，犹时未晚，李渊已经在刻意地栽培太子了，秦王有的太子也要有，秦王没有的太子还要有。他要把两人的身份理得清楚一点，让两人各安其位。

李建成的储君之位似乎变得无可撼动了。唐王朝的政治格局已经发生了微妙变化。

面对太子和齐王的联手进攻，还有父皇的日渐疏远，李世民一直在隐忍。虽然他是一个杀伐果断的人，但他却不得不忍。

不过在忍耐的同时，他却没有闲着，否则那就不叫忍了，那叫等死。

他只是在等待机会，一个一剑封喉、全面翻盘的机会，这个机会不能保证他马上继承大位，但至少把太子拉下马还是有点把握的。

现在，这个机会已经悄无声息地到来了。

武德七年（624年）六月，长安的天气非常炎热。

我们都知道，西安的夏天非常热，但在唐代却比现在更热。因为历史上的气候不是一成不变的，而是处在一个由温暖到寒冷再由寒冷到温暖的交替循环中。很多学者都认为，唐朝就正好处在温暖期，当时关中都有大面积的竹子生长，冬天的温度也在0℃以上，气候大概和今天的淮河流域类似，夏天自然也是酷暑难耐。

一向养尊处优的李渊在长安待不下去了，他要出去避暑，地点位于今天陕西铜川境内的仁智宫。这里虽然距离长安不远，却正处在黄土高原的边缘，有山有水，有大片树林，比长安凉快多了。

李渊去避暑的时候，带上了李世民和李元吉，而把李建成留在了长安，他的职责是监国。国不可一日无主，皇帝出去旅游，活儿就只好让太子干了，而且这么多年来他早已轻车熟路。

建成，你就先担待点吧。谁让你是太子呢？等将来接我的班当了皇帝，你就可以夏天出来凉快了。何况你和二弟的关系，唉，我也不指望你俩能再和好了，总之就别一块出来了，眼不见心不烦吧。

李渊对自己的安排很满意，但变故就在这时发生了。

他突然接到密报，说太子正在谋划不轨的举动，很可能是要谋反。

原来，李建成有一个嫡系死党叫杨文干，此人曾经做过东宫的警卫，后来外放当了庆州都督（今甘肃庆阳）。庆州这个地方虽然距离长安较远，离仁智宫却不远，从地图上看，它和长安恰好把仁智宫夹在了中间。而李建成就趁李渊外出的机会，派人给杨文干送去了一副盔甲。

早不送晚不送，偏偏在这个节骨眼上送，这意味着什么？

太子结交边将，谁遇上都够喝一壶的。

报告这条消息的不是别人，正是东宫的属官——郎将尔朱焕、校尉桥公山。因此这消息已经可以排除编造的可能性，基本可以坐实了。

李渊听后未动声色，这个大唐开创者的城府果然不是一般的深，沉吟片刻，他马上给李建成写了一封亲笔信，让他过来。当然了，信的内容肯定不是"臭小子，听说你要谋反？过来给我解释清楚！"那样不反也能逼反了。而是仁智宫这边空气不错呀，乖儿子你工作辛苦，这几天就别加班了，过来放松一下之类的话。

虽然如此，李建成却害怕了，因为东宫的眼线也不是白吃饭的，他们已经探听到了一些风声，李渊这封信很可能就是冲着那件事来的。

去还是不去呢？去了怕有去无回，不去是做贼心虚，李建成犹豫不决，犯了一个老大的难为。

但在东宫幕僚的力劝下，李建成还是上路了，他既没有带太子的车驾，也没有穿太子的礼服，只带了十几个随从。他们觉得这样把姿态放低一点，嘴甜一点，表明自己身正不怕影子斜的诚意，可能就没有说不清的事了。

但事态的严重却出乎了他的预料。

等待他的是满面怒容的李渊。

李建成别无他法，只能不住地叩头悔罪，祈求父亲原谅，但或许他坦白的内容并不合乎要求，这次悔罪看起来根本无济于事。

李建成百口莫辩，在满腔悲愤之下，一头撞上了墙。

当然这个撞墙的时机是要把握好的，最好先摆出必死的架势，周围的人要是被你大无畏的气势震服，说不定还会过来拦一把。退一步讲，如果真的人缘差到没朋友，力度也要拿捏适当，至少不能太用力了，太用力撞死了，这罪岂不是白认了？但也不能不用力，在李渊这种影帝级别的人物面前，不对自己狠一点，怎么可能混过去？

可惜太子的演技明显差点火候。

他一头撞出去，既没有人拦着，也没拿捏好力度，居然给撞晕了，当场突发性休克，昏死过去。

这代价实在是有点大，不过还好，李渊的心算是软下来了。但是心软并不代表这事儿过去了，撞墙能解决问题吗？撞墙你就没错了？李渊要的并不只是太子的悔罪，而是事情的真相。

至于事情的真相，太子是指望不上了，都要死要活的了，也问不出个所以然来，于是李渊把太子关在了帐篷里，派人严加看守，每天只给麦饭充饥，实际上就是软禁起来了。

然后他派了一位大臣火速前往庆州，把杨文干找来当面对质，问个清楚。

当面对质是一种很好的方式，不管有什么阴谋诡计，只要在大庭广众之下一句一句地掰扯，任何逻辑上的漏洞、言语上的破绽都可以一目了然，就和现在法庭上辩论一样，简单、直接、有效。

所以很多人都爱使用它。

按照常理说，太子和杨文干可能有勾结谋反的迹象，也可能没有，如果有的话，自然不用废话了，直接干掉他就行。如果没有的话，来面见皇帝说个清楚也是可以的，因为李渊并不是不讲道理的人，反而是一个很明事理的明君。

但事情就在这里起了变化。

这个被派去的大臣叫宇文颖，我们要注意这个名字，因为他在这起事件中起了非常关键的作用。

宇文颖带着李渊的使命出发了，也见到了杨文干。这个人可真有两下子，谁也不知道他对杨文干说了些什么，这不能怪我，因为史书上也没有写。

我只知道他说完之后，杨文干立即就造反了。

让你去召他来，你却三言两语把人说反了，这宇文颖也不是一般人啊。

造反之后，李渊急忙派李世民去平定，结果刚到宁州，杨文干内部就溃散了，他的首级被部将砍下，传到京师。然后宇文颖也因为办事不力被杀掉。

造反很快宣告平定。

李建成因为有李元吉和妃嫔的说情，以及历仕隋唐两朝的老臣封德彝的劝解，也终于被释放了，重新回到京师继续监国（看来是没有谋反）。

事情到这里似乎就结束了。

但一项处理决定却不能不引起我们的思考。

李渊还惩罚了三个人，手段是流放。

前两个是太子中允王珪、左卫率韦挺，很明显这两位是太子的人。这自然不在话下，太子即便没有谋反也是犯了结交边将错误的，既然太子还没必要换，那就只好拿下属开刀喽。

但第三个人却是天策府的兵曹参军杜淹。

这就奇怪了，因为他是秦王的人。

受到杨文干造反牵连的是太子，被李渊软禁的也是太子。而秦王不仅没有参与，反而平叛有功，为什么他的人也被处罚了呢？

我们有理由怀疑，史书中一定隐瞒了什么，而隐瞒的内容很可能与李世民有关。遗憾的是，这些史料已经基本被销毁了。作为第一个公开翻阅自己起居注、修改国史的人，李世民在史书中抹掉了自己很多不光彩的记录，我们已无法还原当时的全貌。

不过大家也不要着急，虽然不能还原，我们却可以推理。史料已经没了，但人是活的，历史工作者的职责之一就是从过往的死文字里发现活的秘密。

李建成有没有真的谋反？

首先，一般来说，一个人谋反要有足够的动机，没有足够的动机是绝不敢做这种杀头买卖的。而李建成恰恰是最没有动机的那个人。他已经是太子了，而且地位也越来越稳固，不仅有了军功，还有李渊的培养，皇位迟早都是他的。他有反的必要吗？似乎没有。

其次，即使他怕秦王不死心夺他的太子之位，那谋反的矛头也该是针对李世民，比如找个机会干掉他、诬陷他等，而不可能针对信任自己的父亲。

再次，李渊都已经离开长安了，李建成也身负监国大权，如果真的想造反，何不利用职权先把长安控制住再说？为什么非要舍近求远，去搞那个小小的庆州呢？何况杨文干造反的时候，发动得非常仓促，只过了十天就溃散身死，完全不像是蓄谋已久的样子。如果他们真的想谋反，那干这一行门槛也太低了。

所以，太子应该不是真的想谋反，他和杨文干应该有一些来往，但这充其量只是像结交罗艺那样安排一个外援，绝不是指望他给自己发动兵变。

那么，既然太子不想谋反，杨文干也没有准备，为什么事情还是发生了呢？

答案只有一个，就是有人想让这件事发生。

而最具备动机，也具备能力让这起事件发生的矛头就都指向了一个人，一个最有可能让太子"被谋反"的人。

这个人就是李世民。

这并不是我在黑他，也不是我一个人的看法，而是许多史学家的观点。李世民虽然在史书上都是正面形象，但这绝不意味着他就是什么善男信女。要知道，他不仅是一个杀人如麻的唐朝大将，还是一个深谙权谋的政治高手啊。

而事情的真相很可能就是，李世民早已经策反了李建成的属下尔朱焕和桥公山，唆使两人伺机寻找太子的把柄。结果二人居然真的找到了，就在李渊外出的关头。

一切都不出所料，太子果然和杨文干有暗中的往来。这是一个很好的把柄。但可惜还不足以致命。因为和老下级友好往来这种事是可大可小的，说重了可能导致储君之位的废立，而轻了则可能就是罚酒三杯下不为例。

所以李世民还有一个后招，一个非常毒辣的后招。

就是让杨文干真的造反。

而第二个棋子宇文颖很可能就担当了挑唆杨文干谋反的角色。

还记得宇文颖的那些话吗？对，就是那些我们都不知道的话，事情很可能就坏在这里。其实，他只要对杨文干说皇上你来谈谈就可以，只要把事实澄清了完全不会有问题，但他却偏偏非常多嘴，以致一说完人家就造反了。所以真相很可能就是他把杨文干逼反了，而他背后的主使就是李世民。

好了，李世民的策划已经完毕，看起来也非常完美。

但他却低估了自己的父亲——李渊。

李渊在气头上的时候自然怒不可遏，恨不得把太子立刻废掉。但静下心来之后，可能就想通了，太子根本没有谋反的动机呀！我对他那么好，他为什么要谋反？如果谋反了，我叫他来他怎么会来？何况这次事实上的谋反，看起来准备也十分不充分，连十天都不到就失败了。

太子毕竟是我李渊的儿子，他就是再蠢，会蠢到和这种层次、这种水平的人勾结吗？不可能。

而可以搞出太子谋反事件的，除了秦王，再不会有第二个人了，他不仅有动机而且有能力。

知子莫若父，李渊了解自己儿子的脾气。

但李渊终究是一个仁慈的父亲，他不愿把事情闹大，而是尽力压了下来。

不过，事件的内容和处理过程可以隐瞒，事件的处理结果却无法隐瞒。所有被精心掩盖的秘密都在杜淹身上露出了蛛丝马迹。李渊把太子和秦王各打五十大板，"惟责以兄弟不睦（注意这句），归罪于太子中允王珪、左卫率韦挺、天策兵曹参军杜淹"。

太子谋反怎么扯到兄弟不睦上去了？这事儿就不用说太细了，到此为止吧，拉几个属官背锅就完了，大家也不要再深究了。

从此以后，太子还做太子，秦王还做秦王。

我以为，这才是事情的真相。

经过这次事件，太子被狠狠将了一军，一时没有缓过阵脚，而秦王也意识到自己穿帮了，一时不敢再节外生枝。两人之间又达成了微妙的平衡。

武德年间的政治舞台上出现了短暂的沉寂，就像是暴风雨来临的前奏。

第十三章　制度之序

基本设置

从年号就能看出来，武德年间是一个南征北战、金戈铁马的时代。据不完全统计，截止到武德七年（624 年）三月唐朝基本完成统一为止，灭国级别的战争已达到十余次，平均每年超过两次。战役级别的（进了史书的）已接近一百五十次，平均每年二十余次。如果考虑到还有一些零星的蛮族叛乱、边界冲突……这个数据恐怕还要翻上好几倍。

接连不断的战争一直在紧绷着李渊和群臣的神经，现在战争基本宣告结束了，李建成和李世民又围绕储君之位展开了激烈的角逐……两个儿子可是真不省心呀。

不过好在还没有到最后摊牌的时刻。

趁着这个喘息的工夫，我们就先来介绍一下唐初的政治制度吧。

制度是枯燥的，故事是鲜活的，历史故事听起来往往比较有意思，但是我们读历史却不能光看故事，那样和小孩子听大灰狼有什么区别？

在中国历史的发展中，制度起到的作用可以说特别重要，远远超过其他国家。比如欧洲各国，自罗马帝国灭亡以后，就进入了中世纪的封建社会，统治国家更多的是依靠血统。而我们则很早就步入了成熟严密的官僚社会，国家运转更依赖的就是制度。

只有读懂制度，才能读懂中国的历史。

几千年的历史经验已经告诉我们，在那些烽火连天的岁月里，在周边敌人不断侵扰的时候，正是有了这些精心设计的制度，政府才能良好有序地运转，武将才能规规矩矩地保家卫国，老百姓才能安居乐业地从事生产，文人墨客才能悠闲地吟诗作画，能工巧匠们才能够精雕细琢，从而给我们这些后人留下宝贵的物质和精神财富。

只有这些制度被违背，规矩被僭越，法律被破坏之后，才会导致政治黑暗，官场腐败，武将跋扈，生民穷困潦倒，百姓民不聊生。

一句话，虽然事在人为，但制度的作用却是相当重要的。

我们就一起来看看唐朝的制度吧，这是唐朝君臣在前朝基础上改良发展的集大成的制度。

我们常说唐朝的制度是三省六部制，但这并不代表中央就只有这三个省和六个部，且不说为数众多的台、寺、监、署等，单说省就不只三个，而是六个。

除了我们熟知的中书省、门下省、尚书省之外，还有秘书省、殿中省、内侍省。只不过这三个不太重要，所以很少被人提及。比如秘书省乍一听以为是皇帝的大秘，其实只不过是管理图书和典籍的，殿中省听起来也很高大上，其实也只是伺候皇帝衣食起居，内侍省听着就很一般，实际也是如此，这是负责管理宫廷内部事务的，里面主要的工作人员俗称"太监"。

顺便说一句，中国历史演进到今天，省的本意已经完全变了，不再是一个机构的名字，而是成了地方的行政区。只有在日本这样受唐文化影响较深的国家，还沿用着它最初的含义，比如二战时期的陆军省、海军省、大藏省……现在的外务省、法务省、财务省等。

三省和六部的长官是朝廷里最重要的官员，这个没有疑问。比如中书令、侍中、尚书令，六部尚书等，他们在史书中是经常出现的。

但是，我们在翻阅唐史的时候，除了以上官职之外，还经常会看到许多让人眼花缭乱的名字，比如同中书门下三品、同中书门下平章事、同紫微黄门平章事、同凤阁鸾台平章事等，并且被搞得一头雾水，简直怀疑自己接触的是不是汉语语法。

其实，它们都有一个共同的名字——宰相。

当然，宰相并不是一个具体官职名称，而是辅佐帝王的最高官员的泛指。在茫茫的历史长河中，它就像一个不断改头换面的侠客，在不同时期叫着不同的名字，但真实身份却始终如一。在上古的时候它是丞相、相国、司徒，在明清时期它是内阁大学士、军机大臣、中堂，而在唐代它则是中书令、侍中、尚书令，还有上文的那一串……

中书令、侍中和尚书令分别是中书省、门下省、尚书省的长官，他们能成为宰相是肯定的。当然也因为都是宰相，权力很大，所以为了保持平衡，皇帝就要刻意压低三省长官的品级（中书令和侍中只有三品，尚书令好一点，二品），同时还不会轻易授人。

但是，有时为了群策群力、提高决策的全面性，或是想让自己的人参与朝政，皇帝也会想把宰相的权力授予某些人。

可是我们都知道，祖制和惯例的力量是很强大的，有时候给了一些人宰相之权，却很难给他们以宰相之位。于是皇帝就发明出来一些官职的名词，来契合他们的身份。"同中书门下三品""同中书门下平章事"就是在这种情况下产生的。准确地说，这些名词并不是李渊发明的，而是后来的李世民，为了介绍得全面一点，我们就在这里先提一下吧。

"同"就是视同，"中书、门下"就是那两个机构，"三品"当然指的是级别，"平章事"就是讨论军国大事。这几个词组合到一起就是视同享受中书门下长官的三品待遇,或者视同中书门下长官一样处理军国大事的意思。

有了这样的头衔，就是宰相。

至于紫微、黄门；凤阁、鸾台，则分别是中书、门下在不同时期的不同称呼，地位和职权并没有什么不同。

当了宰相以后，他们会经常碰头开会，开会的地方就叫做政事堂。政事堂这个地方很重要，它的演变也很有意思。起初的时候是只有宰相才能在这里开会，后来就变成了只有在这里开会的才是宰相。你地位高名望大吗？但是你不在政事堂开会，嘿嘿，你还指手画脚地干什么，谁都不听你的。

为了生动一点，也为了更形象地阐述一下各"省"之间的关系，以及唐朝的政治中枢到底是什么样子的，我们就以拟一道圣旨为例，来说明一下唐代中央政府是如何运转的吧。

毕竟圣旨这东西还是很有说服力的！

圣旨是怎样炼成的

"圣旨"一词是我们通俗的叫法，其实按照格式和用途，它还可以细分为很多种，比如诏、敕、制、谕等，这里我们就不再细说了。现在的公文不也是一样嘛，我们也有公报、公告、决议、通告等，只不过圣旨听起来更加高端大气上档次而已。

那么圣旨是谁写的呢？

一般来说，不是皇帝，至少大部分时候都不是皇帝。因为皇帝这个工作还是比较忙的，像那种一天到晚游山玩水、微服私访，没事就下个江南吃喝玩乐，或是去后宫里客串男主的皇帝，可能只存在于影视剧中。除非是昏君，真实的皇帝绝不可能这么悠闲，反而可以称得上是日理万机，有处理不完的军国大事，批阅不完的文牍奏章，隔天就得一上朝，十天才会放一次假。

所以圣旨这东西，皇帝本来就很少有时间亲自写。

因此，先让大臣们去起个草，拿出个意见是很正常的，满意了画个圈，不满意再退回，何必劳烦自己大驾呢。

负责草拟圣旨的机构就是中书省，这个省要算是王朝的决策机构，官员们可以根据皇帝授意或工作需要提出决策。当然了，省内的长官中书令、二把手中书侍郎也是比较忙的（当领导的都这样），一般也不会亲自动笔，这种起草文稿的活儿只需要交给下属去办就可以了。

这些下属就是中书舍人。

中书舍人的官儿不大（正五品），数量也不多（只有五六个），但是职权却很重要，但凡草拟圣旨的时候，他们都可以尽情表达自己的意见，在上面写写画画，并签上自己的大名。五六个人里难免有比较话唠的，有时甚至能在纸上写得密密麻麻，弄得像个大花脸一样，所以这个环节就被形象地叫做——五花判事。

五花判事完毕后，上司们就会选出一份比较满意的草稿，送交到皇帝手上，皇帝一瞧，觉得不行会退回，觉得可以就会批阅同意。

但并不代表这就成为了一道圣旨。

草稿兄，原谅我只能这样称呼你，因为能不能成为一道真正的圣旨，你还需要经过层层把关，历经重重考验啊。

要知道我们的老祖宗是非常智慧，也是非常开明的，他们很早就意识到了专制独裁的坏处，所以一早就刻意给皇帝设下了几道坎儿，安排了一些专门挑刺的官儿。为的就是不让皇帝过分专制独裁，当然，也是为了让制定出来的决策更周密完善、更符合实际，少犯一些错误。

在圣旨炼成的环节，这道坎儿就是门下省，这是专门负责政令审核的。

草稿兄，跟我一起去门下省报道吧，看看那里的大人们怎么说。不过你可要低调点，因为他们最擅长的可就是鸡蛋里挑骨头哟。

门下省的长官是侍中，二把手是门下侍郎，既然身在其位，他们就不会因为某件事是皇帝同意的就留些面子，这可不是他们的行事准则。知无不言言无不尽，这句话不妥要提意见，那个字错了要改，才是他们应该做的。

当然了，这项工作也是要由下属们参与完成的，这些下属的名字就是大名鼎鼎的给事中。如果有反对意见，或是什么不妥的地方，给事中就会毫不留情地在上面修改批注，或是干脆打回去重写（草稿兄，挺住！），这个环节就叫做"涂归"或者"封驳"。

一旦涂归或封驳，就意味着要从头再来，唯有不被涂归封驳的才能奋然前行。

我们假定门下省的官员们心情不错，通过了这道草稿。

草稿兄，恭喜你！此刻你将再次面见皇帝，陛下会对你进行正式签署，然后下发，接下来就会成为名副其实的圣旨啦！

这个签署的步骤就叫做"画敕"。

但是，圣旨兄（改口了），请不要骄傲得太早。因为前面还有更长的路在等着你，你还要被贯彻执行，被天下人所知。为了这个光荣的使命，请你再忍耐一会儿。

请随我来尚书省吧，这里的同志都在等着迎接你呢。

尚书省是一个非常庞大的机构，负责各项政务的执行。这个机构由来已久，而且自诞生那天起就肩负着削弱宰相之权的使命（旁白：那时候人家还叫"尚书台"），到了后来，尚书省的实力一天天膨胀，他的长官也终于成为了真宰相。而回过神来的皇帝也开始转手对付尚书省，于是扶植中书省、门下省来制衡它。

尚书省掌握着全国行政的全权。长官是尚书令，其下有两个副手：尚书左仆射（yè）、尚书右仆射。再往下就是六部：吏、户（民）、礼、兵、刑、工，相当于今天的各大部委，各部的长官都是尚书，其次是侍郎，相当于今天的部长、副部长。

圣旨兄，想不想在这里见一下尚书令大人啊？要知道担任这一官职的可是传奇偶像李世民哟。

想？那你就想想吧，因为李世民真的太忙了，不是在外打仗，就是在秦王府搞秘密活动，很少有空来这里。顺便说一句，李世民还是唐朝历史上唯一的一任尚书令，在他称帝登基之后，为了避讳，这个职务就再也没有人敢做啦。

不过，虽然你没有见到李世民，但见到的也可能是仅次于他的尚书左仆射，这可是从二品的大官，比正三品的中书令和侍中还要高半级。当然了，如果他今天太忙，也可能是尚书右仆射。如果尚书右仆射还忙，那就有可能是他们的下属尚书左丞或是尚书右丞，他们将根据你上面的内容，决定把你送到哪个部，然后再一级一级向下传达执行。

你的声威很快就会传遍五湖四海，被满朝文武和各级官吏熟知，不管是人迹罕至的边疆塞外，还是偏远闭塞的穷乡僻壤，也不管是山野村夫，还是贩夫走卒，只要他们识字，或是有识字的人提起你，人们就会对你肃然起敬，惟命是从。

因为你是圣旨。

好吧，圣旨兄，时间不早了。送君千里，终须一别。今天就送你到这里了，希望你继续为唐朝的社会经济发展做出贡献，不要被奸邪小人利用，不负自己的使命，咱们后会有期！

不干活的官

前文讲了圣旨炼成的环节，大家对唐代中央政府的运作流程想必有了一定的认识，也了解了这些从事具体业务的官员。

但是，朝廷里可不光只有这些干活的人。

还有一些人，平时好像也不怎么见他们上班，在重要机关工作人员的名单里也看不到他们的名字，但却总能看见他们趾高气扬、道貌岸然的影子。不过，您可千万别以为这些人是无关紧要的，因为他们可能还有另外的身份——散官、勋、爵。

唐朝的官制分为职事官、散官、勋、爵。

职事官不用说了，我们前面介绍的那些都是，就是具体干活的。

散官也比较好理解，有点类似现在部队的军衔，比如你的职事官是团长或者副团长，那你的散官就可能定一个中校或是少校。

一句话，职事官决定你的职责，散官则代表你的资历（职事官以定职守，散官以定班位）。

不过和军衔不同的是，散官还分为文散官和武散官。

文散官最高的职位叫"开府仪同三司"，听起来比较拗口。但就像我们之前所讲的，这个"同"就是视同的意思，"仪"则是礼仪待遇，"开府"就是可以开设幕府、自行征辟幕僚，"三司"就是三公和三师（太尉、司徒、司空，太师、太傅、太保），这三司是天下品级最高的官员（正一品），非皇亲国戚或元老重臣不能授予，做到这种程度的官的一般来说，要么千古流芳，要么就遗臭万年了。

开府仪同三司，就是你可以像德高望重的三司一样开设幕府，并享受同样的礼仪待遇。这个官职的品级是从一品。能当到这份儿上也算相当不容易了，通常来说也属于祖坟上冒青烟，还得长年累月经久不息的那种。

开府仪同三司之下依次是特进（正二品）、光禄大夫（从二品）、金紫光禄大夫（正三品）、银青光禄大夫（从三品）等，到六品以下就不叫大夫了，而叫某某郎，如朝议郎（六品）、通直郎（从六品）等，就不一一列举了。

武散官的最高官位叫骠骑大将军（从一品），这个官位在从前的时候非常霸气，比如汉朝的霍去病，三国时代的马超都当过，几乎都是功劳大破天际或是地位尊崇才可以担任。

到了唐代，这官位的品级倒还可以，但权力和角色已经变得面目全非，只能用来刷资历了。骠骑大将军之下是辅国大将军（正二品），再次是镇军大将军（从二品）等，凡正三品以上都叫做大将军，其下则称为将军、都尉、副尉。

勋，勋是唐代官制里比较有意思的，主要用来奖励军功，有点像现在的"战斗英雄"或是"×等功"，分为十二转（十二个等级），每次战斗结束后，可以根据功劳的大小给大伙授予勋位，上到将军下到小兵都可以获得。

其中最高的是上柱国，其次是柱国。柱国在北朝的时候有很大权力，遥想当年李渊的爷爷李虎就贵为柱国大将军！（好汉不提当年勇）可时至唐朝，这已经完全成为了一种荣誉地位的象征，没有活儿干了，如果李虎老爷子泉下有知……

上柱国和柱国之下，还有上护军、护军……轻车都尉等，从正二品到从七品一应俱全，充分满足了广大基层官兵和将领的需求。

爵，相比之下，爵就高端多了，虽然也是虚职，但人家可要么是有背景有后台的，要么就是战场上真刀真枪拼出来的，随口一句"老子当年跟秦王打天下的时候，如何如何"，或者"我的爸爸是李……"就能把普通官员吓得退避三舍。

王、公、侯、伯、子、男，是爵位中的六类，继承了西周以来分封制的叫法，连最低的男爵都是五品（浓缩的都是精华）。西周时候最高的是王，没法给别人王爵，可这时不同了，地位最高的是皇帝，比王还要高一级。所以皇帝的儿子们、宗室们自然可以封王。比如秦王、齐王等，这种一字王（只有一个字）都是地位最高的亲王，其下的两字王比如河间王李孝恭、任城王李道宗都是郡王，也很不容易。

再其下的就是国公了，虽然不是王，但这已是没背景没后台的人所能奋斗到的最高殊荣（古代拼爹真厉害），比如后来的卫国公李靖、英国公李勣、卢国公程知节、胡国公秦叔宝等，都是依靠个人奋斗走向人生巅峰的典型例子。

顺便说一下，有了爵位，理论上还可以分到食邑，比如食邑万户，就意味着一万户老百姓家的租税都归你享用。但是，真正落实下来的却到不了这么多，往往要打个好几折，甚至一折。

具体有多少，可以参见"食实封"①，比如食邑万户食实封一千户，就说明你听起来像是个"万户侯"，其实只是个"千户大人"。只有食实封一万户才说明你是个真正的"万户侯"。

好，我们这一节简单讲了下三省六部制，讲了圣旨的炼成，还讲了职事官、散官、勋、爵，唐朝前期的制度就算介绍得差不多了。那边，李建成和李世民也快要打起来了。（本部完）

---

① 食实封：受封爵并可实际享用其封户租赋。《资治通鉴·唐中宗景龙三年》载："於时食实封者凡一百四十馀家。"胡三省注："唐制：食实封者，得真户，户皆三丁以上，一分入国。开元定制，以三丁为限，租赋全入封家。"《宋史·职官志十》："食实封：一千户、八百户、五百户、四百户、三百户、二百户、一百户……亲王、重臣有特加至数千户者。"

参考书目

《旧唐书》 刘昫等

《新唐书》 宋祁 欧阳修等

《隋书》 魏征等

《资治通鉴》 司马光等

《大唐创业起居注》 温大雅

《三国史记》 金富轼（韩）

《册府元龟》 王钦若 杨亿等

《隋唐嘉话》 刘餗

《酉阳杂俎》 段成式

《隋唐制度渊源略论稿》 陈寅恪

《唐代政治史述论稿》 陈寅恪

《六到九世纪中国政治史》 黄永年

《唐史史料学》 黄永年

《唐史十二讲》 黄永年

《物换星移话唐朝》 黄永年

《隋唐帝国形成史论》 谷川道雄（日）

《中国通史》 吕思勉

《中国通史简编》 范文澜

《隋唐史》 岑仲勉

《隋唐五代史》 吕思勉

《中国历代政治得失》 钱穆

《唐高祖传》 牛致功

《李渊传》 严亚珍

《唐代藩镇研究》 张国刚

《大唐帝国：隋乱唐盛三百年》 陈舜臣（日）

《中国历史地理学》 兰勇

《剑桥中国隋唐史》崔瑞德（Denis Twitchett）（英），费正清（John King Fairbank）（美），鲁惟一（Michael Loewe）（英）